El Gran Diamante Mogol

El Gran Diamante Mogol

Mogol

Por

Iván Moncada

Buenos días, Princesa

Capítulo 1

Año 1635, poblado de Jhensai, India.

C on las primeras luces del alba un joven hindú, llamado Yamir, se alejaba de su casa camino de las minas de Gani. Como cada día, Yamir recorría una gran distancia con la esperanza de poder encontrar alguna piedra preciosa extrayéndola a escondidas de las minas y cuevas colindantes a la mina principal para así poder ayudar a su madre, hermanos y hermanas, ya que las guerras en la India habían dejado gran pobreza entre las clases bajas por todo el país.

En Gani la seguridad se había incrementado debido a la última veta de gemas encontrada, pues se habían extraído una gran cantidad de diamantes de buena calidad y tamaño. Algunos de ellos llegaban a superar el tamaño de un pulgar.

Tanto Yamir, como muchos otros jóvenes hindúes, escudriñaban diversas cavernas en el lado opuesto de la montaña donde se encontraba la gran mina, recurso inagotable de riqueza, que era explotado escrupulosamente bajo las órdenes enviadas desde palacio. Siempre se quedaba alguien vigilando para avisar en caso de que los guardianes apareciesen, ya que si los capturaban serían duramente castigados, tal y como hicieron con el pobre Shajal, al que amputaron ambas manos.

9

Apenas con visibilidad suficiente para andar debido a la densa niebla que esa mañana lo cubría todo, Yamir no podía distinguir bien la senda que a diario le conducía al lado oeste de la gran mina. Mientras caminaba comenzó a sentir la extraña sensación de que algo era diferente, nadie más seguía la senda, incluso los usuales sonidos de la jungla parecían haber desaparecido, apenas se oían gritos, graznidos, o alguno de los muchos ruidos que acompañan a toda aquella inmensa vegetación y a sus habitantes.

Yamir siguió caminando a pesar del escalofrío que recorría todo su cuerpo debido a aquel silencio, pero la necesidad de encontrar alguna pequeña piedra para vender y poder mantener a su familia durante algunas semanas era más fuerte que su creciente miedo.

Una vez llegó a la entrada de la cueva la niebla se dispersó un poco y la visibilidad de la zona mejoró bastante. Se disponía a entrar cuando, de repente, se dio cuenta de que esa no era la cueva donde normalmente él y otros de los buscadores de gemas acostumbraban a excavar. La entrada de la cueva era angosta, húmeda y de su interior emanaba un aire muy cargado.

Normalmente, en todas las cuevas en las que Yamir había estado, el aire siempre era pesado y se respiraba un ligero olor a fruta podrida además de otros olores típicos del interior de la tierra. Pero ésta era distinta, el olor era ácido, parecido al de los excrementos de los animales que el viejo Khairú tenía en el poblado.

Aun así, Yamir entró y comenzó a descender poco a poco por la gruta de entrada. Quizás nadie hubiese estado todavía allí y él pudiese encontrar algunas buenas piedras, pensó Yamir. En las otras cuevas ya quedaba poco por encontrar debido a la cantidad de buscadores que diariamente excavaban allí. Además, cada vez

10

resultaba más difícil, pues se habían formado bandas y acaparaban las cuevas más prósperas.

A medida que descendía por la cueva, el aire era cada vez más limpio, cosa extraña, ya que normalmente solía ser al contrario. Tras pasar por diversos túneles encontró una gran gruta que daba a una inmensa cámara natural, en donde la lámpara de aceite que usaba apenas alcanzaba a alumbrar el techo y el suelo, quedando una gran parte sumida en la más profunda oscuridad.

Yamir se acercó a una de las paredes para inspeccionarla y raspar su superficie con el cuchillo que portaba en su faja, y así, poder examinar sobre su mano la arena producida y poder averiguar si habría posibilidad de encontrar algún diamante. Cuanto más oscura fuese la tierra, más probabilidad tendría de encontrar uno, ya que generalmente se encontraban enterrados en ese tipo de tierra o, al menos, eso era lo que contaban los buscadores de diamantes de la mina de Gani, quienes trabajaban casi como esclavos y sin apenas contacto con el exterior por orden del mismísimo Shah. Algunos de ellos, ya viejos y expulsados de la mina por no poder trabajar con la fuerza y la rapidez de los jóvenes, contaban historias sobre las piedras preciosas encontradas y la forma de dar con ellas mientras estuvieron trabajando allí. A cambio, claro, de que alguien les pagara un poco de vino de palma.

Al comprobar el color de la tierra Yamir comenzó a raspar la roca más profundamente a la vez que examinaba con cuidado cada puñado de tierra desprendido. Después de un rato sin resultados, y parando para descansar un poco, escuchó el inquietante grito de algún animal. Era tremendamente agudo, aquel sonido casi congeló la sangre de Yamir. Esperando inmóvil un momento para comprobar de dónde provenía el sonido, éste se repitió de nuevo, esta vez más alto y cercano. Yamir se puso automáticamente de pie dejando caer sin querer su cuchillo y su lámpara al suelo, y apagándose ésta con el golpe.

11

Pasados unos segundos, y cuando la vista de Yamir se hubo adaptado algo mejor a la falta total de luz, comenzó a percibir algo extraño y a la vez asombroso. Había brillos, pequeños brillos de luz que destacaban de la oscuridad en el fondo de la cueva.

Rápidamente, se agachó para recoger la lámpara y encenderla de nuevo. Entonces, el grito se escuchó otra vez, ahora muchísimo más cerca. El animal que emitía aquel sonido se estaba acercando, estaba adentrándose en la gruta que daba acceso a donde él estaba. Quizás ésta sea su guarida, pensó Yamir, habiendo encendido ya la lámpara y ahora dirigiéndose hacia el fondo de la cámara en donde había visto aquellos brillos.

El camino era peligroso, las rocas del suelo estaban muy afiladas y las sandalias de Yamir se escurrían constantemente, aunque el temor infundido por los alaridos de aquel animal le empujaban a continuar la marcha sin detenerse en busca de un sitio donde poder esconderse. Casi llegando al final de la cámara, tras una gran roca, Yamir encontró un escondrijo, se arrodilló y apagó su lámpara. Esperando al paso del animal, y en completo silencio, apoyó su espalda contra la fría y húmeda roca.

Ahora, con la llama de la mecha de su lámpara extinguida por él mismo, comenzó a ver nuevamente los tintineantes destellos de luz. Estaban por todas partes. Era como mirar hacia el cielo en una noche despejada y ver todas las estrellas del firmamento.

Yamir estaba totalmente aterrorizado por aquellos intensos y estremecedores gritos, que ya se oían dentro de la misma zona en donde él estaba. Por un momento bajó su mano hacia los destellos que procedían del suelo y llenó la palma con un poco de arena. Alzándola después cerca de su cara para ver qué era lo que tanto brillaba, lo vio. —¿Gusanos? ¡Son gusanos! —Se dijo a sí mismo mientras tiraba rápidamente la arena de su mano y se la limpiaba en los pantalones —¿Gusanos que brillan? —Se preguntaba a sí

12

mismo, Yamir nunca había oído hablar de gusanos que brillasen en la oscuridad.

De repente, el ruido de unas piedras desprendiéndose a pocos metros de él, hizo que todo su cuerpo se tensara. El animal estaba al otro lado de la roca donde Yamir se escondía. Durante un momento aguantó la respiración para no hacer ningún ruido. Los segundos se hacían eternos. Cuando ya no pudo más, comenzó a soltar el aire de sus pulmones muy lentamente. No se oía nada, los gritos y ruidos que el animal había estado haciendo habían cesado. No sabía qué hacer. Permaneció inmóvil durante un largo rato, respirando muy despacio para evitar hacer ningún ruido. La ausencia de sonidos, a excepción de los producidos por él mismo, hacía aumentar su ansiedad. Sentía estar al borde de un abismo, el mismo abismo que los ancianos describían como la entrada al infierno eterno por el que caen los que no respetan las sagradas leyes y mandamientos, historia que contaban para amedrentar y tener a raya a los niños.

Después de haber pasado bastante tiempo, aunque sin saber exactamente cuánto debido a aquella situación, decidió moverse para salir de allí. Lentamente se incorporó para ponerse de pie con la espalda todavía pegada a la pared de la roca. Las piernas le temblaban y un terrible hormigueo se había apoderado de ellas. Estar tanto tiempo agachado se las había entumecido.

Inclinándose, comenzó a frotarlas despacio para despertarlas sin hacer demasiado ruido, a la vez que recogía la lámpara del suelo.

Irguiéndose ahora totalmente, levantó el cristal de la lámpara para dejar la mecha al descubierto y encenderla de nuevo. Una pequeña y tenue llama comenzaba a crecer paulatinamente haciendo que Yamir tuviese que cerrar levemente los ojos, pues tanto tiempo a oscuras había hecho que la luz le molestase.

13

Dispuesto a bajar el cristal de la lámpara para evitar que ésta se apagase, sucedió algo. Se quedó asombrado y sin apenas tiempo de reaccionar. Delante de él, y casi pegado a su lámpara, apareció el rostro de una joven mujer hindú con enormes ojos negros y tez pálida, que mirándole fijamente a los ojos, sopló sobre la llama de su lámpara apagándola totalmente.

Yamir intentó desplazarse hacia atrás asustado por aquella visión, pero no le dio tiempo, una fuerte presión en el lado derecho de su cuello le inmovilizó. Sin saber qué pasaba, y de nuevo en medio de aquella terrible oscuridad, Yamir comenzó a marearse y a sentir náuseas mientras que escuchaba una dulce voz de mujer que le susurraba sin palabras, directamente dentro de su cabeza.

—*Llévasela Yamir, llévasela al Shah, tienen un largo camino que recorrer.*

En cuestión de segundos, Yamir dejó de sentir el fuerte dolor transformándose ahora en una agradable sensación de calor que recorría y calmaba todo su cuerpo hasta que perdió totalmente la consciencia.

14

Capítulo 2

3 de febrero de 1655. Londres.

Era una noche gélida y ya de madrugada, una combinación peligrosa para deambular por las calles en Londres, más aún en la ribera del Támesis, frente al puerto, donde malas gentes, ladrones y asesinos se reunían y pasaban la noche peleando por botines, deudas y territorios por controlar.

En diversos grupos se hablaba de un rumor que poco a poco había ido creciendo en los oscuros rincones de la ciudad. Se hablaba de un nuevo preso que había llegado a la Torre de Londres, cárcel de la que pocos salían con vida.

Dicho preso, fue traído a escondidas y en plena noche. Esto había ocurrido hace ya un par de días. Los guardias de la Torre habían comentado por ahí que el preso fue trasladado en un carro tirado por bueyes en lugar de caballos, algo poco usual, y que la jaula era distinta a las habituales. Tenía muchos más barrotes que las jaulas de reos comunes, casi tantos que no se llegaba a distinguir a la persona enjaulada. Una vez dentro, el preso fue llevado a la peor de las celdas, la más apartada de la superficie, de la que decían que ni siquiera se podían oír los gritos de los torturados debido a su profundidad, al estar construida en los cimientos de la

15

Torre. El espesor de las paredes tenía al menos cuatro metros y apenas llegaba el aire. La humedad y el calor que allí había podían matar a un hombre en sólo unos días.

El trayecto desde el establo hasta la puerta de entrada del edificio principal fue algo singular y nunca visto antes, puesto que el preso fue guiado por monjes y no por guardias, usando largos palos sujetos con cadenas de duro acero a su cuello y a su cintura, mientras entonaban un cántico en una lengua jamás escuchada. Minutos más tarde desde que el preso estuviese encerrado y custodiado, el comandante al cargo de la Torre llegó con un nuevo grupo de hombres para realizar el cambio de guardia, algo extraño según contaban, ya que éste se debería haber hecho por la mañana. Ninguno de los guardias que iban a ser relevados conocía a los que llegaban.

—Dicen que no son de aquí, son soldados mercenarios traídos desde España —dijo uno de los delincuentes que estaba calentándose junto al fuego, al que llamaban Ian Black por el oscuro color de su piel.

—Y tú ¿cómo sabes eso? —preguntó uno de los hombres que escuchó la historia de Ian.

—Uno de los guardias que fue relevado esa noche lo comentó en la taberna al día siguiente de lo sucedido —replicó Ian.

—¿Y dijo por qué españoles? No necesitamos extranjeros en nuestra tierra, ¿no estamos en guerra con ellos?

—No lo dijo. Pero sí dijo que no les han proporcionado albergue, vivirán todos ellos en la Torre —respondió Ian.

—¿En la Torre? ¿Con los presos? —preguntó sorprendido otro del grupo.

—Sí, y además dijo que la despensa de la Torre fue llenada, a petición de ellos y bajo el consentimiento del comandante, con

Iván Moncada

carne de buey y caballo —comentaba Ian con expresión de incredulidad, relatando lo que él había oído.

—¿De buey? ningún guardia puede pagarse carne de buey, solamente los nobles pueden comer carne todos los días, y no todos —exclamó entre risas el primer hombre que comentó lo que Ian les estaba contando.

—Lo sé, pero según dijo, ya que estaba bastante borracho y hablaba por los codos, es su salario, carne de buey y caballo a diario y diez peniques a la semana.

—Algo está pasando, esto no me gusta, habrá que estar con los ojos bien abiertos —terminó diciendo uno de ellos.

*   *   *

Ya por la mañana, con las primeras luces del día, comenzó el despertar de la ciudad. Las calles de Londres comenzaban a cobrar vida con gente de aquí para allá, tenderos azarosos colocando sus puestos en el mercado central de la plaza y lonjas locales abriendo sus puertas. Los olores de los puestos y las primeras hornadas de pan recién hecho de las panaderías inundaban las calles y hacían rugir los estómagos de los hombres que las recorrían para ir a sus trabajos, al igual que el de las mujeres, que a toda prisa acudían a las casas de los más favorecidos para servir en las labores domésticas. Otros muchos, simplemente deambulaban por las calles intentando llevarse algo a la boca, ya fuese trabajando de forma esporádica en el puerto, en tierras de labranza cercanas o mendigando por las calles. Aunque también en otros casos robando, como Ian Black acostumbraba a hacer junto con otros esbirros de su calaña.

En *Baker Street* estaba la panadería de Tom Miler. Tom, su esposa Ernest y su hija Desirée habían estado calentando el horno

17

de pan como cada mañana. Primero hacían un gran fuego con leña cuidadosamente seleccionada en el centro del horno, una vez el fuego reducía la leña a ascuas añadían un toque de hierbas aromáticas apartando entonces las ascuas al fondo del horno e introduciendo después los pedazos de masa preparados para hornear.

Las hogazas de pan de Tom eran conocidas en todo Londres por su espléndido sabor y por su singular textura, al igual que su hija Desirée por su deslumbrante belleza. Era una joven de dieciséis años recién cumplidos que traía locos a todos los jóvenes de alrededor, que incluso se ofrecían a ir a comprar el pan a sus vecinos para así poder ver a la chica más veces cada día. Desirée no estaba interesada en ninguno de ellos, de hecho no estaba interesada en hombres en absoluto, ya que pensaba que era aún muy joven para eso y todavía no había sentido nada en especial por ningún joven. Además su madre insistía en que esperase más tiempo, sobre todo para ver si algún joven de buena posición se fijaba en ella por su belleza y bonito cuerpo y así evitar que su hija tuviese que trabajar tan duro como ella para poder comer cada día. Su padre por el contrario, estaba impaciente por casar a su hija y poder así disponer de un par de brazos más que le ayudasen en la panadería.

Desirée era una chica bastante alta, con piel pálida y cabellos rizados color oro. El color de sus ojos era gris con toques de amarillo miel que recordaban a los primeros días de otoño. Su cuerpo tenía unas curvas muy pronunciadas, resaltadas aún más por una cintura realmente estrecha. Sus pechos eran lo suficientemente grandes y erguidos como para atraer a todos los hombres que se cruzaban a su paso. Algunos de ellos, con disimulo por estar acompañados de sus esposas, miraban a la preciosa hija del panadero de reojo.

Iván Moncada

Capítulo 3

Con un fuerte dolor de cabeza, y casi en la más completa oscuridad, Yamir recobraba el conocimiento. Sin poder recordar que había pasado y todavía tumbado en el frío y pedregoso suelo del interior de la cueva, trataba de incorporarse. Irguiéndose poco a poco intentaba ver a su alrededor mientras buscaba con las manos su lámpara de aceite. Después, girando la cabeza, vio una luz tintineante reflejada en las paredes cercanas de la cueva. Una vez logró ponerse totalmente de pie y con torpes pasos, se dirigió hacia la luz. Allí estaba su lámpara, junto a una pared a pocos metros de donde él había despertado.

Yamir intentaba recordar qué había pasado. Pensaba que quizás se hubiera resbalado y se hubiera caído rodando hasta el lugar en el que se había despertado, golpeándose la cabeza con las rocas en el camino, y ahora no pudiendo recordar lo sucedido. Mientras tocaba su cabeza en busca de alguna parte dolorida o con restos de sangre se agachó para recoger la lámpara del suelo. Estando inclinado vio algo en la pared, algo que no pudo distinguir bien a primera vista, por lo que se puso de rodillas para examinarlo mejor. Extendió su mano y limpió una zona de la parte baja de la pared en la que la luz de la lámpara era más brillante. —¡No puede

19

ser!—exclamó en voz alta repitiéndolo varias veces mientras su tono de voz iba disminuyendo y su nerviosismo aumentando.

Con la respiración agitada por el descubrimiento, comenzó a rascar la pared con manos y uñas, pues no sabía dónde estaba su cuchillo. Pensó que probablemente lo habría perdido cuando se cayó. La tierra no era demasiado dura, por lo que no tardó mucho en extraer lo que casi no podía creer aun viéndolo sobre su mano. Un diamante. Un diamante que cubría toda la palma de su mano. Todavía estaba lleno de tierra aun habiéndolo limpiado todo lo que pudo con sus manos y su ropa, pero estaba casi seguro, era un diamante, un diamante gigantesco.

Había oído historias sobre diamantes gigantes, o por lo menos con tamaños poco comunes, con los que la gente no era capaz ni de soñar, y que seguramente nadie había visto jamás. Ahora que él tenía uno sobre la palma de su mano, recordaba la cara de fascinación de aquellos que las contaban y de la expectación de los que las oían. La expresión de sus ojos y sus voces describiendo aquellas maravillosas piedras, embaucaban a los jóvenes como Yamir haciendo volar su imaginación.

Después de contemplar la piedra durante un buen rato bajo la tenue luz de su lámpara, la guardó metiéndola entre los pliegues de su faja, que estaba tan sucia y vieja que ya no se distinguía ni tan siquiera el color que tenía cuando su madre se la entregó. Entonces empezó la ascensión para abandonar la cueva.

Una vez fuera de la cueva, Yamir comenzó a caminar a través de la jungla de regreso al poblado. Su mente era un hervidero, no dejaba de pensar en qué haría con la piedra y cuanto valor tendría. Normalmente, los pequeños diamantes que encontraban él y los demás chicos que usurpaban las cuevas cercanas a la gran mina, eran llevados para vendérselos a Sajil, un mercader que estaba en una aldea cercana a medio día de camino. Sajil les pagaba muy

20

poco por ellos, pero a cambio nunca avisaba a los guardianes del Shah aun sabiendo de dónde venían las piedras, así todos salían ganando. Posteriormente, el mercader las llevaba a la capital donde las vendía a un precio mucho más alto. Las piedras pequeñas eran vendidas a obradores de joyas locales y las más grandes eran vendidas, por obligación, al joyero de palacio para el tesoro del Shah.

Es entonces cuando, pensando en todo aquello, Yamir empezó a preocuparse pues semejante diamante traería muchas preguntas como, ¿de dónde la has sacado?, ¿en qué mina ha sido encontrada?, y muchísimas más para las que no tenía respuesta.

Por un momento, Yamir se giró bruscamente para mirar hacia atrás, dándose cuenta de que no sabía cómo había llegado hasta aquella cueva, y tampoco como volver a ella, incluso era incapaz de reconocer la senda que le había guiado ya lejos de allí.

Después de un rato caminando por la frondosa vegetación, encontró un camino que rápidamente reconoció y tomó rumbo de regreso a casa.

Una vez llegó al poblado, encontró a su madre en la entrada de su casa. Estaba cocinando algo sobre el fuego con sus dos hermanas pequeñas alrededor. Su madre alzó la mirada y le preguntó:

—¿Ha habido suerte hoy, Yamir?

—No, madre —respondió, aunque por un momento no sabía que decir, ya que tenía la cabeza hecha un lío y pensó que sería mejor pensar bien qué hacer antes de decírselo a nadie.

—Esperemos que tus hermanos hayan podido conseguir algunas monedas para comprar algo de comida mañana.

—Sí, quizás ellos hayan conseguido alguna moneda cuidando de los elefantes que el ejército tiene en Karishá —replicó Yamir.

21

—Mañana tendrás más suerte —respondió su madre con cara cansada y triste mientras bajaba la mirada sobre la comida que estaba preparando.

Yamir se sentó a su lado, junto al fuego, mientras que el olor de la comida hacía que sus tripas rugiesen como locas. En ese mismo instante comenzaron a escucharse gritos. Tanto Yamir como su madre se pusieron en pie y miraron hacia el lado del que provenían.

Cada vez más gente gritaba y se veía salir humo de las casas más alejadas de la aldea. Varias personas corrían hacia el lugar donde Yamir y su madre estaban, mientras gritaban, —¡Nos atacan!, ¡nos atacan! —rápidamente, la madre de Yamir cogió a sus dos hermanas del brazo levantándolas casi por los aires. Gritando a Yamir, ésta comenzó a correr en dirección contraria de donde provenían los gritos y el tumulto de gente, —¡Corre, Yamir, corre, salva la vida! —gritaba su madre sin dejar de correr.

Yamir se giró por un momento para ver qué pasaba antes de comenzar a correr también. Lo que vio le aterrorizó, decenas de hombres armados con palos y antorchas iban quemando las casas y matando a la gente a palazos, hombres, mujeres, niños, a todos.

Varios rodeaban a una misma persona y no paraban de golpearla hasta que dejaba de moverse. La sangre salpicaba a cada golpe. Algunos tenían tan ensangrentado el rostro que era difícil reconocerlos. Otros corrían envueltos en llamas sin parar de gritar. Los agresores eran hindúes también, Yamir estaba totalmente aterrado. Fue entonces cuando también comenzó a correr. Como el resto de la gente, se introdujo en la jungla intentando que nadie pudiera cogerle. No sabía dónde estaban su madre y sus hermanas, las había perdido de vista entre la multitud. Los atacantes los perseguían por doquier. Yamir corría como nunca antes lo había

22

hecho, y así siguió haciéndolo hasta que dejó de oír los gritos de la gente.

24

Capítulo 4

Como cada día, la típica niebla de Londres hacía acto de presencia antes de que se desvaneciese la poca luz solar que atravesaba el invernal y espeso cielo.

Transcurrido un buen un rato observando a la gente que pasaba por la calle, desde la que Ian solía apostarse para elegir un objetivo adecuado al que poder robar, apareció una posible víctima. Era un hombre mayor, bien parecido, de estatura media, piel morena y prominentes patillas. El ataviado caballero no parecía de la zona, era más bien extranjero, aunque se movía con demasiada confianza como para serlo. Vestía una casaca tipo militar que Ian no reconocía y tenía aspecto de saber defenderse. Para no correr riesgos innecesarios Ian normalmente no lo habría elegido como una de sus víctimas, pero hoy era una excepción, pues no estaba solo. Otros cuatro ladrones que a veces hacían algún trabajo con él le acompañaban, y sin duda, sería posible acorralarle y robarle sin demasiados problemas. Además, el extranjero llevaba al cuello una cadena con un gran medallón que parecía valioso.

El hombre anduvo durante un rato curioseando entre los puestos del mercado que aún quedaban abiertos a la vez que callejeaba por la zona, probablemente para conocer un poco la ciudad.

25

Ian y los otros le seguían disimuladamente a una distancia prudencial para intentar cogerle desprevenido en alguna callejuela apartada y solitaria.

Después de varios giros por diversas calles el hombre se metió de lleno en la boca del lobo. Era una calle sin salida, muy estrecha y con muy poca luz debido a la altura de los edificios. El tiempo pasaba implacable, estaba anocheciendo, y la poca luz que quedaba desaparecía rápidamente en un inapreciable cielo engullido por la niebla.

El callejón estaba bastante apartado de las otras calles que tenían una mayor afluencia de gente y apenas se oían ruidos de pasos o personas cerca, lo que aseguraría que si el hombre gritaba pidiendo auxilio nadie le oiría. El suelo del callejón estaba húmedo y olía mal por los desechos de las casas colindantes, no había absolutamente nada más allí que no fuese eso, excrementos. Era un lugar en el que nadie pasaría más de dos segundos seguidos, aun así, el hombre entró y permaneció allí.

El grupo de ladrones se situó estratégicamente para cubrir las entradas de calles aledañas al callejón. Ian se quedó vigilando la entrada que confluía con la calle principal y más retirada de todas. Otros dos se apostaron en las otras dos únicas bocacalles de acceso al callejón mientras los dos restantes siguieron al extranjero hacia el lúgubre lugar a la vez que sacaban sus cuchillos de la funda que colgaba de sus cinturones.

La víctima se había dado cuenta de que le estaban siguiendo y permanecía encarado a la entrada del callejón a espera de los dos hombres. Al entrar, los ladrones se quedaron parados frente a él mirándole fijamente, pues no se lo esperaban. Estaban extrañados por la expresión de su cara, no mostraba miedo alguno o signo de nerviosismo en absoluto. Los ladrones, entonces, comenzaron a acercarse lentamente. Sus respiraciones comenzaron a agitarse, ya que sabían que el hombre opondría resistencia. Éste a su vez, retrocedía muy despacio mientras que, sin quitar ojo a los ladrones, se desabrochaba la casaca y la tiraba a un lado de la calle. Al desprenderse de ella los ladrones pudieron ver bien el medallón que llevaba colgado del cuello. Sin más dilación, se miraron, y se abalanzaron sobre él para acuchillarle y robarle.

Desde donde estaba, Ian podía ver de lejos a los otros dos ladrones que vigilaban las bocacalles cercanas al callejón, al igual que ellos podían verle a él. Ian miraba de un lado a otro con disimulo, atento por si aparecía algún guardia o alguna otra persona que pudiesen dar al traste sus intenciones. En uno de los momentos que Ian miró hacia sus compañeros, vio como estos corrían hacia el callejón donde el resto estaba atracando al hombre. Mientras corrían sacaban sus cuchillos, algo iba mal. Ian también corrió hacia allí para ver qué pasaba, quizás el hombre estuviese armado y hubiese herido a alguno de sus compañeros. Estando ya cerca del callejón, gritó a sus secuaces.

—¡Qué pasa, qué pasa!

—No lo sé, hemos oído gritos.

Al entrar en el callejón se encontraron con el compañero que llegó primero. Estaba de pie, junto a los cuerpos de los otros dos ladrones que estaban atracando al extranjero. Los cuerpos estaban sobre el suelo, tumbados y totalmente ensangrentados por todo el cuerpo. Daba la impresión que varios cuchillos de gran tamaño les hubiese cortado salvajemente desgarrando la ropa y la carne. Sin embargo, la víctima, aquel hombre con aspecto de extranjero no estaba. Los tres se quedaron totalmente petrificados.

—¿Qué es lo que ha pasado?, ¿y dónde estaba el extranjero?—, se preguntaban aterrados unos a otros.

—Ese tipo debía de estar armado —Alzó la voz uno de ellos totalmente exaltado.

27

—¡Dios mío! Pero has visto eso, tienen todo el cuerpo y la cara destrozados, ¿Qué clase de arma hace eso? ¿Y dónde ha ido él? No hay ventanas para entrar en las casas y los muros son demasiado altos como para treparlos —dijo Ian con voz nerviosa.

—No lo sé, por mi lado no ha escapado, no he apartado la vista ni un momento.

—Por el mío tampoco.

—Mejor vayámonos antes de que venga alguien y nos encuentren aquí con dos muertos y sin forma de explicarlo.

Los tres huyeron a toda prisa del lugar y se perdieron en la oscuridad de la recién llegada noche con la imagen en sus mentes de sus compañeros mutilados salvajemente por aquel hombre que se había desvanecido en el aire como por arte de magia.

Pasadas varias horas y, después de que la guardia hubiese encontrado los dos cadáveres, la noticia ya había corrido como la pólvora por todo Londres. De boca en boca, la gente de la ciudad comentaba lo que otros les habían contado sobre dos hombres muertos encontrados en un callejón de la parte este de la ciudad. Describían el terrible estado en el que se habían encontrado, y la brutalidad de las heridas que ambos tenían por todo el cuerpo. Como siempre pasaba, cuanto más se corría la voz, más se exageraban los comentarios y más detalles se daban. En muchos casos, inventados para despertar más interés y presumir de que la persona que los contaba sabía más que la anterior, llegando a convertirse en un rumor sobre dos hombres medio devorados por una criatura salvaje y demoníaca.

A oídos de los tres supervivientes que escondidos se hallaban, no era una exageración en absoluto. Los tres se habían refugiado en la taberna del buey, junto con otros personajes de su misma condición.

Iván Moncada

Aquella taberna era un punto de reunión de malas gentes bien conocido por los habitantes de Londres, por lo que ningún buen ciudadano entraba nunca, ya que sabían que probablemente no saldrían de allí de cuerpo entero. Para la gente como Ian, era el lugar perfecto para enterarse de todo lo que pasaba en la ciudad, encontrar cómplices con los que planear fechorías y averiguar dónde y quién sería una presa fácil y lucrativa. Pero esa noche ni Ian, ni ninguno de los otros dos que le habían acompañado esa tarde, podían pensar en otra cosa que no fuese en lo acontecido en aquel apartado callejón. Después de algunas cervezas el tabernero se acercó nuevamente al grupo de Ian para ofrecerles más de beber y, mientras lo hacía, les preguntó en voz baja:

—¿Habéis oído lo de los dos hombres muertos que han encontrado? Dicen que eran Joe y Mud, dicen que alguna bestia los ha atacado y masacrado.

—Sí, lo hemos oído, aunque no sabíamos quiénes eran —respondió Ian mientras los tres se miraban disimuladamente unos a otros.

—Dicen por ahí que ha podido ser una de las bestias que los guardias de la Torre han traído desde España. Riley nos ha contado que Ferry, el granjero, que lleva cada semana el grano a la Torre para la comida de los presos, vio desde la ventana interior de la cocina una celda a lo lejos de un pasillo en la que tenían a una bestia. Dice que no pudo verla bien, pues estaba muy oscuro, pero cree que es como un perro o un lobo gigante, aunque también cuenta que los alaridos que emitía aquel animal eran muchísimo más aterradores. Él conoce bien a los lobos, pues a veces una manada que ronda las tierras del norte se acerca a sus cultivos para intentar comerse alguna de las ovejas que allí tiene y dice que nunca había escuchado algo así —Les comentó el tabernero entre susurros.

29

—Eso son sólo cuentos que se inventa ese estúpido granjero, nunca se ha oído de una bestia parecida, además las heridas que les hicieron eran brutales, tendría que haber sido un animal mucho más grande que un perro salvaje o un lobo —respondió uno de ellos de mal humor.

—Bueno, yo no lo sé, es lo que me han contado. No hace falta que te enfades así, además si tú no has visto los cuerpos cómo puedes decir que no ha sido un lobo, más de una vez se ha encontrado alguno merodeando por las calles de la ciudad en plena noche buscando comida, e incluso una vez atacaron a un mendigo —respondió molesto el tabernero.

—Dejad ya el tema, no hablemos de lo que no sabemos, solamente son rumores —dijo Ian para terminar la conversación.

Los tres siguieron bebiendo durante toda la noche, no querían irse hasta que hubiese amanecido, pues los comentarios que durante todo ese tiempo escucharon en la taberna no hacían más que acrecentar el miedo que ya de por sí sentían.

Capítulo 5

Después de varias horas deambulando sin rumbo fijo por la jungla, y finalmente, encontrando un refugio entre varias rocas que, aparentemente, parecían la abandonada guarida de un animal, Yamir se quedó profundamente dormido exhausto por el cansancio.

Tras dormir toda la noche, Yamir se despertó sobresaltado por una gota de agua que, resbalando por las grietas de la roca que sustentaba el conjunto en lo alto y que creaba aquel hueco, cayó fría y certera sobre su cara. Ya era casi de día, estaba amaneciendo y llovía a raudales. Las gotas de agua golpeaban con tal fuerza las hojas de las plantas que el sonido tornaba ensordecedor.

El pobre había pasado toda la noche con pesadillas sobre los hombres que habían atacado su aldea. En el sueño, *Yamir estaba de pie junto a su madre y hermanas, mirando cómo ésta cocinaba, cuando los hombres se acercaron a ellas y comenzaron a golpearlas, primero en la cabeza y luego por todo el cuerpo. Yamir los gritaba que parasen e intentaba ayudarlas, pero no podía, estaba a su lado como un mero espectador, como si las estuviese observando desde el aire sin estar realmente allí. A cada golpe que recibían, chorros de sangre salpicaban impregnándolo todo. Yamir sentía aquella sangre manchando su*

31

cara, su calor y su viscosidad le impulsaban a limpiarse los ojos con las manos, mientras ésta, signo de muerte y vida, tintaba su morena tez. No podía creer lo que veía, aquellos hombres las estaban matando.

Su madre lograba parar alguno de los golpes con sus brazos, pero sus hermanas eran demasiado pequeñas. El rostro de la menor era ya casi irreconocible, de su cara colgaban trozos de carne desprendidos y tenía los ojos y pómulos totalmente hinchados y ensangrentados. Ninguna de las dos ya se movía, aun así, las seguían golpeando. La expresión de aquellos salvajes atacantes aterrorizaba a Yamir. Se podía ver rabia en sus ojos mientras sus abiertas bocas gritaban mostrando los dientes. Sus venas de cuello y sien engrosaban con sed de muerte. En ese momento, la madre de Yamir bajó los brazos entre gritos, sangre y lágrimas de desesperación intentando agarrar las manos de sus hijas sin conseguirlo, quedando ya inmóvil como ellas y brotando borbotones de sangre de su cuello por la herida de machete que uno de los hombres le había provocado. Yamir se había arrodillado e intentaba tocar a su madre envuelto en lágrimas y llantos, pero aunque veía lo que ocurría, nada podía hacer para evitarlo. Después de un rato, y sin más lágrimas que derramar, se llevó las manos a la cara nuevamente para limpiarse, pero ahora, al separarlas y mirarlas, las encontró limpias de sangre y, en su lugar, apareció el diamante que había encontrado en la cueva. El diamante comenzó a brillar fuertemente, había tanta luz que Yamir tuvo que cerrar los ojos. Cuando los abrió de nuevo, estaba totalmente oscuro, era de noche y no sabía dónde estaba ni que había pasado.

De repente, y sintiéndose completamente atemorizado, comenzó a escuchar unas voces cercanas. Rápidamente Yamir se agachó y se giró hacia el lugar de donde provenían. Arrastrándose por el suelo, lentamente y sin hacer ruido, se fue acercando. Tras unas grandes hojas vio a varios hombres hablando reunidos junto a un fuego. Entre los reflejos de luz que el fuego dibujaba en sus caras, Yamir reconoció a uno de ellos, era él, uno de los malnacidos que había golpeado a su ma-

Iván Moncada

dre y sus hermanas. El corazón de Yamir comenzó a latir como un caballo desbocado, su respiración comenzó a agitarse cada vez más y más, tanto, que apenas podía respirar a pesar de la cantidad de aire que colmaba sus pulmones. Los latidos de su corazón retumbaban en su cabeza como tambores de guerra, logrando desorientarle completamente. Al final, sin poder soportarlo más, lanzó un grito que inundó la jungla hasta los rincones más recónditos, un grito tan intenso que, incluso los depredadores naturales del lugar, se estremecieron al oírlo.

En aquel momento, el grupo de hombres se asustó mucho debido al terrible grito que Yamir había exhalado y a la cercanía del mismo, ya que no estaba a más de dos metros de distancia de ellos. Todos ellos se pusieron de pie, no sabían qué o quién estaba allí, justo a su lado y detrás de ellos. Antes de que pudieran reaccionar Yamir se abalanzó sobre ellos.

Ahí se acabó la pesadilla, interrumpida por la gota de agua que lo despertó. Después de un rato despierto y observando la voraz lluvia, Yamir alargó sus manos para alcanzar un reguero de agua que caía por una de las piedras exteriores en las que se refugiaba. Atónito las miraba mientras sus cuencas se llenaban de agua con la que beber, estaban cubiertas de sangre, al igual que sus brazos. Bajo el chorro de agua las giraba y observaba sin comprender nada, mientras comenzaba a lavarlas. —No puede ser —pensó. Entonces se puso de pie y mirando el resto de su cuerpo y ropas, vio que estaba totalmente empapado en sangre. Tras unos segundos, comenzó a sentir una sensación de suciedad exterior e interior entremezclada con culpa y un placer inexplicable que nunca antes había experimentado. Después, andando lentamente con los brazos extendidos hacia arriba y mirando al cielo, salió del refugio dejándose envolver por la purificante y renovadora lluvia. Poco a poco las copiosas gotas iban desprendiendo la seca sangre de su cuerpo y de su cara, recorriendo sus piernas hasta el suelo y tiñendo éste de rojo.

33

Iván Moncada

Capítulo 6

Como cada mañana, y después de haber ayudado a sus padres, Desirée se encaminó a la plaza central donde se situaban los puestos del mercado. Tenía que comprar carne y patatas que su madre le había encargado y el rollo de cuerda con el que su padre hacía los fardos de leña en un monte cercano, y que usaba para el horno, púes ya quedaba poca y la necesitaba para ir a recoger más. En el camino siempre encontraba a alguna de sus amigas que también iban a diario al mercado y con las que pasaba el rato, además de comprando, hablando de los chismorreos y rumores de las gentes de su barrio y alrededores. Uno de ellos, el más reciente, era el de los dos hombres encontrados sin vida en una callejuela cercana de donde ellas Vivían.

Todas sus amigas eran casi de la misma edad, sin embargo ningún muchacho las pretendía todavía, al contrario que a Desirée, quien los tenía a montones pero no los correspondía. Después de una larga hora paseando por el mercado y de haber comprado todas ellas sus respectivos encargos, recibiendo algún que otro regalo seguido de piropos como ya era costumbre, se dirigieron a su lugar de reunión favorito.

35

Éste estaba pasado *Woodroffe Lane*, en la colina de *Little Tower*, justo a espaldas de la Torre de Londres y en donde en medio de una gran explanada, normalmente tupida de hierba en los meses de calor, había una gran roca plana donde se sentaban habitualmente en primavera y verano, para seguir charlando durante un buen rato. Aunque por esas fechas, y con la lluvia caída del día anterior, ninguna de ellas lo hacía permaneciendo simplemente de pie sobre ella.

Mientras Gladis, una de las mejores amigas de Desirée, comentaba el miedo que le daba salir ahora al anochecer debido a lo de los dos hombres muertos, Desirée desenvolvía unos dulces que en el mercado, Jhon Balde, el hijo del repostero, le había regalado. De hecho, casi todos los días le regalaba algunos hechos por él mismo, como solía decir, mientras su cara se tornaba de color rojo por vergüenza. Hoy eran figuritas de animales hechas con masa, yemas de huevo y azúcar coloreada por encima. A Desirée y a sus amigas les encantaban ese tipo de regalos, una tras otra se las fueron comiendo mientras Gladis terminaba de contar lo que anteriormente estaba diciendo de los dos hombres muertos.

Al igual que Gladis, muchas otras mujeres de la ciudad estaban asustadas y procuraban no salir de casa cuando estaba oscureciendo, y por descontado, mucho menos de noche. No era la primera vez que pasaba, pues siempre había algo por lo que temer en Londres, cuando no eran bestias salvajes que venían del campo en busca de alimento, eran rumores sobre hechizos y brujas, o historias increíbles traídas desde tierras lejanas contadas casi siempre por los marineros que llegaban a Londres, y que hábilmente, usaban para asustar a las jóvenes mujeres buscando una excusa para rodearles los hombros con sus brazos a modo de protectores.

—Pues yo no tengo miedo —dijo Thelma, a la vez que proseguía hablando.

Iván Moncada

—Todo eso son sólo cuentos y habladurías, o ¿acaso alguna de vosotras ha visto alguna vez con sus propios ojos algo de lo que la gente cuenta?, seguro que lo de la bestia que ha matado a esos hombres es como lo de la vieja Martha, que decían que estaba haciendo brujería y lo único que hacía era ir al campo, de noche y a escondidas, para recoger hierbas y hacer un ungüento para los dolores de espalda de su marido, porque no tenía dinero para pagar al doctor

—¡Ja ja ja ja! —todas se rieron a la vez.

—Sí, es verdad —dijo Desirée—. La gente siempre está exagerando, como el rumor de que ahí enfrente, en la Torre, hay un ser demoníaco que tuvo que ser metido en la mazmorra con ayuda de monjes y cánticos sagrados

—Pues yo no he oído nada de eso —extrañada comentó Yen, otra de las chicas.

—Pero Yen, ¿cómo es posible que no lo hayas escuchado si lo sabe todo Londres? —entre risas se dirigió a ella Thelma.

—Pues no, no lo he oído —respondió Yen totalmente asombrada.

—No importa, será otro cuento —añadió Thelma con media sonrisa en sus labios.

—Sí, seguramente. Aunque mi padre dice que desde que cuentan lo de la Torre los animales están más nerviosos, muchos señores le llevan sus caballos para herrar y dos mozos tienen que sujetar a los caballos porque no se están quietos. Según mi padre, es como cuando intuyen que algún peligro les acecha o como cuando los caballos de guerra van a entrar en batalla —contaba Ariel la hija del herrero.

—No sé, pero a mí sí me dan miedo estas cosas y, por cierto, deberíamos irnos que se está haciendo tarde y ya me deben

37

estar esperando —decía Gladis, mientras comenzaba a bajar de la roca hacia el camino de tierra.

—Sí, es verdad, y a nosotras también.

El resto de chicas fue bajando también de la roca, al igual que Gladis, para ponerse en marcha de regreso a sus casas. Gladis y Desirée caminaban más despacio que las demás, quedándose algo rezagadas del grupo mientras bajaban la pequeña pendiente de la colina. Cada una iba pensando en sus cosas y en la conversación mantenida, cuando Desirée oyó decir su nombre. Instantáneamente giró la cabeza y le preguntó a Gladis, que estaba justo detrás de ella.

—¿Qué?

—¿El qué, qué?, yo no he dicho nada —respondió Gladis sonriendo.

—¿No me has llamado?

—No —dijo Gladis.

El grupo seguía caminando y casi habían llegado de nuevo a la calle de *Woodroffe Lane* dejando atrás la colina y la completa visión de las murallas de la Torre de Londres, cuando Desirée escuchó de nuevo su nombre.

—*Desiréeeee*..........

Esta vez mucho más cerca y en un tono más fuerte. Parecía un susurro musitado directamente en su oído, incluso podía sentir la respiración de la boca de la que habían salido las sílabas que formaban su nombre.

Desirée giró la cabeza hacia atrás con la rapidez de un zorro perseguido por una jauría de perros de caza, pero allí no había nadie. Se quedó mirando sin entender nada. Al ver Gladis a Desirée también se giró y le preguntó:

—¿Qué miras?

—¿Has oído algo, Gladis?

—No, ¿por qué? ¿Qué has oído? Tienes mala cara.

—Nada, nada, no te preocupes, me habré confundido.

Nuevamente ambas comenzaron a caminar a la vez que Gladis miraba extrañada a Desirée, quién ahora caminaba más rápido que antes y cuya expresión en la cara mostraba preocupación y malestar.

39

40

Capítulo 7

Hubieron pasado varios días desde que la vida de Yamir saltase por los aires. Ahora no tenía familia, ni hogar al que acudir.

Durante largos y angustiosos días buscó a su familia entre las ruinas de su poblado y alrededores, pero no encontró a nadie. Tampoco encontró nada en los poblados cercanos, pues también habían sido atacados y poco quedaba de ellos. No había rastro alguno ni a su madre, ni de ninguna de sus hermanas o hermanos. Probablemente todos hubiesen sido víctimas de las masacres y les hubiesen matado.

Yamir no alcanzaba a comprender por qué había ocurrido aquello. Sabía que la rivalidad entre etnias a veces acababa mal, con multitudinarias peleas en algunos casos y ajustes de cuentas con alguna víctima incluida en otros, pero nunca había visto nada así, una masacre sin previo aviso. Todo el mundo se estaba volviendo loco, incluso él mismo, pues ya no sabía bien quién o qué era, ya que tenía una extraña y constante sensación de la que no podía desprenderse además de aquel sueño que había tenido, —¿Era sólo eso, un sueño? —se preguntaba. Pero la sangre que cubría su cuerpo aquella mañana en el refugio que encontró entre las

41

piedras le decía que no lo era. Además, ahora constantemente tenía hambre, un hambre que no sabía cómo saciar.

—Pobre de mí —pensaba Yamir mientras sentado en una piedra miraba el diamante sobre sus manos. Ahora que él y su familia podían haber sido felices y tener todo lo que hubiesen deseado gracias al diamante que encontró en aquella cueva. Pero ya no había remedio.

Dispuesto a hacer algo con aquel diamante y cambiar su suerte, se encaminó con destino a Agra, la capital y centro neurálgico de la India. Fue una decisión tomada más por su subconsciente que por él mismo, ya que como flashes en su memoria, la imagen de una joven de dulce rostro aparecía constantemente en su mente repitiéndole mientras le miraba fijamente a los ojos —Llévasela al Shah Yamir, llévasela al Shah.

El Gran Shah Jehan, descendiente de la dinastía Mogol, vivía en el palacio de Agra junto a su familia. El Shah era un hombre benevolente, regio y justo, que gobernaba su país acorde a las más arraigadas tradiciones indias, como así hicieron sus antepasados anteriormente; aunque la situación actual era tensa debido a las dificultades producidas por la invasión encubierta a modo de comercio de fuerzas extranjeras, teniendo que tratar con portugueses e ingleses por las riquezas del país.

Desde hacía no muchos años la presencia de los ingleses y de sus ejércitos se habían multiplicado. Los generales ingleses eran tan buenos en la política como en la batalla, lo que hacía al Shah tener que tratarlos desde un punto de vista diferente en comparación a sus muchos otros enemigos autóctonos, teniendo en cuenta que su ejército no paraba de crecer, y sus armas y medios técnicos, eran muy superiores a los suyos.

Como cada mañana, el Shah se despertó pronto para bajar desde sus estancias al salón "del Amanecer" para tomar el desayuno y ver cómo el sol se alzaba en el cielo. Aquel salón era una de las salas favoritas de palacio para el Shah. Estaba rodeado de hermosos arcos tallados por los costados que dejaban pasar toda la luz de la mañana pero evitando el sol directo salvo por unos pocos segundos, justo cuando el sol asomaba por detrás de las montañas irrumpiendo en el cielo y bañando los suelos de la sala con los primeros rayos del día. Espectáculo por el que el Shah apreciaba tanto aquel salón.

A través de los arcos se podían ver los jardines inferiores, tupidos por palmeras y multitud de coloridas y exóticas plantas originarias de la India, que cuidadosamente fueron traídas desde todas las regiones por los antepasados del Shah.

Dentro del salón había una majestuosa mesa ovalada hecha de piedra blanca y montada sobre tres pares de colmillos de elefante en la que las fuentes de frutas, huevos, aves cocinadas y diversos manjares lo rebosaban. Vino de palma en jarras y copas de oro la completaban, al igual que unos relucientes cubiertos de oro labrados cuidadosamente a mano. Todo el salón era un espectáculo para los ojos, los adornos y ornamentos de los techos en maderas tostadas, y los dibujos y colores de la piedra pulida de los suelos eran únicos en el mundo. Todo ello fue fabricado por orden del Shah cuando mandó construir el salón, ampliando así el palacio de sus antecesores, y del que creía que era una de sus más hermosas creaciones, después por supuesto de sus hijos, por los que sentía gran devoción.

El Shah era un hombre madrugador, no sólo porque le gustase disfrutar de su desayuno a solas mientras contemplaba los colores de las primeras luces del día, sino porque a su edad ya no podía dormir lo que de joven era capaz y su cuerpo necesitaba para descansar. Muchas de sus labores habían sido delegadas a sus hijos los príncipes, que llevaban a cabo dichas tareas escrupulosamente para orgullo de su padre. El hermano del Shah también

43

participaba en el gobierno, pero siempre en un segundo plano y siempre supervisado por aquel. Su principal misión era cuidar y servir al Shah.

Una vez el Shah tomó asiento en la mesa del salón, comenzó a comer calmadamente deleitando de cada uno de los sabores de los alimentos que tan perfectamente colocados llenaban la mesa mientras, a través de los arcos, perdía su mirada pensando en qué le depararía hoy el destino y como solucionaría algunos de sus conflictos más inmediatos. Después de un rato y tragando un último mordisco de la fuente de ave con menta y cilantro de la que había cogido un pedazo, se reclinó hacia atrás sobre el respaldo de la silla mientras llevaba una copa de vino de palma a la boca para refrescar su garganta. En ese momento el Shah fue interrumpido, una voz detrás de él dijo:

—Apiádese de mí, Gran Shah, no tengo a nadie en este mundo, déjeme servirle, Gran Shah.

Inmediatamente el Shah, enfurecido, se puso de pie dejando caer la copa de vino sobre la mesa. Cuando se giró, vio a un niño hindú arrodillado, con el torso pegado al suelo y ambos brazos extendidos hacia delante en petición de clemencia. Era Yamir.

—¡Cómo osas interrumpir al Shah! ¡Quién te ha dado permiso para entrar en palacio! —gritaba el Shah.

—Nadie, mi Shah, a escondidas y de noche entré en palacio para poder hablarle, pues nadie debía verme entrar, mi Shah.

—¿Has burlado la guardia? No lo debías de haber hecho, esto te costará la vida.

—Perdóneme, mi Shah, ya sé que no la merezco, déjeme servirle, déjeme que le entregue un diamante que encontré para mi Shah —a la vez que decía esas palabras, Yamir introdujo sus dos manos debajo de sus ropajes mientras seguía agachado. Luego,

44

nuevamente las mostró, esta vez en alto y con las palmas hacia arriba con el diamante sobre ellas. Por un momento levantó la cabeza mientras decía.

—Soy Yamir, mi Shah, su siervo.

El Shah se acercó al chico lentamente para ver qué tenía en las manos. Inclinándose extendió su brazo y cogió la magnífica piedra. Irguiéndose de nuevo, con su mano y dedos iba girando aquel inmenso diamante que aquel niño mendigo había traído consigo.

Iván Moncada

Capítulo 8

Dentro de la Torre, los guardias desempeñaban su trabajo con especial atención al preso por el que les habían hecho venir desde tan lejos. El líder de la nueva guardia de la Torre, llamado Eduardo de Somonte, que era también el de más edad, llamó a reunión a sus hombres en el comedor, a excepción de los centinelas, quienes debían permanecer en sus posiciones.

Como todos los días, se reunían para rezar. Biblia en mano, Eduardo y el resto del grupo leían pasajes y pedían a Dios por su bendición y un pronto regreso a casa. El grupo estaba compuesto por hombres adultos y sus hijos primogénitos. En sus rezos también pedían por una pronta liberación al servicio del señor, lo que significaba que habrían conseguido su encomienda. Una vez hubieron terminado sus rezos, todos volvieron a sus tareas. Eduardo y su hijo Esteban esperaban a que todos hubieran salido del comedor para abandonarlo y cerrar la puerta. Viendo la expresión en la cara de Esteban, su padre le dijo:

—¡Anímate hijo mío! El fin está cada vez más cerca.

—Lo sé padre, pero nuestra soledad pesa terriblemente sobre los hombros y el fin, a veces, me parece inalcanzable.

47

—Lo sé, hijo, pero sabes que no podemos relacionarnos con nadie, ya sabes cómo suele acabar.

—Sí padre. ¿Ya sabes quién salió fuera de la Torre?

—No, todavía no. El estar cerca de ese ser hace que nuestro instinto se agudice y nuestro lado oscuro salga para poder combatirle, pero no podemos dejar que nos pueda, debemos ser más fuertes que él. Si la gente supiese de nuestra condición se volvería en contra de nosotros y él se haría más fuerte.

—Lo sé, padre. Ahora debo ir abajo, tengo que relevar a José en la lectura.

—Ve con dios hijo mío —terminó Eduardo.

Esteban se dirigió a la celda en la que el preso se encontraba custodiado. Siempre había un guardia apostado frente de la puerta. Ahora estaba José, otro de los primogénitos. Estaba sentado en una banqueta, a dos metros de la entrada a la celda del reo, leyendo en voz alta alumbrado por una tenue y titilante vela.

La puerta de acceso era de resistente hierro, con barrotes entrecruzados formando pequeños cuadros por los que no cabría ni la mano de un niño y forrada después con la madera obtenida de la santa puerta de una iglesia antes de la llegada del preso, para así evitar el contacto visual con el exterior de la celda. Ésta era realmente pequeña y estaba en la parte más baja de la estructura de la Torre, dos pisos bajo el nivel del suelo. Fue construida junto con los cimientos de la estructura. Ese ataúd con forma de habitación siempre había sido usado como castigo para presos problemáticos, o como pena de muerte, para los que la Iglesia consideraba extremadamente peligrosos por su relación directa con el diablo. No tenía lecho en el que dormir, ventana por la que ver la luz, ni ventilación para respirar. De hecho, no tenía tan siquiera acceso para dar de comer al preso. Pero eso no era un problema para el nuevo huésped, pues éste no necesitaba ninguna de esas

Iván Moncada

cosas para vivir, si pudiese decirse que aquella criatura tuviera vida tal y como todo hombre la conoce.

A la llegada de Esteban, José levantó la mirada desde la banqueta en la que estaba sentado y, sin pronunciar palabra, se puso de pie y le dio a Esteban el libro que estaba leyendo. Esteban se sentó en su lugar y comenzó a leer en voz alta, mientras José abandonaba el corredor para subir las escaleras que llevaban a la parte superior. Mientras lo hacía, el preso comenzó a reír ya hablar.

—*Ja ja ja ja, pobre tonto, ¿crees que podrás escapar de lo que eres? Ja ja ja ja, tu padre te miente, ¿crees que las palabras de ese libro sirven de algo contra mí? Sois todos unos necios, cuando salga de aquí os mataré a todos. Cuando restablezca el poder que me fue arrancado nada ni nadie podrá impedirlo. Perros pulgosos, sufriréis vuestra maldición por toda la eternidad, el padre y el hijo, el hijo del hijo, y así para siempre ja ja ja ja ja…*

Esteban seguía leyendo incrementando el volumen de su voz y haciendo caso omiso a las palabras, que ahora directamente en su mente ponía aquel ser, al que la gente corriente veía como un simple hombre, pero al que él y los suyos veían como la criatura que era realmente.

50

Capítulo 9

Al descubrir a Yamir tendido en el suelo del salón, el Shah llamó a la guardia de palacio antes de que éste le mostrase el regalo que traía consigo. Después de haber cogido el diamante la guardia irrumpió en el salón y, directamente, al ver a aquel niño mendigo de rodillas, se acercaron a él y le cogieron por ambos brazos levantándolo en vilo mientras miraban al Shah en espera de órdenes de qué hacer con el chico.

El Shah vaciló por un momento, no sabía qué creer y ni qué hacer, su mente estaba bloqueada por la visión de aquel maravilloso diamante. En ese preciso instante el Shah observó que los guardias miraban su mano y el diamante que sostenía. El Shah reaccionó llevándose la mano con el diamante a la espalda antes de que los guardias pudiesen ver qué era lo que había en ella. Después ordenó llevar al chico a la sala de servicio donde estaban habitualmente los sirvientes para que el maestro de servidumbre le mandase lavar y vestir adecuadamente y le pusiesen a trabajar como aprendiz de alguno de sus subordinados. Los guardias se miraron unos a otros por un segundo y, rápidamente, y con el chico todavía en vilo, se lo llevaron cumpliendo las órdenes del Shah.

El Shah se quedó nuevamente solo en el salón mientras tomaba asiento para, por un momento, asimilar lo que había sucedido. Después de pensar en el chico y en el diamante durante un rato, llegó a la conclusión de que sería mejor que nadie supiese de dónde había salido semejante gema. Lo mejor sería decir que había sido hallada en la mina principal de Gani, contando con que en la última semana había habido varios desprendimientos en los que murieron varios excavadores. Sería fácil decir que uno de los que pudieron salir sacó aquella piedra, muriendo al siguiente día debido a las heridas producidas por el aplastamiento de las rocas, ya que la verdadera procedencia del diamante suscitaría muchas preguntas, preguntas que el Shah estaba deseando formular a aquel chico sucio y andrajoso.

Yamir fue llevado ante el maestro de la servidumbre, llamado Demahen. Repitiéndole los guardias las órdenes del Shah, éste asintió con la cabeza diciéndoles:

—Así se hará.

Los guardias arrojaron al chico al suelo, se dieron media vuelta y salieron de la sala para volver a sus puestos.

Yamir se puso de pie, se hallaba en medio de una solitaria sala en la que solamente estaban él y el maestro, ya que la servidumbre estaba ya realizando sus labores diarias. El maestro llevó sus manos tras la espalda entrelazándolas y comenzó lentamente a caminar alrededor del chico. Demahen estaba observándole, mirándole de arriba abajo sin decir nada. Yamir permanecía inmóvil, con la mirada baja mientras el hombre le observaba hasta que por fin éste habló.

—Y tú, ¿de dónde has salido? Perro harapiento —le decía con desprecio mientras Yamir seguía con la mirada baja sin decir nada.

Iván Moncada

—¿Cómo diablos has conseguido llegar hasta aquí? Yo y solo yo, soy el encargado de seleccionar a los sirvientes y tú ni me haces falta ni me gustas.

—Es el deseo del Shah y no tu decisión —respondió Yamir.

Súbitamente, y dando un largo paso hasta estar cerca del chico, el maestro alzó su mano golpeando a Yamir en la cara con la mano abierta, con tal fuerza, que éste salió despedido un par de metros cayendo y quedando tendido en el suelo.

Yamir irguió el torso lentamente apoyándose sobre sus antebrazos mientras miraba al maestro y sangraba por el lado derecho de la boca. El impacto de la mano había rajado su labio superior al chocar contra sus dientes. Aquel hombre tenía unas manos enormes y le había dejado todo el lado derecho de la cara dolorido. Tal era el dolor, que casi sentía como si un elefante estuviese aplastando su cara contra el suelo con una de sus inmensas patas.

Demahen se llevó las manos nuevamente a la espalda. Desde su posición miraba a Yamir todavía tumbado en el suelo mientras una leve sonrisa brotaba de la boca de éste. Yamir alzó su mano derecha para tocar su cara y comprobar si por lo menos esta seguía allí, acto seguido separó la mano de su boca y vio que tenía sangre.

Instintivamente, Yamir llevó su lengua hacia el lado del que sangraba, entonces comenzó a saborear su propia sangre, algo que nunca había hecho hasta ahora. Su sabor comenzaba a llenarle de placer toda la boca, e inconscientemente, comenzó a salivar. El gusto de su sangre comenzó a estremecer todo su cuerpo y sentía como todo el vello de su piel se erizaba y poco a poco el dolor de su cara iba desapareciendo. La sensación de su propia sangre llenaba su cuerpo de satisfacción y deseo de más. Arrodillándose primero, e irguiéndose después plantando su pie izquierdo en el

53

suelo, Yamir se puso completamente de pie. Sabiendo el poder que desde hacía algunos días tenía y sentía, aunque para él sólo hubiese sido un sueño, sabía que podría destrozar a ese hombre con la misma facilidad que un jaguar lo haría con un animal herido, pero el deseo de estar cerca del diamante que había traído a palacio le frenaba para hacer lo que su cuerpo le pedía.

—¿Hay algún problema? —el maestro preguntó a Yamir.

—No mi maestro, sólo espero obedecer y aprender de mi maestro —replicó Yamir.

—Bien, nos vamos entendiendo, creo que quizás pueda hacer algo con un perro maloliente como tú —¡¡Jasan!! —gritó el maestro. Enseguida apareció un joven sirviente algo mayor que Yamir.

—Llévate a este mendigo recién llegado a los baños de las barracas y ayúdale a lavarse, huele como un animal, seguro que no sabe ni lavarse. Cuando lo hayas hecho llévalo con Thijil para que le enseñe a pulir los suelos y le ayude con los del corredor que está limpiando —ordenó el maestro.

El sirviente asintió con la cabeza al maestro y le dijo a Yamir:

—Sígueme —y ambos salieron de la sala.

Una vez en los baños, Yamir fue lavado y vestido con ayuda de Jasan, que también le enseñó cómo ponerse el traje de sirviente, ya que Yamir nunca se había puesto algo parecido. Éste era un traje de color marrón, con pantalón y chaqueta larga abotonada con nudos, acompañada de un gorro pequeño del mismo color que sólo cubría una parte de la cabeza. El traje de Jasan era diferente, similar al de Yamir pero de un color pastel brillante y en lugar de gorro llevaba turbante, algo que a Yamir le gustaba mucho, pues siempre quiso probarse uno aunque todavía era demasiado joven.

Yamir le preguntó a Jasan por qué el suyo era distinto y éste le respondió que era por su categoría. Jasan era el ayudante del asistente de uno de los hijos del Shah y Yamir sería solamente un siervo de servicio, por lo que se encargaría de ayudar a los sirvientes encargados de las labores de limpieza y otras duras tareas dentro y fuera de palacio, como la limpieza de cuadras y jardines, por lo que su traje debía ser más oscuro para que no se viese tanto la suciedad.

—Trabajarás por el día y por la noche deberás lavar tus ropas para que al día siguiente estén limpias de nuevo —le dijo Jasan.

Yamir bajó su mirada por un momento para ver sus ropajes al tiempo que movía los brazos y piernas y con sus manos tocaba la tela. Mientras lo hacía pensaba en lo bonitas que eran, ya que nunca hubiese imaginado que él pudiese llegar a vestir ropas como esas, aunque un segundo más tarde un brote de tristeza le encogió el corazón pensando en lo orgullosa que estaría su madre si le viese vestido así y sabiendo que trabajaría en palacio.

Momentos después, Jasan llevó a Yamir con el viejo Thijil, uno de los sirvientes más viejos que había en palacio y que estaba limpiando los suelos del corredor que daba a la entrada de la sala de té, como ahora se le llamaba a esa sala debido a la influencia ejercida por las costumbres inglesas y donde el Shah recibía a los generales ingleses.

Dicha sala estaba en el ala oeste de palacio, justo al lado contrario de donde Yamir y Jasan estaban, por lo que el recorrido que estaban haciendo le permitió a Yamir ver parte de aquel maravillosos palacio.

55

Al llegar, Yamir vio a un hombre viejo arrodillado y con ambas manos agarrando una madeja de hebras que frotaba fuertemente contra el suelo de adelante a atrás y así sucesivamente sin parar.

—Hola, Thijil —dijo Jasan al hombre, que sin inmutarse demasiado y solamente girando la cabeza un poco para mirar hacia arriba respondió.

—Ah. El pequeño Jasan. Dime ¿qué necesitas?

—Este es Yamir, el maestro me ha ordenado que le traiga para que te ayude con los suelos hasta que sepa que va a hacer con él.

—De acuerdo —respondió Thijil.

—¿Has limpiado suelos alguna vez? —le preguntó a Yamir mientras Jasan ya se alejaba.

—No.

—Bueno, te enseñaré, no es difícil aunque sí duro —Thijil se irguió un poco y miró a Yamir —.Te daré una madeja de hebras para que aprendas como hacerlo.

El hombre se puso de pie para ir a coger una madeja de las muchas que tenía amontonadas a un lado del corredor, cuando Yamir vio que el hombre solo se había levantado a la mitad, ya que no había erguido la espalda del todo y encima andaba torpemente, por lo que Yamir le preguntó.

—¿Por qué no subes el resto del cuerpo? Parece que estuvieses buscando ranas —preguntó Yamir con una leve sonrisa en su cara, ya que esa postura le hacía gracia recordando a él y sus amigos buscando ranas en el río con las que luego jugar.

Iván Moncada

—Porque no puedo —le respondió Thijil —, esto es lo máximo que puedo enderezar mi espalda, es lo que ocurre cuando llevas más de treinta años limpiando suelos de rodillas.

Entonces Yamir borró la sonrisa de su cara y se limitó a ver como el hombre separaba varias tiras de hebras del montón que tenía para hacer una madeja con la que limpiar el suelo. Una vez hizo la madeja el hombre volvió al mismo sitio en el que estaba y se arrodilló de nuevo.

—Toma, ponte de rodillas —dijo el hombre.

Yamir así lo hizo, se puso de rodillas a su lado y cogió la madeja que el hombre le dio.

—Primero tienes que echar un poco del líquido de este bote, es una mezcla especial de aceites para pulir y abrillantar los suelos. Es muy importante, porque los suelos tienen que estar siempre brillantes como espejos para el Shah y su familia. Luego, pones la madeja encima, y apoyando el peso del cuerpo sobre ella la has de deslizar hacia delante y hacia atrás muchas veces. Después, pasa este trapo para ver si está suficientemente brillante, si no lo está, vuelves a pasar más veces la madeja y así sucesivamente hasta que tu rostro se refleje en el suelo. Entonces, mueves tus rodillas hacia un lado y empiezas de nuevo —le explicó Thijil.

Y así lo hizo Yamir. Siguiendo las instrucciones del viejo Thijil frotó y frotó durante todo el día, aunque éste y el corredor que limpiaban, poco a poco parecían alargarse y no acabar nunca. Ya al atardecer un terrible dolor de espalda se adueñó de Yamir, aunque justo a tiempo Thijil le dijo que lo dejara, ya que había poca luz y el trabajo debería seguir a la mañana siguiente con la luz del nuevo día. Yamir intentó levantarse, pero no podía. Riendo, Thijil le ayudó a levantarse mientras le decía:

—Entiendes ahora por qué no puedo erguirme totalmente, chico.

57

—¡¡Ayayay!! Sí, ahora sí —respondió Yamir, ya de pie, y sujetándose con las dos manos los lumbares.

—Vamos, ven conmigo. Vamos a lavarnos para cenar, luego Jasan te dirá en qué parte del barracón dormirás.

Ambos salieron por el acceso a los jardines para dirigirse a los lavabos y después a las cocinas del servicio para cenar y recuperar fuerzas. Aunque a Yamir le dolían tanto la espalda y las piernas por estar todo el día arrodillado que casi no sentía el hambre que tenía. Un hambre que había estado saciando durante varios días con tan solo frutos que había encontrado en la jungla en su camino a palacio y con algún pequeño animal que, de noche y en la oscuridad, calmaba una sed que día a día iba aumentando dentro de él.

Mientras caminaban, Thijil le aconsejaba que comiese cuanto pudiese en la cena y en el desayuno, ya que estas eran las dos únicas comidas que les estaban permitidas, pues el resto del día debía de estar trabajando.

A las pocas semanas Yamir ya se había integrado bastante bien en palacio y era bastante querido por toda la servidumbre, a excepción claro del maestro de servidumbre, pues seguía tratándole como a un perro sin dueño. Constantemente le reprendía y en alguna ocasión golpeaba, aunque en menor medida, por todo lo que no estuviese a su gusto o no se hiciese a su manera. Pero a Yamir no le preocupaba, ya que sabía que un día ajustaría cuentas con aquel hombre.

Capítulo 10

Desirée se despertó sobresaltada. Había tenido otra pesadilla.

Desde el día que estuvo con sus amigas en la colina de *Little Tower* había tenido pesadillas, todas y cada una de las noches. Ya había pasado casi una semana desde entonces y se sentía literalmente agotada. Estando trabajando en el horno, su madre le preguntó qué le pasaba y si estaba enferma, ella le respondió que no, que solamente había dormido mal y se sentía un poco cansada. Su madre la miraba con cara de preocupación, pues era la primera vez que la veía así.

Mientras realizaba sus labores diarias en la panadería, Desirée intentaba recordar lo que había soñado, aunque sin demasiado éxito, ya que siempre recordaba lo mismo, sólo un fragmento del final de la pesadilla.

En la pesadilla ella estaba atrapada dentro de un edificio de piedra repleto de corredores y con muchas puertas con barrotes de hierro. Los corredores estaban muy oscuros, solamente iluminados por unas pocas antorchas. Ella corría y corría mirando constantemente hacia atrás, alguien o algo la perseguía. Constantemente gritos y lamentos de personas entremezclados con gruñidos y aullidos de

59

animales salvajes a su alrededor la atemorizaban, hasta que al final, acababa en uno de los corredores en el que solamente había una puerta, una única puerta al fondo, pero ésta era distinta a las demás, era de madera, no de barrotes de hierro como las demás.

En la pesadilla ella se acercaba a esa puerta atraída por ella. Ya no sentía miedo de que la persiguiesen y el ruido de los animales y los gritos de los hombres que antes escuchaba habían cesado y sentía mucha paz. Estando a muy pocos centímetros de la puerta alzaba su mano derecha hasta la altura de su pecho para, muy pausadamente y con la mano abierta, posar la palma sobre la inerte y fría madera. De repente, y como si estuviese en un sueño dentro de otro sueño, ella estaba al otro lado de la puerta. No sabía cómo la había abierto o cómo la había cruzado, pero estaba al otro lado.

Todo estaba sumido en la más absoluta oscuridad, pero de pronto, una pequeña luz que incrementaba su intensidad paulatinamente comenzaba a brillar. Ella giraba su cabeza de un lado a otro para averiguar de dónde provenía aquella luz. Mirando después hacia abajo, se daba cuenta de que la luz era irradiada desde uno de los bolsillos de su delantal, el delantal que normalmente ella solamente usaba para trabajar en el horno de su padre y que llevaba puesto en el sueño.

Acto seguido, y sin pensarlo dos veces, introducía su mano en aquel bolsillo que ahora tanta luz estaba emitiendo, la misma con la que había tocado la puerta anteriormente. Primero palpando con los dedos, y luego con el resto de la mano, intentaba averiguar qué era aquello. Cerrando el puño atrapó lo que había en aquel bolsillo para sacarlo afuera. Mientras lo hacía, la luz se escapaba de entre los dedos, apenas dando de sí para abarcar aquello que había encontrado.

Entonces, llevando su mano izquierda junto a su derecha, abría el puño para sostener la luz entre ellas y ver mejor qué era el deslumbrante objeto. Era como un gran cristal pulido, un cristal grande y *brillante que emitía una intensa pero agradable luz y que abarcaba una de sus palmas por completo.*

En ese momento era cuando, al quedarse mirando fijamente la luz, ésta comenzaba a brillar cada vez con más y más intensidad, tanta, que ahora iluminaba toda la habitación en la que ella estaba, una habitación hecha de piedra, igual que los pasadizos por los que había estado corriendo anteriormente y que carecía de ventana alguna.

Embaucada por la magia de aquella luz comenzó a inspeccionar la habitación con la mirada, descubriendo en ella a un hombre, un hombre que estaba sentado en el suelo con las piernas cruzadas, los brazos extendidos sobre ellas y las palmas de las manos hacia arriba. Tenía el pelo muy largo y completamente blanco, su cabeza estaba agachada y el pelo le cubría el rostro, por lo que ella no podía ver su cara. Un tremendo escalofrío recorrió el cuerpo de Desirée al encontrarlo allí, cuando de repente, el hombre comenzó a hablar dándole las gracias por haber venido a la vez que, poco a poco, levantaba la cabeza para dejar que ella viera su rostro. Era un hombre joven y muy guapo, mayor que ella, probablemente doblándola en edad. El hombre se puso de pie calmadamente sin dejar de mirarla a los ojos, ella también mantenía la mirada fija en los suyos, no sabía por qué pero se sentía tremendamente atraída por él. Fue entonces cuando aquel hombre se acercó a ella abrazándola, automáticamente ella respondió abrazándole también a él y el hombre comenzó a besarla muy despacio en los labios. Era la primera vez que Desirée besaba a alguien y sentía algo parecido, la sensación le embargaba de placer. Luego, el placer se convirtió en excitación y ésta comenzó a ir en aumento haciendo que perdiese la compostura comenzando ahora ella a besarle a él con desesperación y pasión. Todo su cuerpo comenzaba a arder en deseo, él seguía correspondiendo a sus besos aunque no con tanta pasión y ansiedad como ella. Poco a poco él comenzaba a desplazarse y a besarla por todo el cuello, entonces, como si una terrible explosión se apoderase de su cuerpo, ella gimió de placer. Segundos después, era cuando sentía

61

aquella terrible sensación con la que siempre se despertaba de la pesa-
dilla. Él hombre pasaba de besarla a morderla en el cuello, tan fuerte
que la hacía sangre, ella gritaba de dolor pero no podía hacer nada para
evitarlo. Pequeños chorros de caliente sangre se escapaban salpicando
la cara de aquel hombre mientras seguía mordiendo sin parar.

Eso es todo lo que recordaba del sueño estando despierta, no sabía cómo llegaba a ese horrible lugar, ni qué pasaba después, lo único que sabía es que por las noches siempre tenía la misma pesadilla y no la dejaba descansar. Suerte que había llegado el día y las labores la mantenían ocupada toda la jornada para no pensar en ello.

*   *   *

Esa misma tarde, en la Torre, Esteban estaba en su habitación, tumbado sobre un camastro hecho de paja y con base de madera, que se sujetaba sobre dos piedras junto a la pared y dos cadenas ancladas de los extremos contrarios hasta la dura roca. Había estado intentando dormir pero no era capaz, la luna llena estaba por llegar, en dos días sufriría una nueva transformación y estaba nervioso por ello. Como cada vez, tendría que ser encadenado durante esos días en una de las celdas al igual que otros de sus compañeros, quienes como él, no tenían todavía dominada la transformación y ésta tomaba presencia con la luna llena o la excitación de la lucha. Todos ellos eran los más jóvenes del grupo, ya que los mayores podían transformarse a su antojo y dominar la fuerza que la luna ejercía sobre ellos.

Mientras Esteban pensaba en lo lejos que estaba de casa, unos rápidos y fuertes pasos en el corredor le alertaron. Súbitamente la puerta de su habitación se abrió, era su padre, quien con expresión alarmada le gritó:

Iván Moncada

—¡Reúne a todos, despiértalos y diles que bajen al comedor!

Sin pensarlo dos veces Esteban fue puerta por puerta llamando al resto, al igual que a los que estaban en el patio junto a las hogueras, quedando únicamente los hombres de guardia en las posiciones estratégicas de la prisión.

Una vez estuvieron todos en el comedor, Eduardo comenzó a hablar.

—Ya controla a alguien de fuera. Creo que es una mujer, una chica joven.

Un murmullo de voces despertó con la noticia que Eduardo les había dado. Unos a otros se miraban y entre el barullo una frase bastante clara se oyó de entre las demás.

—La batalla está ya cerca, ¿verdad?

—Sí, cada vez más —respondió Eduardo.

—Hay que encontrarla, ¿sabes quién es? —preguntó otro alzando la voz.

—Todavía no —respondió Eduardo —.Como cada noche, antes del cambio de luna, he tenido varios sueños premonitorios. En el sueño, y fuera de estos muros, vi a una mujer joven de pelo dorado. Estaba sola, en medio de una pradera en la oscuridad de la noche y con la mirada fija en esta prisión. El olor de su sangre perturbaba mi mente, y sin poder evitarlo, comencé a correr hacia ella mientras me transformaba para saciar mi hambre. De un salto tumbé a la muchacha, y estando ya encima de ella con mis garras delanteras sobre sus brazos y dispuesto a atacar, ella comenzó a reír a carcajadas con los ojos cerrados mientras inclinaba su cabeza hacia atrás. Eso me hizo detenerme por un momento, y de repente, ella dejó de reír y abrió súbitamente los ojos. Sus ojos eran rojos como la sangre y miraba fijamente a los míos mientras me decía: —¿Crees que vas a poder evitarlo? —entonces desperté.

63

—¿Podrías recordar su cara?

—No, lo único que puedo recordar es lo que os he contado. La imagen de sus ojos ensangrentados me impide recordar su cara, pero pude notar que todavía no la ha convertido en su sierva, solamente ha penetrado en su mente. Debemos encontrarla antes de que la controle completamente, al amanecer dos de nosotros saldrán en su busca. Debemos protegerla.

—De acuerdo —dijeron todos, muchos asintiendo con la cabeza, desatándose de nuevo un leve murmullo mientras comenzaban a abandonar el comedor para ir de nuevo a sus habitaciones y ocupar sus puestos.

Eduardo se dirigió a la pequeña capilla que él y los demás habían improvisado en una de las celdas en la primera planta a la espera de que amaneciese. En ella, la luz del día y el aire fresco entraban por una pequeña y enrejillada ventana. Allí todos ellos pasaban algún rato para rezar a solas, pues todos eran católicos y creyentes en un Dios al que querían y odiaban casi con la misma intensidad, ya que la maldición que sobre ellos pesaba era creída como una penitencia no deseada que había hecho de sí mismos, sus progenitores y descendientes, unos monstruos a ojos de los demás y a los suyos propios. Aunque por otra parte sabían que eran siervos de Dios y su existencia era una de las mayores armas que el señor tenía para combatir a las criaturas oscuras venidas a este mundo para acabar con su creación. Sin embargo, algunos de ellos, más débiles y tentados por un poder que había ennegrecido sus almas, actuaban como auténticas bestias perdiendo el control de sí mismos y transformándose con el único objetivo de saciar el hambre de carne que envenenaba sus almas.

Capítulo 11

Después de haber estado durante un buen rato rezando a la espera del amanecer, Eduardo recordaba nuevamente, con gozo y añoranza, cómo eran antes su vida y su familia.

Él y su esposa vivían felizmente en las cercanías de Toledo, en España, donde Eduardo trabajaba cultivando la tierra y su esposa Laura servía en la casa de un comerciante adinerado de la zona. Ambos eran muy jóvenes, felices y con muchos sueños por cumplir. Pero su felicidad fue interrumpida por la guerra. Una guerra que durante treinta años mantuvo a españoles y franceses en salvaje lucha por la eterna pugna del ser humano por poner fronteras a una tierra que no las entiende.

Eduardo tuvo que ir a luchar, dejando atrás a su querida esposa embarazada de su primer hijo, el hijo que tanto deseaban.

Varios años pasaron lejos de casa, hasta que un día tuvo lugar una de las batallas más duras, pero también una de las más importantes para tomar el control de las tierras españolas anteriormente conquistadas por Francia.

Fue entonces cuando ocurrió. Tras una batalla, Eduardo, entonces mano derecha de uno de los más notables mandos del

65

ejército de su majestad gracias a la destreza adquirida en combate, fue herido. En ningún momento dejó de luchar, a pesar de que perdía bastante sangre por la herida provocada por una puñalada en la lucha cuerpo a cuerpo contra un enemigo. Cuando acabó la contienda ya era de noche y muchos de ellos no tenían fuerzas suficientes para volver al campamento o estaban malheridos, por lo que decidieron pasar la noche al refugio de los árboles de un bosque cercano.

Era una noche clara, se podían ver todas las estrellas llenando el firmamento junto con una luna llena enorme que iluminaba la noche haciendo de ésta casi un nuevo día y permitiendo ver perfectamente el terreno hasta donde abarcaba la vista. Eduardo había recibido un corte bastante profundo en el costado derecho producido por una daga enemiga en el campo de batalla, había sangrado mucho, pero la herida parecía que se había cerrado bastante y ya apenas brotaba sangre de la misma. Eduardo se tumbó en el suelo para intentar dormir, se sentía cansado y algo enfermizo, sentía mucho calor y estaba empezando a sudar mucho. Después de un rato sin poder conciliar el sueño y sintiendo su cuerpo arder sin control, se puso de pie y desnudó su cuerpo de cintura para arriba. Comenzó a andar entre los árboles apoyándose en ellos para no caer al suelo, la brisa de la noche enfriaba el sudor de su cuerpo y aliviaba momentáneamente el abrasador calor que ahora le hacía jadear como un perro en pleno verano. Se sentía completamente mareado y desorientado, miraba a su alrededor y lo único que veía eran árboles. Ahora estaba seguro, aquella daga le había herido de muerte. Entonces, asustado, comenzó a correr sin rumbo mientras que en lo único que podía pensar era en su mujer. Corría y corría a la vez que, entre jadeos, gritaba el nombre de su amada Laura. Fatídicas lágrimas recorrían su rostro mientras pensaba que ya jamás la volvería a ver. Después de unos largos minutos, llegó a un claro del bosque en el que, finalmente, cayó de rodillas mientras comenzaba a sentir un dolor inmenso. Éste crecía y crecía cada vez más hasta que una fuerte punzada, que creía de muerte, le hizo caer de bruces en el suelo y comenzar a retorcerse.

Ya casi inconsciente, y entre espasmos, giró su cuerpo poniéndose boca arriba viéndola a ella, la luna. La luna que marcaría su existencia para el resto de su vida.

Eduardo perdió la consciencia envuelto en agonía.

A la mañana siguiente, Eduardo despertó sintiéndose como en una cama de plumas, aunque al abrir los ojos se dio cuenta de que estaba tirado en el suelo junto a un arroyo de agua clara en el que casi tenía la cabeza metida. Pasaron unos segundos hasta que Eduardo se pudo poner de pie. No sabía qué había pasado, pero no salía de su asombro, pues la herida en su costado ya no estaba, quedando solamente en su lugar una perfectamente curada cicatriz. Después de andar durante un buen rato por un bosque completamente tupido de árboles, logró encontrar un camino hecho por las ruedas de algún carro que le guió hasta donde él y sus compañeros se apostaron la noche anterior.

En el trayecto de regreso encontró sus ropajes dispersados por el suelo en diferentes puntos a los lados de aquel camino y los alrededores. Inmediatamente se los puso al divisar a sus soldados.

A la luz del día, el recuento de muertos en el grupo había aumentado. Muchos de ellos perecieron esa misma noche debido a las heridas producidas en la batalla del día anterior. Un compañero de Eduardo, llamado Carlos, le vio salir de entre los árboles.

—¡Dios mío! —exclamó al verle—. Creía que estabas muerto, no lograba encontrarte.

—Yo también lo creía —le respondió Eduardo.

—¿Cuántos han sobrevivido? —preguntó al ver algunos de los cuerpos sin vida tendidos en el suelo.

67

—No muchos, unos veintiséis creo. Había muchos heridos, y por si fuera poco, a dos de ellos les han atacado los lobos por la noche. Cuando los centinelas se dieron cuenta ya era demasiado tarde, aunque seguramente tampoco hubiesen pasado de esta noche. Ambos tenían heridas graves. Ven, te los mostraré.

Eduardo siguió a Carlos hasta aquellos hombres. Cuando los vio, flashes de memoria despertaron en la cabeza de Eduardo como si la imagen de aquellos cuerpos fuese una pesadilla que él hubiese vivido en primera persona, haciéndole estremecer y casi sin poder creerlo, pues recordaba el ataque a esos hombres como si hubiese estado dentro de la cabeza de aquellos lobos.

Por un momento, Eduardo se quedó sin saber cómo reaccionar, Carlos le preguntó si se encontraba bien. Entonces Eduardo volvió en sí y le dio instrucciones a Carlos.

—Forma a la gente, amontona los cuerpos de los muertos y quémalos, hay que evitar la propagación de enfermedades, tenemos que salir ya para reunirnos en el campamento —dijo Eduardo a Carlos en voz alta mientras se alejaba de la imagen de aquellos cuerpos sin vida y medio devorados.

Capítulo 12

Recién entrada la tarde, Jasan recorría los pasillos de palacio en busca de Yamir, pues el Shah había ordenado que se presentase ante él. Yamir estaba en la parte más oriental de palacio, en una de las salidas a los jardines, y en la que había una inmensa terraza hecha de madera en la que Yamir estaba aplicando un aceite especial para protegía de la lluvia, cuando Jasan apareció por la puerta.

—Yamir. Debes venir conmigo, el Shah te ha mandado llamar.

Yamir, que estaba aplicando el aceite a la barandilla de la escalera que descendía a los jardines, giró la cabeza para atender a las palabras de Jasan.

—Hola Jasan, ¿qué has dicho?, ¿el Shah quiere verme?

—Sí, date prisa, no se puede hacer esperar al Shah.

—Está bien, vamos.

Yamir dejó lo que tenía en las manos en el borde inferior de la escalera para asegurarse de que nadie se pudiese tropezar con ello y acompañó a Jasan.

69

Anduvieron por todo palacio hasta donde el Shah esperaba a Yamir hasta que finalmente llegaron a su destino. El Shah esperaba sentado en una sala junto a su dormitorio en la segunda planta del palacio. Esa increíble habitación tenía unas enormes ventanas ovaladas por las que entraba mucha luz y dejaban ver casi toda Agra. Antes de entrar, Jasan le indicó a Yamir que esperase fuera de la sala para anunciar al Shah que ya estaban allí. En un abrir y cerrar de ojos Jasan regresó y le dijo a Yamir que entrase. Al verle, el Shah dijo:

—¡Ah, ya estás aquí! Con las ropas que llevas casi no te reconozco, has cambiado mucho desde la primera vez que nos vimos, también has engordado algo, eso está bien.

Yamir estaba de pie, a pocos metros del Shah, y permanecía con la cabeza agachada evitando el contacto directo con sus ojos y en completo silencio, tal y como Demahen le había dicho que se debería comportar delante de los miembros de la realeza.

El Shah agachó un poco su cabeza intentando ver la cara del chico diciendo.

—Ya han pasado varias semanas desde que estás aquí y ahora me gustaría saber algo sobre lo que me entregaste el día que llegaste. ¿De dónde lo sacaste? Respóndeme.

Tímidamente Yamir alzó un poco su cabeza, aunque evitando el contacto visual, y le respondió:

—No lo recuerdo bien, mi Shah.

—¿No lo recuerdas?, ¿cómo puedes no recordar de donde sacaste semejante maravilla? Eso es algo que ningún hombre olvidaría nunca.

—No lo sé, mi Shah. Es poco lo que recuerdo, solamente sé que solía ir a buscar algún pequeño diamante en unas cuevas al norte de mi aldea, cuando un día me perdí y entré en una cueva en la que nunca había estado.

—¿Fue allí donde lo encontraste?

—Sí mi Shah. Cuando salí de la cueva lo llevaba conmigo, aunque debí caerme y golpearme en la cabeza estando dentro pues no recuerdo cómo la extraje.

—¿Podrías encontrar esa cueva de nuevo?

—No, mi Shah. Lo intenté varias veces después, pero no pude encontrarla. Aquel día había mucha niebla y no sé cómo llegué —dijo Yamir para evitar que hiciese demasiado hincapié en su localización.

Aun así, Yamir tuvo que decir al Shah cuál era su aldea y dónde estaba, pues éste mandaría a varios rastreadores para intentar localizarla. El Shah agradeció a Yamir que le hubiese dado el diamante, ya que en su primer encuentro y debido a la tensión del momento no lo hizo, aunque no tendría por qué hacerlo pues era el Shah. También le dijo a Yamir que nunca debería decir a nadie nada sobre el diamante. El tono de voz del Shah indicaba que habría consecuencias en caso contrario.

Yamir también le agradeció al Shah el haberle acogido en palacio. Acto seguido y, a petición del Shah, Yamir abandonó la sala para volver a sus tareas.

Al final de la tarde el Shah Jehan se dirigió a la cámara donde guardaba sus mayores tesoros para mostrarle a su hijo Aurung—zeb el fabuloso diamante, ya que unos días antes le había contado sobre su adquisición y éste no podía esperar más para verlo. El tesoro del Shah era inmenso, pero sólo unas pocas piezas especiales eran guardadas celosamente en aquel sitio, el resto estaba en una gran sala en los cimientos del palacio, fuertemente protegida. Esa cámara menor, en donde guardaba sus joyas prefe-

71

ridas, estaba custodiada también por varios guardias en la entrada, pero su mayor protección era la de una puerta especial e imposible de forzar de la que solamente el Shah tenía llave.

Aurung—zeb estaba ya allí, esperando a su padre, cuando éste llegó. El Shah ordenó abrir la puerta de entrada a la cámara a los guardias. Él y su hijo entraron y la puerta fue cerrada nuevamente a su paso. Los dos anduvieron por la cámara hasta el final de ésta, donde aquella puerta especial se hallaba. El Shah Jehan metió su mano por el cuello de sus vestimentas y, tirando de la cadena que colgaba de su cuello, sacó una llave. La llave era de oro macizo y tenía tres caras, todas ellas talladas con diferentes muescas unas de otras. El Shah introdujo la llave en la ranura de la puerta y la giró hacia el lado izquierdo. En ese momento varios sonidos se escucharon desde dentro de la puerta, eran los sonidos de los complicados mecanismos que hacían de esa puerta la más segura del mundo, siendo imposible de abrir sin la llave adecuada. Finalmente, con un fuerte sonido, se liberaron los pernos permitiendo que ésta se abriese.

Ambos entraron, por supuesto el Shah en primer lugar. El hijo del Shah ya había estado allí, aunque solamente un par de veces. A cada paso que daba las maravillas que allí dentro había no dejaban de asombrarle nuevamente. La belleza y el valor de todas aquellas joyas, junto con el reflejo del brillante oro en su cara, lo hacían estremecer de placer. El Shah se dirigió directamente a un cofre de oro con incrustaciones de rubíes que se encontraba sobre una pequeña mesa hecha completamente de marfil.

—Observa esta maravilla, hijo.

Aurung—zeb se puso al lado derecho de su padre mientras que éste abría el cofre sujetando la parte superior con los dedos índice y pulgar de cada mano. Al abrirlo y dejar ver aquel magnífico diamante de increíble tamaño, los ojos del hijo del Shah se abrieron enormemente contemplando todo su esplendor.

—¿Qué te parece, hijo mío?

—Es realmente increíble, padre. Tan maravilloso como me lo describisteis.

—Sin duda es algo realmente especial. Durante muchos años he ido creando un tesoro sin igual, pero nunca había visto un diamante semejante, el brillo que desprende es maravilloso y casi hipnotizador.

Mientras Aurung—zeb escuchaba las palabras de su padre, éste no podía separar la vista del diamante. Su resplandor se había metido dentro de su cabeza. Era como ver a una hermosa princesa de otro reino y quedarse prendado de ella, sabiendo en ese preciso instante, que si fuese necesario invadiría su reino para conseguirla.

Aurung—zeb le pidió a su padre poder cogerlo. Pero éste al ver la cara casi desencajada de su hijo por la visión de aquella joya prefirió no hacerlo cerrando el cofre súbitamente. Después, ambos abandonaron la cámara acorazada donde se hallaba la gema, cerrando el Shah la gruesa y complicada puerta a su paso, y abandonando la estancia.

73

74

Capítulo 13

Un nuevo día amanecía en la ciudad, e Ian decidió ir a trabajar solo. Después de lo ocurrido, pensó que los pequeños robos y engaños para conseguir algo de valor, que eran su especialidad, conllevaban menor riesgo que organizar un trabajito con compañeros para cazar a un pájaro más grande. Además, no le agradaba la idea de recibir alguna puñalada o algo peor, como les pasó a sus compañeros hacía ya cuatro noches.

Salió de la taberna del Buey muy temprano, había pasado la noche en el barracón compartido que tenían en la parte de atrás de la taberna y que era bastante barata. Después puso rumbo a la plaza del mercado para empezar a elegir víctimas asequibles.

Esa mañana hacía mucho frío y la dichosa niebla llevaba dos días seguidos sin levantar, aunque por lo menos, al no llover, siempre había más gente por las calles.

Mientras andaba, sus tripas sonaban como trompetas anunciando la llegada de un rey a su castillo. La última vez que comió algo decente fue hacía casi ya dos días y, para colmo, su bota derecha había hecho aguas como los barcos, pues tenía un agujero por el que casi le asomaba el dedo gordo e, inexplicablemente, ese era el pie que siempre metía en los charcos, aquellos que nunca desa-

75

parecían de las calles de Londres durante todo el invierno, lloviese o no.

Al pasar por una de las calles cercanas a la plaza, su boca se hizo agua con el olor a pan recién hecho. En esa calle estaba una de las tahonas más conocidas de Londres. El panadero se llamaba Tom y, en alguna ocasión, Ian había comprado una hogaza allí, aunque al dueño no le hacía gracia que la gente como él frecuentase su negocio, ya que alguna vez le robaron algo de pan y no quería que se volviese a repetir de nuevo, por lo que ahora ni siquiera los dejaba entrar por la puerta.

Ian se paró por un momento para disfrutar de aquel olor mientras miraba por la ventana para ver cómo el panadero y su mujer trabajaban azarosos dentro. De repente, la puerta de la panadería se abrió e Ian dio un paso atrás de un brinco, ya que no se lo esperaba. Alguien salía por la puerta en ese momento, era Desirée, la hija del panadero.

Por un instante, y con casi medio cuerpo fuera mientras sujetaba con su mano derecha la gruesa cuerda anudada a modo de pomo y en su mano izquierda portaba un cesto al que cubría una tela a cuadros, la chica de dulce semblante se quedó mirándolo fijamente.

Para no incomodar a la chica y que ésta no avisase a su padre de que alguien como él estaba observando por la ventana, Ian apartó la vista hacia el suelo, retirándose al lado contrario de la empedrada calle.

Momentos después, Ian dirigió su mirada nuevamente hacia la entrada viendo que la chica todavía estaba allí, ya fuera de la panadería y con la puerta cerrada, pero ésta permanecía inmóvil mirando fijamente a Ian. Sin apartar la mirada de él, la chica ladeó ligeramente la cabeza hacia la izquierda mientras miraba a Ian de arriba abajo, la dulce cara de la chica ya no parecía tan dulce, se

76

podía percibir malicia y picaresca en ella. Ian estaba totalmente desconcertado, no comprendía por qué había captado la atención de alguien como ella. Entonces Ian preguntó:

—¿Qué llevas ahí mujercita? Huele bien ¿No te sobrará algo para un pobre hambriento?

Desirée irguió lentamente la cabeza sin dejar de mirar a los ojos de Ian mientras una leve sonrisa en el lado izquierdo de su boca aparecía.

—Sí, aquí tengo algo de pan para ti —respondió Desirée.

Con un leve y corto movimiento de cabeza hacia abajo mientras elevaba sus cejas, Ian mostró su incredulidad hacia las palabras de la chica, respondiendo con voz pausada y áspera:

—¿Entonces….Me vas a dar una de esas tiernas hogazas de pan recién hecho que llevas en la cesta?

—Sí, pero antes tendrás que hacer algo por mí —le dijo a Ian con voz melosa.

—¿Qué es lo que quieres, chica? No juegues conmigo, soy más peligroso de lo que parezco y no acostumbro a aceptar juegos de ninguna mujer.

—Ten cuidado tú ladrón de viejas, lo que ves ante ti no es nada, ¿o prefieres que te llame Ian? Ambos podemos ayudarnos, pero si no me obedeces, también puedo acabar contigo. Sería tan fácil como guiar hasta ti a la bestia que descuartizó el otro día a tus amigos.

—¿Qué? ¿Qué has dicho? —respondió Ian vaciando sus pulmones en la exhalación de aquellas palabras y apenas sin poder recuperar la respiración nuevamente. Inmóvil y empalidecido, sus ojos se agrandaron y el miedo engulló todo su cuerpo.

—¿Cóm...cómm...cómo sabes eso? —preguntó Ian tartamudeando.

—Pobre alma, escucha bien lo que has de hacer y quizás dejaré que disfrutes algo más de tu pobre y patética vida antes de que te envíe a los infiernos. Mañana, tres hombres desembarcarán en el puerto. Son monjes venidos de tierras lejanas, no portarán mucho equipaje y serán recibidos por hombres del Obispo para llevarlos a la Abadía. Quien me interesa es el más viejo de ellos, deberás robarle la bolsa que porta, pero no la que se ve a simple vista, sino la que seguramente llevará escondida debajo de la túnica. En cuanto la tengas, tráemela. Si no lo haces ya sabes lo que te espera.

Sin apenas poder articular palabra Ian asintió repetidas veces con la cabeza a modo de afirmación a las instrucciones de la chica. Después, comenzó a andar lentamente hacia atrás para alejarse de ella poco a poco sin darle la espalda, ya que el miedo se lo impedía. Cuando estuvo a una distancia prudencial, se giró completamente y se encaminó lejos de allí a grandes pasos, hasta que rompió a correr hacia a la plaza a donde en un principio se dirigía.

Acto seguido, la puerta de la panadería se abrió nuevamente, era la madre de Desirée.

—¡Pero Desirée, hija! ¿Todavía estas aquí? ¿A qué estás esperando?

Desirée dio un brinco al oír las palabras de su madre, ya que no la vio salir al estar de espaldas a la puerta.

—¡Madre, me has asustado, no te había visto!

—Pero ¿qué haces mirando a las nubes? La Señora Merry estará ya esperando el pedido.

—Ya voy madre, acabo de bajar las escaleras, ya iba a llevárselo.

78

—¿Qué acabas de bajar las escaleras? Pero si has salido hace ya casi diez minutos —la increpaba la madre.

Desirée se quedó parada pensando por qué su madre la estaba regañando cuando acababa de salir por la puerta. Si entender nada, comenzó a caminar para llevarle la cesta a la Señora Merry mientras su madre la seguía con la mirada y con cara de enfado. Para Desirée, el encuentro que había tenido con el hombre de la calle simplemente no había existido, por lo menos no en su consciencia.

Iván Moncada

Capítulo 14

En el palacio de Agra, Demahen, el maestro de servidumbre, siempre lo estaba controlando todo y a todos. Era el primero en levantarse y el ultimo en acostarse. Para el Shah, Demahen era un hombre crucial y muy eficiente para el mantenimiento de palacio, sin embargo para muchos de los sirvientes era una auténtica pesadilla, siempre exigía más y más, sin apenas dar un respiro a nadie y en especial a aquellos que no gozaban de su simpatía, como Yamir.

No tenía mujer ni hijos, por lo menos que se supiese en palacio, estaba tan entregado a su trabajo que nada importaba a excepción de eso. Todos los días, después de cenar, se paseaba por los jardines para asegurarse de que todo estuviese perfecto y en su debido lugar. Se acercaba para revisar las plantas más importantes de la colección personal del Shah, cerciorándose de que estuviesen correctamente cuidadas; repetía esto a diario cuando oscurecía y la servidumbre ya se había retirado. Yamir le había estado observando en la distancia durante bastantes días, por lo que sabía perfectamente en qué parte de los jardines estaba en cada momento, información que sin duda aprovechaba para saltar la muralla por el lado más accesible y así poder deambular por las calles en busca de algo para complementar su cena, ya que desde hacía al-

81

gún tiempo la comida normal no le llenaba ni le daba fuerzas en absoluto.

Yamir esperó unos minutos hasta que todos sus compañeros estuvieron dormidos, cosa que no demoraba mucho tiempo, pues el trabajo en palacio era agotador y enseguida todos caían rendidos. Entonces, como cada noche, Yamir salía sigilosamente de la barraca de camino a los jardines. Sus movimientos casi felinos y su agilidad se habían incrementado mucho gracias a sus cacerías nocturnas, aun así, siempre se desplazaba por ellos con sumo cuidado, ya que por la noche siempre había un extra de guardias apostados en las murallas. A pesar de ser noche cerrada y apenas haber visibilidad, Yamir no tenía problema alguno, pues con el paso del tiempo su vista también se había desarrollado mucho; tanto, que la noche era como un nuevo día para sus ojos. Ya estaba cerca del sitio por donde Yamir solía saltar la muralla, sólo tenía que andar unos pocos metros más y sortear unas pequeñas charcas artificiales para llegar; una vez lo hizo, se dispuso a trepar por el muro cuando, de repente, una voz dijo:

—¡Tú, perro asqueroso! Eres tú.

Yamir se giró rápidamente, era el maestro Demahen, estaba escondido detrás de una gran piedra esperándole.

—Sabía que te pillaría, llevo tiempo observando la hiedra en este lado de la muralla y siempre tiene alguna hoja rota y aplastada. Seguro que robas cosas para venderlas en la calle, voy a avisar ahora mismo a la guardia para que te apresen, azoten y corten las manos —dijo el maestro mientras se giraba hacia la esquina en donde se encontraba el guardia más próximo para avisarle.

En ese momento, Yamir dio un tremendo salto desde donde estaba, de casi cinco metros de distancia, hasta donde estaba el maestro cayendo justo delante de sus narices y casi pisándole los pies. Demahen, que estaba en ese preciso instante abriendo la boca

Iván Moncada

para gritar al guardia, se asustó dando un paso hacia atrás a la vez que sus cuerdas vocales se contraían impidiendo emitir ningún sonido. Demahen se quedó mirando fijamente a los ojos de Yamir. Un segundo después y frunciendo el ceño, Demahen entró en cólera por haberse atrevido a ponerse delante de él y asustarle. Automáticamente el maestro alzó su mano derecha pasándola por delante de su pecho y poniéndola a la altura de su hombro izquierdo para coger mayor impulso y golpear a Yamir con el dorso de la mano como ya había hecho en alguna ocasión. Fue entonces cuando los ojos de Yamir cambiaron súbitamente de color, se tornaron rojo sangre, casi brillantes en plena oscuridad. Los ojos de Demahen, que estaba todavía con el brazo en alto y a punto de golpear, cambiaron inmediatamente de expresión. Se abrieron completamente sustituyendo la rabia que había en ellos por miedo, casi pánico. Muy despacio y con la mano temblando ligeramente, fue bajando el brazo pegándolo lo más posible a su cuerpo; se sentía como una presa delante de un jaguar en plena selva antes de lo inevitable, cuando Yamir le dijo:

—Ahora ajustaremos cuentas, es hora de cenar... ¡para mí!

Demahen estaba aterrado. En un intento desesperado, cogió aire de nuevo para poder gritar pidiendo auxilio, pero antes de que éste pudiese hacerlo Yamir se abalanzó sobre él a la vez que abría enormemente su boca mostrando unos largos y afilados colmillos que fuertemente clavó en el lado izquierdo del cuello del maestro al morderle. Un fino chorro de sangre se escapó de entre la boca de Yamir y el cuello de Demahen salpicando la cara de éste. Ahora el terror se había convertido en dolor, un dolor tan intenso que no le permitía moverse y casi ni tan siquiera respirar. A pesar del tremendo dolor, el maestro podía sentir cómo Yamir succionaba su sangre a la vez que su lengua rozaba y recorría la piel de su cuello que permanecía dentro de la boca de éste. Después de varios segundos, eternos para Demahen, su cuerpo se relajó haciéndoles

83

caer a él y a Yamir al suelo sin que dejase de succionar la sangre que tanto tiempo llevaba deseando beber para apagar su sed de venganza.

Mientras bebía de su sangre, los ojos de Yamir no se despegaban de los guardias de la muralla para tenerlos controlados; a su vez, los del maestro miraban al estrellado cielo sintiendo vaciar sus venas. Apenas un minuto más tarde, Demahen, que tenía todavía los ojos abiertos, dejó de ver las estrellas del firmamento perdiendo la consciencia y la vida.

Después del festín Yamir se incorporó al lado del maestro poniéndose de rodillas junto a su cadáver. Con la manga derecha de sus vestimentas se limpiaba la boca y barbilla de los restos de sangre. Poco a poco los ojos de Yamir se volvieron oscuros de nuevo dejando atrás el rojo de las llamas de la bestia que le poseía cuando se alimentaba, retornando nuevamente el color negro natural de sus pupilas.

Mientras estaba allí, de rodillas, notó algo extraño a la vez que, instintivamente, se giraba hacia atrás y se agachaba en un solo movimiento. Había luces de antorchas y gente corriendo por la esquina oeste de palacio. Yamir se levantó desde su posición para colocarse detrás de un arbusto asegurándose de que nadie le viese. El movimiento de gente se iba incrementando por momentos, por lo que Yamir se acercó un poco más para ver qué estaba pasando exactamente. Estando ya a poco más de veinte metros del puesto de guardia de la muralla perimetral, vio cómo soldados ingleses accedían a los jardines de palacio con la ayuda de los guardias que estaban vigilando esa parte de la muralla. Segundos después, se comenzaron a oír gritos y disparos de fusiles. La guardia personal del Shah se había percatado de la intrusión. Una parte de la guardia y los ingleses que les acompañaban estaban luchando contra el resto de la guardia de dentro de palacio, ayudados por los fieles al Shah. Las llamas hicieron rápido acto de presencia devorando primero cortinas, luego muebles y por fin alcanzando los finos tallados de los techos de madera. La lucha, poco a poco, se fue incrementando y adentrando hacia el interior del palacio. Entre el barullo de gente Yamir pudo distinguir una cara. En plena lucha, el turbante que ocultaba la cara de uno de los asaltantes se desató al forcejear con un soldado de la guardia, era Aurung—zeb, uno de los hijos del Shah. Él mismo estaba comandando y guiando la lucha hacia los aposentos de Shah. Éste ocultó nuevamente su cara y continuó la lucha.

Aurung—zeb estaba traicionando a su padre. Con la ayuda de los ingleses quería destronarle para hacerse con el poder y ser el nuevo Shah.

En ese preciso momento, Yamir pensaba en cuál sería la recompensa que el hijo del Shah daría a los ingleses por su ayuda, cuando una voz resonando dentro de su cabeza decía:

—*Espera a un extranjero con una marca en la cara, él vendrá a ti, te estará buscando.*

Rápidamente, y sin saber cómo, Yamir reconoció aquella voz. Entonces recordó todo lo ocurrido dentro de la cueva en donde encontró el diamante y a la mujer que allí había.

Durante los breves segundos que su mente estuvo conectada con la de la mujer, flashes de imágenes invadieron su mente. Todo lo que aquella mujer sabía sobre el diamante y su dueño había sido traspasado a la mente de Yamir.

Ahora sabía qué era él y cuál era su cometido, el mismo que había sido desde el principio, cuando aquella mujer le mordió y le entregó el diamante para llevárselo a su verdadero dueño. Aquella maravilla no era producto del capricho de la naturaleza, sino de algo mucho más oscuro y poderoso y tan antiguo como la tierra misma.

85

Segundos después un nuevo sentimiento recorrió todo su cuerpo, era una cálida sensación que por un momento le reconfortó simulando el cariño que su madre le hubo dado durante toda su vida. En aquel momento, ese sentimiento se había trasladado hacia la criatura que le había dado el poder de ser quien era ahora y que, hace mucho tiempo, hizo lo mismo con aquella joven de la cueva antes que a él. Extrañamente sentía que sería el padre que nunca conoció, cuando Yamir comenzó a escuchar su voz:

— *Soy Haraas. Yo te he entregado parte de mi fuerza y mi poder, a partir de ahora seré tu familia y tu maestro, nunca más estarás solo. Nuestras mentes estarán siempre unidas y lucharemos juntos contra nuestros enemigos.*

—Sí, mi señor —respondió automáticamente Yamir.

Después de varias horas de lucha en palacio, ésta acabó súbitamente cuando el Shah fue apresado y sus guardias se rindieron debido a la abrumadora cantidad de enemigos que invadieron el palacio. Su hijo se mantuvo al margen cuando le apresaron, pues no se fiaba totalmente de los ingleses y quería tener la posibilidad de negar que hubiese traicionado a su padre en caso de que fuese necesario. Después de un rato y de que Yamir hubiese regresado a las barracas, él y el resto de la servidumbre fueron ordenados a sofocar los focos de fuego que en la lucha se habían provocado. Como se les había ordenado, con gran esfuerzo y hasta el amanecer, no pararon de acarrear cubos de agua desde las fuentes y canales que rodeaban los jardines de palacio hasta las zonas en llamas. Paulatinamente, lograron apagar los distintos focos completamente y, una vez acabaron la extinción del fuego, se les ordenó transportar los cuerpos de los muertos que esa noche dejaron su vida en la toma del palacio tanto defendiendo al Shah como traicionándolo. Los cadáveres se amontonaban en carros tirados por caballos para luego sacarlos a las afueras de palacio y hacer enormes hogueras en las que quemar los cuerpos para evitar el

Iván Moncada

contagio de enfermedades, a excepción claro, de los cuerpos de los británicos, que fueron amontonados en otros carros aparte para llevarlos de regreso a sus campamentos.

87

88

Capítulo 15

Al día siguiente, Ian se estaba preparando para hacer lo que Desirée le había ordenado. Estaba algo cansado, ya que no había podido dormir en toda la noche. Se despertaba constantemente exaltado con la imagen de la chica en su mente y había tenido pesadillas en las que no era capaz de conseguir lo que ella le pedía y mandaba a aquella terrible bestia que aniquiló a sus amigos para descuartizarle y devorarle.

—¡Gracias a Dios, ya es de día! —pensaba Ian entumecido por el frío de la noche, la cual había pasado en un viejo túnel cerca del puente de *Three Walls*, en el que muchos desamparados como él se guarecían para evitar morir congelados. Lo duro del invierno ya estaba azotando toda Inglaterra y quedarse dormido en la calle con un par de pintas de más, o simplemente por no encontrar un sitio adecuado, ya se había cobrado la vida de algunos incautos.

Después de un rato sentado para aclarar las ideas, Ian se puso de pie y salió del oscuro túnel. Mirando al cielo, vio que apenas había nubes. Hoy iba a ser un día despejado, de los pocos que había en Londres, por lo que sería una jornada en la que todo el mundo saldría a la calle, y eso era bueno para él, ya que el mercado y el puerto siempre se abarrotaban de gente, de modo, que se podría ocultar fácilmente entre la muchedumbre para seguir a aquellos monjes que Desirée le ordenó, y así, robarles y luego desaparecer entre la multitud.

No le gustaba nada la idea de robar a hombres de Dios, ya que, aunque él no era creyente, no le agradaba que éstos le maldijeran por sus actos diciéndole que ardería en el fuego eterno del infierno, o que Dios se vengaría por atacar a siervos del señor, cosa que le pasó hace ya algunos años cuando quiso robar a un hombre de avanzada edad sin saber que era un monje y que, además de no llevar nada de valor encima, le propinó un bastonazo en la espalda mientras le recriminaba.

Ian comenzó a caminar en dirección al puerto, bajando por la empedrada calle de *Cold Fish*, que daba directamente a la parte más estrecha del mismo. Por ahora, los únicos barcos que había amarrados eran los de los pescadores que, a toda prisa, andaban descargando el pescado para llevarlo a la lonja, y una vez vendido, transportarlo al mercado. Incluso el olor a pescado crudo hacía rugir las tripas de Ian, tenía mucha hambre y pocos peniques para saciarla. Cerca de donde él estaba había un pequeño puesto que vendía pescado seco y en salazón, se acercó a él y le preguntó al tendero qué le daría por las pocas monedas que tenía, éste solamente le ofreció una pequeña y fina tira de pescado salado. Aunque no era mucho, Ian lo aceptó, ya que necesitaba comer algo para calmar su estómago y poder pensar con mayor claridad. Después anduvo un rato por el muelle principal, sentándose al final de éste sobre una pila de cajas de madera para comerse la tira de pescado, a la espera del barco que debía venir de Francia con los monjes que Desirée indicó.

*   *   *

Iván Moncada

Esa misma mañana, Esteban y otro de los jóvenes de la guardia de la Torre llamado Alfonso, fueron designados para buscar y encontrar a la chica que Eduardo vio en sus sueños. Ambos eran buenos rastreadores y podrían desenvolverse bien en Londres, ya que habían sido enseñados desde pequeños a hablar varias lenguas por los monjes de las diócesis españolas en las que sus padres hubieron encontrado refugio en las noches de luna llena.

Los monjes, conocedores de su condición, les enseñaban a controlar y convivir con su otro ser a cambio de servir para la Iglesia como soldados de Dios. Aunque jóvenes, Esteban y Alfonso tenían ya experiencia en la lucha con criaturas de la noche contra las que se habían enfrentado por diferentes tierras junto con sus padres.

Los dos se cambiaron y se pusieron ropas adecuadas para no llamar la atención, ya que sus habituales atuendos como guardias de la Torre de Londres eran demasiado vistosos y fáciles de reconocer. Al salir de la Torre, lo primero que decidieron fue visitar el mercado, ya que éste era un lugar clave de la ciudad por el que pasaba casi todo el mundo. La única descripción física con la que contaban era la que les dio Eduardo, era una muchacha joven y de cabellos dorados. No era mucho, pero sus ya desarrollados sentidos les ayudarían a encontrarla, ya que, cuando alguien había tenido contacto con el mal, el olor de su sangre y su aura cambiaban, algo no perceptible para ninguna criatura, a excepción de un hombre lobo.

Después de su primera prospección por el centro de la ciudad, y sin haber encontrado nada, los jóvenes guardias tenían instrucciones de ir al puerto a la espera de tres monjes que vendrían sobre el mediodía a la ciudad, para así servirles como escoltas y acompañarlos a suelo santo.

91

Rara vez alguien accedía a la Torre a excepción de los guardias. Los pocos que lo hacían eran los curas; el carnicero, para llenar la despensa de los guardias; Ferry el granjero, que traía grano para la comida de los presos y un par de hombres sordomudos que se encargaban de limpiar las celdas y sacar los cuerpos de los presos que morían.

Los nombres de estos últimos eran Pit y Mac, dos hermanos gemelos de mediana edad y con el rostro algo desfigurado, aunque en realidad nadie sabía cuántos años tenían exactamente, ya que ni ellos mismos lo sabían. Ambos nacieron sordos y mudos, por lo que aunque emitían algún sonido con sus cuerdas vocales, no eran conscientes de ello. Durante muchos años vivieron haciendo labores para la Iglesia, como limpiar las cuadras de la Abadía, en las que les dejaban dormir, los jardines colindantes y la nave central de ésta. Más tarde, y habiendo muerto el monje que una vez los acogió, el resto de la diócesis decidió echarlos para no tenerlos cerca, pues el aspecto y ademanes de ambos hermanos asustaba a la gente. En aquel entonces, el hombre que limpiaba en la Torre murió por un contagio de peste, así que decidieron enviarlos para sustituirle. Desde entonces, Pit y Mac habían estado trabajando en la Torre desempeñando las labores que se les encomendaban y viviendo en un viejo granero a pocos minutos de ésta.

Con el paso del tiempo, sus espaldas se habían encorvado desarrollando unas buenas jorobas.

Los curas más viejos de la ciudad decían que sus jorobas, junto con su sordera y mudez eran el castigo que Dios les había dado como consecuencia de la vida de adúltera que su madre había llevado, habiéndose quedado encinta sin estar casada. Aunque algunos comentarios de la gente más mayor de la ciudad decían que precisamente un cura era el padre de los chicos.

A ninguno de ellos les estaba permitido bajar donde se encontraba el preso principal de la Torre, ya que el poder de dominación mental que podía llegar a ejercer sobre las personas normales era colosal, llegando incluso a hacer que la gente acabase con sus propias vidas después de haber servido para los propósitos de aquel ser. Aunque no siempre la mera distancia era suficiente para mantener a la gente a salvo, ya que su poder era mayor sobre unas personas que sobre otras.

Al nacer, ambos pasaron un momento sin mostrar signo de vida alguno. Su madre pidió entre llantos que le pusieran a sus hijos sobre el pecho para darles calor, con la esperanza de comenzar a escuchar sus llantos. Había perdido mucha sangre y aún la hemorragia continuaba. Poco a poco, la vista de la mujer se iba nublando, sustituyendo la imagen de sus hijos por una completa nada de color blanco luminoso mientras perdía la consciencia. Mientras aquello sucedía, la madre comenzó a rezar en voz alta pidiéndole a Dios que les diese la vida a cambio de que se llevase la suya propia, sin saber, que Dios ya la había reclamado.

Para sorpresa de los presentes que estaban ayudando al alumbramiento, y tras la petición de la mujer en su rezo, ésta terminó diciendo, mientras las últimas briznas de vida salían de su cuerpo escapándose por sus labios:

—Pit y Mac, señor.

Acto seguido, los bebés comenzaron a llorar. La comadrona los limpió un poco, sumida en un sentimiento de pesar por la muerte de la mujer y de alegría por oír a los bebés llorar, y los enrolló en unas sábanas limpias, aunque algo raídas por el uso, y le entregó los niños a un monje que se hallaba en la habitación contigua de la casa. Después de rezar por el cuerpo y el alma de la

93

madre que perdió la vida dando a luz a sus hijos, éste se los llevó a la casa de una mujer que había tenido hijos hacía pocos meses para que los diese el pecho hasta que pudiesen alimentarse con leche de vaca y así la Iglesia se pudiese hacer cargo de ellos.

Desde que llegaron a la adolescencia, Pit y Mac dormían en camastros de paja en el establo de la Abadía. Todas las noches, los dos se acurrucaban uno junto al otro para dormir. Eso les permitía saber si alguno de ellos se despertaba en plena noche, de forma, que uno pudiese ayudar al otro en caso de necesidad, ya que en una ocasión, Mac se despertó en medio de la noche para ir a orinar cuando sufrió un terrible dolor en la espalda que le dejó tirado en el suelo y casi convulsionando.

El dolor fue tal, que llegó a perder la consciencia hasta la mañana siguiente. Fue entonces cuando Pit, al despertar por la mañana y no ver a su hermano, salió a buscarle, ya que era la primera vez en sus vidas que ambos se habían separado sin saber uno donde estaba el otro. Cuando Pit salió y vio a su hermano tirado en el suelo, el corazón le dio un vuelco. Rápidamente, se acercó a él poniéndose de rodillas y levantándole el tronco con los brazos mientras sujetaba su cabeza con las manos. Inconscientemente, un torrente de lágrimas inundaba los ojos de Pit recorriendo sus mejillas mientras mecía su cuerpo y el de su hermano de atrás a delante por el nerviosismo y el temor de que su hermano estuviese muerto.

Muy despacio, y mientras Pit acariciaba y frotaba la frente de Mac apartándole el pelo de la cara, éste comenzó a parpadear levemente hasta abrir los ojos por completo. Los llantos mudos de Pit entonces se tornaron en risa, una risa nerviosa que apenas emitía un ligero ruido entrecortado mientras que a la vez seguía llorando. Mac entonces puso su mano sobre el pecho de Pit mientras una modesta sonrisa se dibujaba en su boca al ver a su hermano, cerró el puño cogiendo la chaqueta que su hermano se había hecho él mismo con la tela de unos viejos sacos donde antes

Iván Moncada

se guardaba grano y comenzó a golpearle suavemente el pecho mientras le miraba agradeciéndole que estuviese allí con él.

Después de un rato y con los sentimientos más calmados, Pit ayudó a Mac a levantarse, aunque sin poder éste erguirse completamente, ya que un pequeño dolor en su espalda aún persistía.

Por aquella época, tanto Pit como Mac, comenzaron a sufrir grandes dolores de espalda a la vez que éstas se irían encorvando sin remedio con el paso de los años, formado las jorobas que llevarían por el resto de sus vidas.

Iván Moncada

Capítulo 16

Dos días después de la revuelta y del ataque al palacio, la tensión que entre la servidumbre existía por la presencia constante de soldados ingleses, comenzó a relajarse un poco.

Yamir y los demás seguían limpiando en palacio, reparando los desperfectos producidos por la batalla y desechando lo que el fuego había consumido. El palacio era un ir y venir de gente, carpinteros para reparar las partes dañadas por el fuego, jefes tribales para mostrar respeto al nuevo Shah y ofrecerle lealtad, militares de alto rango ingleses y alguno que otro portugués, y mucha más gente que nunca antes Yamir había visto. Aunque todos ellos con el único objetivo de sacar algo a cambio, aprovechando el cambio de poder.

Esos últimos días fueron especialmente largos para los sirvientes de palacio, ya que no hubo mucho tiempo ni para dormir ni para descansar. Diversas opiniones y rumores se oían sobre lo que había sucedido, entre ellas el de la muerte del maestro de servidumbre, cuyo cuerpo había sido encontrado al lado de la muralla por la que habían atacado el palacio, junto a los cadáveres de los guardias. Todos sabían que siempre rondaba un rato de noche antes de acostarse para revisar el trabajo que la servidumbre había

97

realizado durante el día cuando, seguramente, fue sorprendido por los atacantes y degollado para evitar que diese la voz de alarma, ya que su lealtad y admiración hacia el Shah Jean estaba fuera de toda duda y hubiese intentando abortar el asalto como fuese.

En la mañana del tercer día, Yamir estaba limpiando unas columnas ennegrecidas por culpa de las sedas decorativas que las rodeaban como adorno, y que también ardieron en la batalla, teniendo que frotarlas fuertemente para conseguir retirar el hollín formado. Constantemente pasaba gente por su lado recorriendo los pasillos, aunque él no prestaba mucha atención, ya que todavía estaba absorto en sus pensamientos intentando asimilar lo ocurrido a su alrededor y a él mismo; aunque no por mucho tiempo, pues el ruido producido por el paso sincronizado de un pequeño grupo de soldados llamó su atención. Eran ingleses, sin duda alguna, pues a pesar de estar todavía lejos, al otro lado del pasillo, sus uniformes eran inconfundibles. A la cabeza del grupo de soldados iban otros tres hombres, uno vestido con traje diplomático, otro más con uniforme, aunque el de éste tenía muchos más adornos que el de los demás, y Darshan, el nuevo maestro de servidumbre y antiguo ayudante de Demahen.

Yamir siguió limpiando, aunque mirando de reojo de vez en cuando según se iban acercando para poder verlos mejor. Los sirvientes no podían mirar directamente a la cara de nadie que estuviese en un escalafón social superior al de ellos, pero últimamente y con tanta gente por palacio, alguna que otra mirada rápida se escapaba.

El grupo ya estaba a la altura de Yamir. Antes de levantar un poco la cabeza para ver a aquellos hombres de cerca, esperó a que pasase Darshan, ya que si le veía alzar la cabeza para mirar le propinaría un golpe con aquella estrecha y flexible vara que tanto daño hacía y que él mismo hubo probado alguna vez a manos de Demahen. Al pasar éste, Yamir echó una mirada rápida. Nadie se dio cuenta, a excepción del inglés del traje llamativo y adornos dorados. Nadie miraría a un sirviente, y mucho menos estando éste en el suelo, pero él lo hizo. Fue sólo un segundo, el inglés bajó la cabeza ladeándola hacia la izquierda para mirar a Yamir a los ojos y nuevamente miró al frente. No fue mucho, pero para Yamir más que suficiente para ver la cara de aquel hombre. Era un hombre bastante mayor, demasiado para ser un simple soldado, pensó Yamir. Su piel era muy pálida y tenía un enorme bigote blanco, al igual que lo era su cabello; sus ojos eran claros y sus cejas estaban muy pobladas, pero lo que llamó verdaderamente la atención de Yamir fue aquella gran mancha púrpura que tenía en su mejilla izquierda.

La forma en la que ese militar miró a Yamir no le dejó lugar a dudas, tenía que ser él, el hombre de la marca en la cara con el que debía de encontrarse.

Durante toda la mañana, Yamir estuvo limpiando diferentes partes de aquel enorme pasillo a la espera de poder ver al inglés nuevamente e intentar comunicarse con él de alguna forma, aunque sabía que no sería tarea fácil.

*   *   *

Aurung—zeb estaba extasiado por la sensación de poder que ahora experimentaba y le parecía que era algo realmente formidable. La traición a su padre y a su familia, su propia sangre, no había mermado en absoluto sus ansias de controlarlo todo, sobre todo los tesoros que poseía el Shah.

Sabía que tendría que desprenderse de parte del tesoro para asentar alianzas y recompensar a los que le habían ayudado a alcanzar el trono del Shah, pero eso era algo con lo que ya contaba.

El nuevo Shah sabía que el imperio británico era muy poderoso y disponían de una buena red de espías por toda la India, sobre todo aquí, en Agra, pero lo que no lograba entender es cómo era posible que el general británico con el que acababa de hablar, llamado Lord Warstman, supiese de la existencia de una pieza del tesoro del Shah en particular.

Al general Warstman le había acompañado Mr. Darwer, el asociado de la Compañía Británica de las Indias, un hombre que nunca solía salir de las instalaciones que la compañía tenía en la bahía de Bengala.

Habían estado tratando con el actual Shah sobre la concesión de nuevos permisos para abrir más fábricas en la India. En la sala en la que Aurung—zeb les había recibido había una gran mesa y un sillón ornamental con un inmenso respaldo con adornos dorados en el que él estaba sentado mientras, al otro lado, había dos simples sillones de tamaño medio. El nuevo Shah intentaba emular las tendencias modernas traídas por los ingleses a su país, en las que la persona que tenía el poder estaba sentada en el lugar decorado y llamativo de la mesa y las subordinadas en el lado contrario, sobre dos sobrios sillones mucho más pequeños. Después de haber estado negociando durante un buen rato, Aurung—zeb se levantó del sillón para andar a la vez que hablaba con los ingleses y pensaba en cada palabra que decía. En un momento determinado, el Shah le pidió a Lord Warstman que se acercase a él. El Shah ahora se había alejado bastante de la mesa, yendo junto a la ventana de la sala y lejos de los oídos de Darwer, para así, hablar a solas con él.

—¿Ya tiene pensado qué es lo que quiere a cambio de su ayuda, señor Warstman? —preguntó el Shah regente.

—Por supuesto, Gran Shah.

Iván Moncada

—Dígame entonces qué es, ¿oro?, ¿rubíes?, ¿diamantes?, ¿o quizás esclavos? ¿Qué es lo que deseáis?

—Un diamante, Gran Shah.

—¿Diamantes? Buena elección —dijo el Shah mientras sonreía —, le entregaré su peso en diamantes en agradecimiento por su ayuda.

—No, Gran Shah. No son diamantes lo que deseo, sino un sólo y único diamante.

En aquel momento la sonrisa del Shah desapareció de sus labios tornando su rostro tan serio como sorprendido.

—No sé bien qué queréis decir. Os acabo de ofrecer miles de diamantes y ¿sólo queréis uno? —replicó el Shah.

—Sabéis perfectamente a qué diamante me refiero Gran Shah.

La cara de Aurung—zeb pasó de la seriedad a la ira oyendo las palabras que salían por la boca de aquel inglés insolente. Con gran tensión en sus labios y mostrando los dientes a la vez que gesticulaba con la boca, le respondió:

—¡No! Esa pieza del tesoro la guardo sólo para mí.

Esta vez la sonrisa la tenía el inglés mientras le respondía en voz baja y calmada:

—Me ofrecisteis lo que quisiera a cambio de ayudaros a llegar al poder. Y eso es lo que quiero. Recordad que sin mí y mi ejército no seríais nada y no os conviene tenerme como enemigo, ya que podría restituir el poder a vuestro padre, el Gran Shah Jehan, con la misma velocidad con la que lo he hecho con vos.

Aurung—zeb estaba casi a punto de explotar, estaba aguantando toda su ira para no coger un sable y cortar la cabeza del inglés con sus propias manos. Las venas de su cuello y sien se

101

habían engrosado y respiraba sofocado mientras las palabras de aquel hombre blanco de prominente bigote resonaban en su cabeza, ya que si no accedía a su demanda y éste prestase ayuda a su padre restituyendo su poder, su traición le costaría la vida.

Para relajar la tensión, el inglés prosiguió:

—No hace falta que me respondáis ahora, Gran Shah, no hay prisa, me podéis hacer saber mañana vuestra decisión.

Al acabar sus palabras, el inglés se dirigió a la mesa donde Mr. Darwer estaba sentado y le hizo un gesto con la cabeza para hacerle saber que la reunión se había acabado y que debían de irse. Ambos salieron entonces de la sala reuniéndose con su escolta que, en perfecta formación, había permanecido afuera para abandonar el palacio.

Siendo ya casi mediodía, el grupo de soldados regresaba con paso firme nuevamente por el mismo pasillo para llegar hasta la salida del palacio. Esta vez, Yamir se puso de pie al lado contrario del pasillo, junto a la pared, simulando que la estaba limpiando. Había pensado en hacerle a aquel hombre un gesto con la cabeza cuando le mirase, para hacerle saber que él era la persona que estaba buscando, pero estando el grupo ya a unos pocos metros, Yamir vio al inglés hacer algo extraño. Ese hombre, al igual que el resto de los uniformados, llevaba el paso sincronizado con el movimiento de los brazos, con la diferencia, de que él solo movía el brazo izquierdo, ya que el derecho lo llevaba apoyado en la empuñadura de su sable. Por un momento, aquel hombre dejó de llevar el brazo que movía en sincronía y lo bajó por debajo de su cintura poniendo la mano junto a un cuchillo que colgaba de una correa de cuero. En un sólo movimiento, el inglés desenvainó levemente el cuchillo con la palma de su mano y, con una suave caricia de su dedo anular en la afilada hoja, se hizo un pequeño corte. Separando después un poco la mano de su cuerpo sin que nadie lo notase y

Iván Moncada

haciendo presión con su pulgar sobre el anular, dejó caer una gota de su sangre en el suelo. Enseguida comenzó a mover el brazo nuevamente en sincronía con el paso que llevaba y se alejó por el pasillo con el resto del grupo.

Después de ver aquello, Yamir se quedó mirando la gota en el suelo, dejando pasar al grupo y perdiendo la oportunidad de hacerle el gesto que tenía pensado al inglés. Aunque obviamente ya no hacía falta, ya que él sabía quién era Yamir y le había dejado la forma más efectiva para que le encontrase, su sangre.

Yamir miró a ambos lados para cerciorarse de que nadie le veía y se acercó a donde estaba la gota de sangre. Agachándose, recogió la gota con el dedo índice de su mano derecha barriéndola del suelo con la yema de su dedo. Acto seguido, se llevó el dedo impregnado de sangre a la boca acariciando suavemente su lengua con la yema del dedo. El sabor hizo aumentar las pulsaciones de Yamir. Por un momento cerró los ojos a la vez que comenzó a salivar, el sabor se extendía por toda su lengua y su boca, en ese instante, su cerebro asoció el sabor y olor de aquella sangre con la cara del inglés. Ahora sería capaz de encontrarle fuese donde fuese.

Iván Moncada

Capítulo 17

Ya era casi de noche y, a la madre de Gladis, se le había acabado la leche para poder hacer los bizcochos y los dulces que vendía en su puesto del mercado y los necesitaba para hornearlos esa misma noche. Por lo que su madre, le dijo que se acercase a la casa de la señora Marmel a por una poca.

Gladis se abrigó bien y se puso su bufanda, después cogió la lechera y un candil de vela para alumbrarse por el camino. La casa de la señora Marmel no estaba muy lejos, sólo a seis calles, pero el camino era bastante oscuro. Normalmente, si tenía que hacer ese recorrido de noche, lo solía hacer corriendo, ya que la daba miedo salir a la calle a esas horas, pero hoy había estado lloviendo todo el día y el suelo empedrado de las calles estaba demasiado mojado y resbaladizo como para correr sin partirse la crisma.

Al salir de casa miró a ambos lados de la calle, no había absolutamente ni un alma. Después, bajó los dos escalones de la entrada y comenzó a caminar hacia a la casa de la señora Marmel. El candil lo llevaba muy bajo, casi al ras del suelo para poder ver bien por dónde pisaba y así evitar los charcos que se habían formado y aún permanecían en él. Aunque el frío era intenso no corría nada de aire, por lo que Gladis bajó un poco la bufanda que le tapaba la boca y el cuello y que le cubría también parte de la cabeza a modo de capucha, para así, sentir el frío en la cara y ver el vaho de su respiración, algo que le encantaba, y de paso, dejar espacio suficiente para que asomasen un poco sus orejas. No le gustaba que la bufanda le impidiese oír bien, ya que quería oír los pasos de la gente o cualquier otro sonido cerca de ella y, de esa manera, asegurarse de que ningún maleante la estuviese siguiendo.

El miedo hacía que Gladis se girase bruscamente de vez en cuando para comprobar que nadie estaba detrás de ella, otras veces, se paraba y permanecía en silencio durante unos breves segundos a la vez que miraba a su alrededor con el mismo propósito. Al final de la desolada calle por la que iba, giró a la derecha para coger otra y proseguir su camino, pero ahora tenía un problema con el que, por supuesto, ya contaba. En medio de esa otra calle, había un espacio vacío producido por unas casas que se derribaron hacía ya varios años y que dejaron en su lugar un solar que accedía directamente al campo, debido a que nadie volvió a construir nada. Cada vez que pasaba por allí de noche se sentía como si tuviese que atravesar por un puente colgante viejo y con las maderas totalmente corroídas y con un profundo y tenebroso abismo al fondo. No le gustaba nada pasar por esa calle, oír los ruidos del campo en plena noche le daba pánico.

Tratando de no pensar en ello siguió andando hasta llegar a ese punto. En aquel momento, comenzó a hacer lo que siempre hacía, empezó a hablar sola en voz alta mientras atravesaba la zona procurando no mirar hacia aquel inmenso y oscuro vacío, intentando ignorar que aquello estuviese allí, como si mentalmente rellenase la falta de casas con un muro imaginario al que, por supuesto, no pretendía mirar directamente.

Entonces, por un momento, creyó escuchar unos pasos. Instintivamente se giró y guardó silencio, pero no lograba oír nada.

Iván Moncada

En el preciso instante en que intentaba afinar su oído para escuchar aquel sonido, se dio cuenta de una cosa, se había parado justamente en el medio de la calle, en donde los solares de las inexistentes casas daban al campo. Su respiración comenzó a agitarse y, sin poder evitarlo, miró hacia el campo abierto. Ahora, solamente alcanzaba a oír y sentir en su cabeza su desbocada respiración y el incesante sonido del atronador tambor de su corazón. En el completo tapiz betún de aquella oscuridad, sus ojos se centraron en dos pequeñas luces que brillaban y permanecían fijas, inertes y sin movimiento alguno con la sensación de flotar en la nada. Gladis estaba petrificada, no sabía qué hacer. Aterrada intentó hacer algo, levantó el candil que portaba pretendiendo iluminar la zona de donde provenían aquellas luces. Pero entonces, y sin dilación, aquellas dos luces comenzaron a correr hacia ella aumentando de tamaño según se aproximaban. Fuera de sí, Gladis intentó echarse hacia atrás con la mala suerte de tropezar con un adoquín que sobresalía del suelo cayendo de espaldas sin remedio. En ese momento dejó de ver las luces, pero en su lugar sintió el aleteo de algún gran pájaro justo encima de ella. Rápidamente, el ruido del aleteo se alejó dejando tras de sí el monótono y profundo sonido del batir de las alas que se perdía en la noche.

—¡Mierda, es sólo un búho! ¿Pero qué te pasa Gladis? —se decía a sí misma mientras se daba cuenta de que estaba sentada en el suelo sobre un gran charco.

Ahora tenía el culo empapado, y con el susto, había dejado caer el candil y la lechera al suelo. Automáticamente, Gladis se puso en cuclillas para después levantarse. El candil se había apagado, pero sus ojos se habían acostumbrado rápidamente a la oscuridad permitiéndola recoger ambas cosas y salir pitando de allí. Después de recorrer unos metros, dejó atrás la zona jurándose a sí misma que no volvería a pasar jamás por allí de noche. Ahora andaba por las húmedas calles sin preocuparse lo más mínimo por

107

los charcos, pues de cintura para abajo estaba completamente calada.

A pesar de ver bastante bien sin el candil no quería estar sin él, pues le daba seguridad en aquel mar de oscuridad en el que Londres se convertía por las noches.

—Cuando llegue a la casa de la señora Marmel lo encenderé de nuevo, ¡no te preocupes! —se decía una y otra vez.

Con paso apresurado tomaba nuevamente otra calle y, mientras lo hacía, giró su cabeza hacia atrás para mirar la que ahora dejaba a su espalda y que tanto miedo la daba cuando, "Pummm", se chocó de bruces contra alguien. Otra vez Gladis estaba en el suelo.

—¡Guauuuu, jovencita, me has embestido como un caballo! ¿Estás bien?

—¡Ayy....! ¡Sí, perdóneme señor, no le he visto!

—Ya veo. Déjame que te ayude. Toma mi mano.

—Gracias, señor.

—¿Qué haces sola de noche y a oscuras corriendo a esa velocidad?

—Iba a hacer un recado a mi madre, pero me he caído por el camino y se me ha apagado el candil.

—¡Te has empapado!

—Sí, no importa, ya lo estaba antes de chocar contra usted.

Gladis se quedó mirando la lámpara de aceite que portaba el hombre y después le miró a los ojos. No se atrevía a pedírselo, pues le daba vergüenza, ya que no le conocía de nada, pero el hombre se dio cuenta de lo que estaba mirando.

—¿Quieres que encienda la vela de tu candil con mi lámpara?

—Si no le importa, se lo agradecería mucho.

—No hay nada que agradecer, eleva el candil y saca la vela de dentro —dijo el hombre a la vez que Gladis lo hacía.

Aquel caballero también elevó su lámpara a la altura del pecho y levantó el cristal que cubría la llama para poder encender la vela de Gladis.

—Déjame la vela para encenderla.

Gladis le dio la vela a señor, entonces él la introdujo dentro de su lámpara. La vela tenía la mecha ennegrecida y recubierta de cera de cuando se cayó al suelo, por lo que el amable hombre primero tuvo que derretirla para que la mecha pudiese comenzar a arder. Finalmente, manteniendo la vela sobre la llama de la lámpara de aquel caballero, la mecha prendía apareciendo una tenue y diminuta llamita que iba creciendo muy despacio.

Mientras el hombre revivía la llama de la vela, Gladis observaba cómo lo hacía. —Era una suerte haber encontrado a ese atento señor —pensaba mientras veía la intensidad con la que lucía la lámpara del hombre mientras las pupilas de los ojos de Gladis se contraían considerablemente ante su brillo.

—Ahora la vela vuelve a lucir nuevamente para iluminarte en esta negra noche —dijo el caballero prosiguiendo —. Levanta tu lámpara un poco más y mantén la puertecilla abierta. Así evitaremos que se apague.

—Sí, enseguida —respondió Gladis mientras seguía sus instrucciones.

Justo en el momento en que éste introducía la vela dentro de la lámpara de Gladis, ella se fijó en algo. Tenía la chaqueta bastante abierta y la camisa desbotonada hasta la mitad, como si no

109

tuviese frío alguno, además de que en el pecho de aquel hombre había algo que reflejaba la luz de las lámparas. Era un medallón, un medallón redondo con unos símbolos extraños en el centro que colgaba de una gruesa cadena.

—Déjame que te acompañe, la noche no es un lugar seguro para una chica tan joven y guapa como tú.

A Gladis se le escapó una pequeña sonrisa, algo turbada por el cumplido y, aunque en ningún caso dejaría que un hombre de su edad le acompañase en otras circunstancias, ella aceptó. Ya había sufrido un buen susto esa noche y prefería estar acompañada por quien fuese antes que estar sola.

*   *   *

Un agudo pitido de silbato marinero, emitiendo las dos notas consecutivas típicas de las embarcaciones al llegar a puerto, irrumpió reclamando la atención de todos. Era el "Tempête", un barco de bandera francesa que traía gran cantidad de mercancía a Londres, para luego, regresar completamente lleno de fardos de lana a Francia. Además de mercancía, también traía algún pasajero que otro, aunque no era lo habitual al tratarse de un barco mercante.

Ian se puso de pie al verlo, los nervios se le amontonaban en el estómago, había llegado la hora, o conseguía lo que Desirée le pidió, o...

Rápidamente, los estibadores se preparaban para comenzar la descarga del barco formando una fila ordenada en el borde del muelle a la espera de la pasarela de carga y a que el capitán y el contramaestre desembarcasen primero. Cuatro hombres del puerto, a los que les lanzaron unos cabos desde el barco, tiraban

110

fuertemente para aproximarlo y afianzarlo en los amarres. La cubierta era un caos ordenado de gente que se preparaba para desembarcar. Bultos de mercancía eran subidos desde las bodegas, barricas de agua vaciadas por la borda para ser llenadas con agua fresca y marineros de un lado para otro trabajando al unísono para facilitar la descarga. La tripulación estaba deseando pisar tierra para divertirse un poco antes de llenar la nave de nuevo con víveres y nueva mercancía para comenzar el trayecto de regreso a Francia.

Deslizándose entre la gente, Ian tomó posiciones cerca de los estibadores a la espera de que bajasen la rampa. Así, desde esa posición, podría ver a todo el que bajase de la nave. Una vez la rampa tocó el muelle, el primero en bajar fue un hombre de la tripulación, probablemente el contramaestre, pues debía de entregar los papeles de la carga a los guardias del puerto. Después de un vistazo rápido a la documentación, dos de los guardias acompañaron al contramaestre a bordo. Minutos más tarde, uno de los guardias que había subido a bordo se asomó por la borda y les hizo un gesto de afirmación con la cabeza a los otros guardias que permanecían en el muelle. A continuación, una mujer de mediana edad y elegantemente vestida, bajaba por la rampa con ayuda de una criada. Después de ella, dos hombres jóvenes con aspecto también de criados portando una ingente cantidad de baúles ayudados por carretas manuales con las que casi atropellaron a otros dos hombres que a su vez intentaban desembarcar y que parecían hombres de negocios, por sus trajes caros y refinados.

Finalmente, aparecieron los tres monjes que Ian esperaba. Los tres eran hombres bastante mayores, dos de ellos con una calva que les descubría el cuero cabelludo desde la frente hasta la coronilla, dejando solamente una semi-corona de pelo alrededor de sus cabezas como la mayoría de monjes que Ian había visto a lo largo de su vida, además de ser bastante barrigudos, como era costum-

111

bre entre el clero. El tercero y al que los otros dos se acercaban para susurrarle al oído, era el más alto y esbelto a pesar de parecer el de más edad, ya que las arrugas y la expresión de su cara así lo indicaban. Éste no tenía barriga alguna y mantenía todo su cabello, aunque totalmente blanco, un color blanco que casi brillaba al sol resaltando la cara de pocos amigos que tenía. Los monjes no portaban equipaje, solamente llevaban una bolsa grande de cuero cuya cuerda se pasaron por el brazo y por la cabeza para colgarla de su costado.

Los tres comenzaron a bajar la rampa mientras Ian se desplazaba cautelosamente de un lado a otro para ver cuál de ellos llevaba lo que él necesitaba. Entre el tumulto de gente Ian se sentía arropado sabiendo que ninguno de ellos se daría cuenta de que él les observaba. La brisa que siempre corría en el puerto hacía ondular los hábitos de los monjes, pero Ian no era capaz de ver nada que le hiciese averiguar quién lo tenía. Justo antes de que pisasen el muelle, Ian vio algo. El de la cara de pocos amigos se llevó disimuladamente la mano al cuello por un segundo e Ian vio como con el dedo índice de su mano derecha tiró levemente de una cuerdecilla que tenía alrededor del cuello y que no se veía a primera vista, pues la tapaba hábilmente con sus vestimentas, para así colocarla y evitar que le molestase. Era él, él tenía la bolsa que buscaba y seguramente llevaba colgando de aquella cuerda manteniéndola pegada a su costado de forma que pudiese disimular el bulto con su brazo.

Los monjes se desplazaron unos metros fuera de la rampa de acceso para evitar el vaivén de estibadores que estaba por comenzar. El monje que llevaba la bolsa escondida les dijo algo a los otros, entonces los tres comenzaron a mirar de un lado a otro buscando a alguien. Viéndolos, Ian comenzó también a mirar hacia donde ellos lo hacían para saber exactamente a qué se enfrentaría, pues podría ser otro monje el que venía a recibirlos o incluso una escolta de guardias armados.

El jaleo que los estibadores y la tripulación comenzaron a montar alrededor de la rampa hizo que los monjes se tuviesen que desplazar aún más lejos, ahora se habían acercado a la salida del muelle junto a la empedrada calle principal que daba acceso al éste. Ian estaba muy nervioso, pero sabía que era ahora o nunca, ya que si los monjes salían del muelle, la protección que el barullo de gente le proporcionaba para poder robarles y desaparecer sin que nadie le pudiese seguir se desvanecería y si la persona o personas que ellos estaban esperando apareciesen también supondría un serio problema.

Sin pensarlo más, Ian inspiró profundamente y comenzó a caminar directamente hacia ese monje a la vez que exhalaba el aire de sus pulmones. La adrenalina producida por aquella arriesgada situación tomó todo su cuerpo como rehén haciendo desaparecer cualquier resquicio de temor de su inquieta cabeza. Solamente oía su agitada respiración a cada paso que daba haciendo que el resto de sonidos de su alrededor desapareciese de su mente concentrándose en su objetivo. Sabía que quitarle el objeto a aquel hombre no iba a ser tarea fácil, pues debía pegarse completamente a él para cortar la cuerda de su cuello y poder quitarle la bolsa, así que sacó su cuchillo llevándolo detrás de su nalga derecha para ocultarlo a la vez que andaba. Mientras se aproximaba al monje, iba valorando la situación y pensando en que no había otra solución, tendría que apuñalarle para evitar cualquier tipo de resistencia y que diese tiempo a que los guardias del muelle llegasen a él.

Estando a tan sólo cuatro pasos de distancia y totalmente dispuesto a hacer lo que había ido a hacer, el monje se giró súbitamente hacia Ian alertado por algo.

—¡Padre! —Se oyó en voz alta.

113

Una voz reclamaba la atención del monje a la vez que dos hombres jóvenes aparecieron y se pusieron entre el monje e Ian comenzando a hablar con él. Ian se paró en seco, no sabía qué hacer, esos chicos no parecían clérigos de ninguna clase y tampoco guardias y, seguramente, debido a su juventud, no supiesen reaccionar si Ian les atacase. Pero ya eran demasiados, no se podía arriesgar. Entonces, desviando su paso con total naturalidad, Ian siguió caminando pasando justo al lado del grupo. Mientras les sobrepasaba dirigió su mirada hacia ellos y vio algo. Aquellos chicos iban armados, por la abertura lateral de sus chaquetas, Ian pudo ver sus dagas. Dirigiendo ahora su mirada al frente, siguió andando sin mirar atrás. —Será mejor seguirlos y buscar una mejor oportunidad si la hay —se dijo a sí mismo.

Iván Moncada

Capítulo 18

La noche había llegado y la actividad de palacio se iba reduciendo hasta quedar solamente la guardia velando los muros y pasillos de tan impresionante arquitectura. Toda la servidumbre se había retirado ya, a excepción de los ayudantes del Shah y de su familia, ya que pernoctaban al otro lado de las puertas de sus aposentos por si éstos les requerían. Lo que, para algunos, representaba el tiempo de descanso para recuperar fuerzas de las duras jornadas de trabajo en palacio, para otros, era el comienzo de su verdadera actividad, como era el caso de Yamir y aquellos que, como él, servían a Haraas y que veneraban y sentían dentro de sí al ser que les había liberado de su anterior vida, a pesar de representar para ellos un mero susurro dentro de sus cabezas.

Como hubo estado haciendo durante meses, Yamir salió de palacio eludiendo a la guardia y sorteando unos colosales muros de protección que separaban el palacio del resto de la ciudad. Esta noche no era una simple salida para alimentarse, era el encuentro que había está esperando y que tanto le intrigaba desde la toma del palacio por el hijo del anterior Shah, el Shah Jehan. Desde el muro por el que Yamir abandonaba el palacio cada noche, accedía directamente al tejado de una casa de tres plantas que había sido construida pegada a la muralla, treinta metros por debajo de ella.

Allí permanecía siempre durante un buen rato pensando en qué haría esa noche mientras permanecía en silencio escuchando los ruidos de Agra, separando en su mente todos ellos, sus gentes, los soñolientos animales, los barullos organizados por peleas mezclados con música y muchos otros tipos de diferentes sonidos a los que prestaba detallada atención para guiarse hacia una nueva presa. Agra nunca dormía, las presas más fáciles eran las que con la pesadumbre de sus desconsoladas almas y soledad despertaban el interés de Yamir pues, normalmente, esas personas vagaban por la ciudad apartándose de la gente corriente y escondiéndose donde ninguna otra las pudiese ver, hallándose desprotegidos, frágiles y débiles bajo la temible noche, haciéndoles aún más vulnerables.

Antes de atacarlos Yamir les observa intentando recordar qué se sentía cuando esas sensaciones eran también parte de su naturaleza y que desparecieron de su ser hacía ya tiempo. Yamir no sentía miedo, tristeza o alegría alguna por nada ni por nadie, el único remanente de sentimiento que aún permanecía en su ser y que nunca lograba saciar del todo, era el hambre, el hambre de la sangre de sus víctimas mientras las veía morir exhalando su último aliento.

Dejando salir por completo a la bestia en la que se había convertido y permaneciendo en cuclillas sobre aquel tejado, sus ojos se tornaron totalmente rojos desapareciendo el color marrón oscuro de su iris y el blanco deslumbrante como la luna del fondo de sus grandes ojos. El tamaño de sus caninos se incrementaba impidiendo que sus labios se tocasen uno junto al otro y su oído se afinaba paulatinamente pudiendo diferenciar y localizar cada uno de los sonidos que hasta él llegaban; su olfato, ya totalmente adaptado a su única base alimenticia, era capaz de distinguir si una presa era sana y estaba exenta de enfermedades, de otra enferma que pudiese alterarle la digestión.

116

Ahora tenía que encontrar al hombre inglés de la mancha en la cara. Nunca antes había tenido que localizar a una persona en concreto, y menos para hablar con él y no secar sus venas, pero gracias a sus instintos era algo bastante fácil. Sólo tenía que recordar, recordar el sabor de su sangre, la sangre de aquella gota que el pálido inglés dejó caer al suelo para él. El placer que sintió al contacto con su lengua se repetía ahora en el cerebro de Yamir, el sabor invadía nuevamente todas sus papilas haciéndole salivar. Sintonizando sus sentidos, giraba la cabeza lentamente de un lado a otro mientras multitud de sensaciones le inundaban pero, una tras otra, las filtraba adecuándolas a su objetivo hasta que se detuvo mirando en una sola dirección, en dirección Este. Ya lo había localizado aunque, obviamente, no sabía la posición concreta, sino la dirección adecuada. Una vez se fuese acercando, podría ir afinando su localización hasta encontrarle.

Anduvo cuanto pudo sobre los tejados de la ciudad, pero el recorrido era demasiado largo. Ahora debía de bajar al suelo y caminar entre el resto de habitantes de Agra. Las calles de la ciudad eran un sin fin de música, luces y fogatas junto a las que sus gentes se divertían sin parar a la vez que hacían negocios. El contrabando, menudeo y proxenetismo eran los reyes de la noche. La gente estaba en sus asuntos y no parecía prestar demasiada atención a los demás, aunque mirases donde mirases siempre había un par de ojos observando.

Yamir bajó de los tejados descendiendo por unas terrazas que daban a un apartado callejón. Nadie le vio hacerlo. Ahora debía de recuperar su aspecto físico normal, pues no podía ir así por las calles aunque lo necesitase para orientarse hacia el inglés. Con grandes inhalaciones y exhalaciones de aire iba controlando su respiración y retornando a su físico de niño hindú de catorce años, los mismos catorce años que aparentaría por el resto de su existencia desde aquella visita a la cueva.

117

Saliendo del callejón, Yamir se paró por un momento para revolver entre la ropa que colgaba de unas cuerdas, encontrando un pañuelo grande con el que cubrir parcialmente su cabeza y así no ser reconocido por nadie. Si en palacio se enterasen de que por las noches rondaba por la ciudad, seguramente le acusarían de espía y le decapitarían sin dudarlo ni un solo momento.

Rumbo al Este de la ciudad había una zona donde vivían muchos extranjeros, seguramente fuese allí donde estuviese aquel hombre, pensó Yamir. Sin más, comenzó a andar hacia allí. La mejor opción siempre era ir por las calles más concurridas, pues debido a su joven aspecto nadie le prestaría demasiada atención, ni los mercaderes ofreciendo algo que vender, ni las prostitutas ofreciendo su cuerpo y ni tan siquiera los asaltantes, pues éstos acechaban normalmente en calles secundarias.

La vida nocturna de la ciudad encandilaba a Yamir, no sólo por ser su coto de caza, sino por poder ver la verdadera cara de la gente que sólo era mostrada tras la ocultación del sol. La depravación; el instinto desinhibido de los que con el alcohol cambiaban de personalidad; la ley del más fuerte, que sin duda era premisa indispensable para ser alguien en la noche de la ciudad y la lujuria, que por el día era tabú y por la noche tomaba posesión de las almas más dispares, le atraían enormemente. Todo eso él lo había estado viendo cada noche desde la distancia de sus escondites y mientras acechaba a su cena. Era la curiosidad lo que más le atraía, la curiosidad de ver qué era lo que hacía la gente normal a escondidas. Muchas veces intentaba imaginar cómo habría sido su vida si hubiese podido permanecer junto a su familia y aquel día no hubiese ido a buscar diamantes. Pero cuando lo hacía también pensaba en lo débil y frágil que era antes en comparación con quien era ahora.

En la ciudad se podía ver todo tipo de cosas y situaciones, pero ninguna de ellas llamaba tanto la atención a Yamir como los

118

puestos ambulantes de comida. A pesar de que podía digerir todo tipo de alimentos, ya que su cuerpo no los rechazaba, nunca lo hacía, puesto que no le aportaba nada. Pero la diversidad de olores y la visión de todos esos manjares, le deslumbraban y le hacían recordar a su madre cuando cocinaba.

Paso tras paso, y calle tras calle, se iba aproximando a su destino. En la esquina de una calle dos mujeres bailaban sobre unos altillos en la puerta de un burdel para llamar la atención de los clientes. Yamir se paró un momento para observar de cerca, mientras lo hacía, se percató de un grupo de tres hombres que se pararon junto a él. Permanecían a pocos metros de distancia y le miraban de reojo, después, intercambiaban a modo de susurro algunas palabras entre ellos y miraban a su alrededor. Yamir continuó mirando a las bailarinas, estaba claro que esos hombres tenían algo en mente y posiblemente nada bueno. Era sabido por toda la India que mucha gente desaparecía en las calles de Agra, posiblemente para ser llevados como esclavos, ser obligados a ejercer la prostitución, o incluso, según decían, para algún tipo de sacrificio.

Yamir se abría camino entre la gente que había formado un denso grupo alrededor de aquellas sinuosas mujeres con poca ropa. Disimuladamente, los tres hombres que le observaban lo hicieron también. Mientras andaba, Yamir pensaba en qué hacer, pues tenía varias opciones. Podía darles esquinazo, cosa que no le costaría ningún esfuerzo; dejar que le siguiesen y ver que harían; o simplemente y la que más le estaba empezando a gustar, guiarlos hasta algún sitio retirado y cenar antes de encontrarse con el inglés. La decisión era clara, tenía hambre.

Tomando diversas calles que guiaban hacia una zona adyacente que Yamir sabía que estaba apartada y era poco transitada, hizo que los hombres le siguiesen como un pequeño rebaño de cabras. En un momento determinado, Yamir giró tomando una

119

nueva calle hacia su izquierda, era un callejón sin salida. Los hombres no lo sabían y, al entrar, se pararon en seco al encontrarse con Yamir frente a ellos y a escasos seis metros de distancia. Pausadamente, Yamir fue caminando hacia atrás permaneciendo de cara a ellos y llegando hasta el fondo del callejón. Los tres hombres le seguían para acorralarle al final del angosto callejón pensando que así no se les escaparía.

—¿Por qué me seguís?

—Oh, bueno —dijo uno de ellos —. Solamente queríamos hablar contigo.

—¿Sobre qué?

—Bueno, es que tenemos un amigo al que le gusta hablar con chicos jóvenes como tú —dijo el mismo hombre con una leve sonrisa en la boca, a la vez que los otros lo acompañaban riendo y mirándose entre sí —, y habíamos pensado que quizás a ti te gustaría conocerlo —los tres reían ahora abiertamente.

Mientras lo hacían Yamir escuchó algo en su cabeza.

—*Deberás permanecer junto al extranjero durante varios años mientras custodias el diamante hasta que un día yo te lo reclame, mientras tanto, te enseñaré todo lo que debes de saber para llegar a ser el mejor de mis discípulos, pues entonces te necesitaré con todo tu poder completamente desarrollado* —le decía su creador, prosiguiendo —. *Ahora te mostraré cómo debes usar el poder de tu mente.*

Yamir se quedó por un momento hipnotizado por la voz de su maestro.

—*Relaja tu cuerpo y deja tu mente en blanco.*

—Sí, maestro —respondió Yamir sin darse cuenta de que lo dijo tanto en su mente como usando su boca.

120

Al oír aquellas palabras, los tres hombres pararon de reír y miraron al chico con cara de extrañados y el ceño fruncido, para después y seguidamente, volver a mirarse unos a otros y romper a reír sin poder evitarlo.

—Ja ja ja, pobre niño, nos llama maestro. Ja ja ja le debe pasar algo en la cabeza.

—Sí, ja ja, esta vez va a ser la más fácil de todas, ja ja ja —decía otro de ellos.

—Menos mal que no le importa si están locos o no, para lo que los quiere, ¡Ja ja ja! —reía refiriéndose al hombre al que llevaban a los chicos que raptaban.

Mientras reían, Yamir había entrado en trance, sus brazos se abrieron, sus pies se pusieron de puntillas y su cara miraba al cielo a la vez que su espalda se arqueaba ligeramente hacia atrás. Casi estaba a punto de flotar en el aire. Ante aquella imagen, los tres hombres se quedaron mudos y con los ojos inmensamente abiertos mientras el miedo comenzaba a engullirles.

Después, el cuerpo de Yamir se relajó de golpe quedando de pie normalmente delante de aquellos hombres, pero algo en él había cambiado, sus ojos se habían vuelto completamente rojos de nuevo, preparándose como cuando iba a alimentarse, pero era ahora el maestro quien controlaba aquel cuerpo, dejando a Yamir en un segundo plano en el que podía sentir, ver y oír, absolutamente todo. Ante lo que habían presenciado, los tres se giraron y comenzaron a correr para abandonar aquel lugar.

—*Presta atención* —dijo Haraas mientras extendía el brazo derecho de Yamir y abría la palma de la mano hacia los hombres que huían.

En ese momento los tres hombres frenaron en seco, como si tuviesen atada una cuerda a sus cinturas y alguien hubiese tirado

121

fuertemente de ellas. Se quedaron inmóviles mientras que, sin usar las cuerdas vocales de Yamir, la voz de Haraas se introducía en sus cabezas.

— *Giraos y venid a mí.*

Los tres hombres mostraban un semblante relajado, no había miedo en ellos. Yamir sentía cómo su maestro había vaciado sus mentes dejándolos sin voluntad, como meros títeres de feria cuyas cuerdas eran manejadas al antojo de Haraas. Con paso lento y sincronizado, se acercaron hasta Yamir.

— *Ahora piensa en algo, Yamir, ¿que deseas que hagan para ti?*

Yamir, fijando la mirada en el cuchillo que uno de los hombres llevaba en la faja, pensó e imaginó como éste lo cogía y degollaba a uno de los hombres que estaba a su lado. Y así lo hizo. De forma anodina y natural, el hombre llevó la mano a su cintura y empuñó el afilado metal, se giró después hacia su amigo poniendo suavemente la mano que tenía libre sobre la cabeza de éste para sujetarla y, acto seguido, alzó la mano con el cuchillo llevándoselo al cuello. Lentamente y haciendo gran presión sobre la piel, deslizó la fría hoja de un lado al otro del cuello. Automáticamente, del profundo corte asestado comenzaron a brotar grandes chorros de sangre. Aquella visión hizo sentir un éxtasis de poder a Yamir. En aquel preciso momento, Haraas abandonó el cuerpo de Yamir, haciéndole experimentar una profunda sensación de cansancio por la posesión que Haraas había ejercido sobre su cuerpo. La mente de Yamir aún mantenía el control de los otros dos hombres, ya que el otro había caído muerto al suelo totalmente desangrado. Yamir necesitaba alimentarse, pero con uno de ellos tenía suficiente. Entonces, el instruido discípulo miró fijamente al hombre del cuchillo ordenándole lo siguiente que debería de hacer. A los pocos segundos, éste hundió la totalidad de la larga hoja dentro de su vientre y tiró fuertemente de ella hacia arriba. Sus tripas salieron por la

Iván Moncada

enorme y profunda raja y cayeron al suelo. En aquel momento Yamir abandonó sus mentes y los hombres volvieron en sí.

El hombre destripado fue el primero en recobrar la consciencia. Desconcertado y sin saber qué había pasado, miró de un lado al otro viendo a su amigo en el suelo, sobre un inmenso charco de sangre. Seguidamente, y mirándose a sí mismo, vio sus entrañas fuera del cuerpo. Tras aquella imagen un tremendo dolor se adueñó de él, cayendo al suelo y comenzando a convulsionar. El otro también había despertado y, viendo todo aquello, salió corriendo y gritando como si hubiese visto al diablo. Justo lo que quería Yamir, pues de vez en cuando le gustaba aterrorizar a sus presas y cazarlas a la carrera antes de alimentarse.

Iván Moncada

Capítulo 19

Desirée bajó de la planta superior de la casa, donde tenían las habitaciones, pues la panadería estaba en el piso inferior. Era temprano, pero su padre ya había metido la primera tanda de masa para hornear.

—¡Buenos días, hija! —dijo su padre.

—¡Buenos días, padre! —respondía mientras que notaba algo extraño en la forma en la que su padre la saludó.

Los ojos de su padre se dirigieron hacia la puerta por un momento, retomando el contacto con los de Desirée segundos más tarde. Ella también miró hacia la puerta como respuesta a la distracción de su padre cuando, a través de los cristales, pudo ver a su madre hablando con alguien en la calle. Desirée sintió que algo pasaba, lo podía ver en la cara de su padre, le conocía demasiado bien.

Mientras Desirée cogía su delantal del perchero, su padre se giró y prosiguió con su trabajo. A la vez que se lo ataba, Desirée se dirigió a la entrada para ver con quien estaba su madre cuando, a pocos pasos de ésta, reconoció a la mujer con la que su madre hablaba cabizbaja. Era Martha, la tía de Gladis. Acercando su cara al

125

tosco cristal de la puerta, vio que ambas estaban llorando. Alarmada, Desirée abrió la pesada puerta para ver qué pasaba.

—¿Qué pasa? —preguntó mientras las dos mujeres se giraron bruscamente al unísono y la tía de Gladis se llevó la mano a la boca y su llanto se incrementó sustancialmente.

—¡Hija! —dijo la madre de Desirée entre sollozos.

—¿Qué es lo que pasa, madre? —volvió a preguntar Desirée asustada.

—Es Gladis.

—¿Qué pasa con Gladis? ¿Dónde está? ¿Qué le ha pasado?

—Está muerta hija, Gladis está muerta.

—¡¿Qué?!—dijo Desirée tornándose su cara blanca como la harina que manchaba su delantal.

—La han encontrado esta mañana, en el descampado que hay donde las casas derribadas de camino a casa de la señora Marmel, creen que la ha atacado un animal salvaje.

Desirée empezó a sentirse mareada, por lo que dando unos cortos pasos hacia atrás se apoyó en la pared de la panadería.

—¿Qué ha pasado? —preguntó con tenue y temblorosa voz.

—No lo saben. Ayer su madre la mandó a por leche a casa de la señora Marmel, pero no volvió. Salieron a buscarla a las pocas horas creyendo que estaba con ella y al ver que no estaba en su casa recorrieron las calles en su busca, pero no pudieron dar con ella en la oscuridad de la noche, por lo que retomaron la búsqueda esta mañana y la encontraron.

La madre de Desirée abrazó a la tía de Gladis y le dijo —Ve a casa, Martha, necesitas descansar un poco y estar con la familia. En cuanto podamos, Desirée y yo iremos.

126

Iván Moncada

Desirée miraba atónita a su madre y a Martha mientras que ésta se alejaba.

—¿Cómo estás, hija? —preguntó su madre mientras que ésta secaba sus lágrimas con un trapo de cocina que tenía cogido con la cinta del delantal.

—No lo sé, madre.

—Vamos adentro, será mejor que te sientes un rato.

Una vez dentro, su madre le acercó una silla para sentarse, pero Desirée le preguntó:

—¿Puedo subir a mi cuarto, madre?

—Sí hija, ve.

Mientras abandonaba la panadería para subir las escaleras hacia su cuarto, Desirée vio a su padre todavía en frente del horno. Intentaba ocultarlo, pero el reflejo de las llamas en su cara dejaba ver lágrimas en sus ojos. Desirée no recordaba haber visto nunca antes llorar a su padre.

Subiendo las escaleras, Desirée creía estar soñando. Estaba segura de que todo eso tenía que ser un mal sueño del que todavía no había despertado, como todos los que había tenido últimamente, ya que, en la pesadilla que tuvo esa misma noche, había visto cómo una bestia mataba a su mejor amiga. Y ahora ese terrible sueño había cobrado vida.

Al entrar en su cuarto, Desirée se arrojó literalmente sobre su cama y rompió a llorar. A llorar como nunca lo había hecho antes.

127

128

Capítulo 20

Después de haberse alimentado y de haber sentido el poder de Haraas en su cuerpo, Yamir se dirigió a la casa del inglés. Sus instintos le guiaron hasta las afueras de Agra, a un barrio que, debido a la cantidad de extranjeros que ahora allí residían, había tomado el sobrenombre de *Tataiyá-ghônsalâ (Avispero)*, ya que casi todos eran militares ingleses.

Trepando de terraza en terraza, Yamir accedió a la casa del hombre de la mancha en la cara. Antes de tomar contacto directo con aquel extranjero, Yamir decidió esperar y observar. En la entrada de la casa, desde la terraza, había unas translúcidas cortinas que se mecían ligeramente con la brisa de la noche. Hacía calor y las gentes de Agra dormían con las ventanas abiertas para poder conciliar el sueño.

Acercándose a la entrada, Yamir escuchó ruido, pero no veía nada en la sala principal. La terraza recorría toda la vivienda dibujando una ele en su exterior, por lo que, sigilosamente, Yamir avanzó por ella en busca del origen de los ruidos hasta que encontró su procedencia. Eran los baños. Las ventanas estaban tapadas con biombos hechos con varas de bambú entrelazadas entre sí dibujando rombos por toda su superficie. Gracias a la luz de las

129

lámparas del interior, Yamir podía ver perfectamente toda la sala del baño.

Eran unos baños enormes, con suelos y paredes de mármol blanco. En el lado opuesto a la ventana había una bañera circular inmensa y, en ambos laterales, dos grandes espejos con marcos dorados. El inglés se encontraba dentro de la bañera, remojando su cuerpo para sofocar el calor mientras bebía de una gran copa de cristal. Había dos sirvientes que entraban para echar hierbas aromáticas al agua de la bañera y para rellenar la copa del hombre. Eran jóvenes, demasiado jóvenes para servir en una casa.

Después de un rato y varias copas más, el hombre se sumergió bajo el agua. Permaneció varios segundos aguantando la respiración y, cuando salió, tomó una gran bocanada de aire, pasó sus manos por la cara de arriba abajo apartando parte del agua que de su pelo chorreaba sobre su cara y gritó — ¡Ânâ! (venid). Al momento, los dos niños aparecieron situándose delante de la bañera y, con un gesto de la mano, les hizo una indicación. A la par, ambos chicos se quitaron la ropa y se metieron también en la bañera.

Era la primera vez que Yamir veía algo así, gente del servicio compartiendo bañera y agua con el señor de la casa, pero lo que vio después le dejó todavía más perplejo. Nunca hubiese pensado que a un hombre le pudiese gustar acariciar a un chico de aquella manera.

Yamir se quedó observando y viendo la cara de depravación de aquel hombre de cuerpo viejo y arrugado mientras tocaba a los jóvenes sirvientes. Uno después de otro, los hacía ponerse sobre él mientras la cara de esos pobres desdichados lo decía todo, desde luego lo que les hacía no era de su agrado en absoluto.

Yamir había observado alguna vez, a través de las ventanas de alguna casa, a parejas haciendo el amor mientras que él hacía la digestión de su cena o mientras las acechaba para luego atacarlas,

Iván Moncada

pero nunca algo así. Por un momento estuvo a punto de entrar e interrumpir a aquel viejo pervertido, pues sentía ganas de hacer pagar a aquel hombre por lo que estaba haciendo. Pero le necesitaba. El maestro tenía planes para él.

Con una mano, Yamir apartó un poco el biombo para acceder a los baños y, durante unos segundos, permaneció inmóvil escondido justo detrás de él mientras que se introducía en la mente del inglés.

—¿Realmente eres tú a quien busco? —le dijo increpando sus actos.

Rápidamente y casi de un salto, el inglés salió de la bañera cogiendo una toalla para taparse mientras miraba de un lado a otro hasta que vio la cara de Yamir a través del panal de rombos.

—Salid de aquí —dijo el inglés a los sirvientes.

—Es extraño ver la forma de tomar el baño que tienen los extranjeros —dijo Yamir con tono desafiante para hacerle sentirse incómodo.

Cuando los dos niños, todavía chorreando y desnudos salieron, Yamir salió de detrás del biombo mostrándose de cuerpo entero.

—Te esperaba —dijo el General con voz grave.

—¿Tienes el diamante? —preguntó Yamir.

—Todavía no. Pero pronto lo tendré.

—Bien, entonces, cuando lo tengas deberás protegerlo con tu vida hasta que yo te diga qué hacer con él.

—Lo sé, Haraas me lo dijo, estoy ansioso por cumplir mi parte y recibir mi recompensa.

—¿Recompensa?, ¿conoces a mi señor?

131

—Sí —le conocí hace mucho tiempo, en tierras muy lejanas.

—Curioso, cuéntame cómo es que le conociste y aún sigues con vida.

El general comenzó a narrar la historia a petición de Yamir.

—Un día me encontré cara a cara con él mientras le perseguía, mandado en aquel entonces por mis superiores y siguiendo ellos una premisa eclesiástica. Creí tenerle ya en mis manos cuando, la noche anterior al asalto al sitio donde sabíamos que se escondía, él apareció en la habitación de la posada en la que yo dormía. Me agarró por el cuello y me levantó del suelo. Venía a acabar conmigo. En ese momento sentí que era mi fin, sentía que iba a morir. Sin poder evitarlo y ante su tenebrosa presencia, me encontré pidiendo clemencia por mi vida cuando él me miró fijamente a los ojos. Recuerdo bien los suyos, totalmente ensangrentados y capaces de atravesar el alma de cualquier hombre. Después de unos segundos en los que no pude apartar la mirada de ellos y tras mostrarme los inmensos y afilados colmillos de su boca, me habló:

—*A través de tus ojos puedo ver tu penosa y mortal existencia. Y es triste y oscura* —me dijo.

—En ese momento y como si me fuese a estallar la cabeza, me mostró su mundo. De todo lo que vi en él hubo algo que todavía perdura en mi mente. La inmortalidad. Entonces él comenzó a reír y me dijo:

—*Quizás me puedas ser útil. Te dejaré vivir a cambio de tu servicio y lealtad, y si me sirves bien, te concederé eso que tanto te ha gustado.*

—Esa misma noche, me ordenó que abandonase aquel lugar, pues para acabar con mis hombres y otros enemigos que también le perseguían, arrasaría toda aquella ciudad. Y así lo hice. A las pocas horas y de madrugada, una gran inundación anegó la

Iván Moncada

zona matando a cientos de personas. Fue tal la magnitud del desastre que nadie allí podrá olvidarlo nunca. La inundación de Buchardi, la decían, pues el agua llegó hasta la iglesia del mismo nombre que se encontraba en lo alto de una colina.

—Siguiendo nuevas órdenes, pedí un cambio de misión y vine a la India, desde entonces intento ganarme la inmortalidad usando mi puesto en el ejército británico en su beneficio.

Después de oír las palabras de aquel individuo casi desnudo, le dijo:

—Ahora he de irme, volveré cuando tengas la piedra.

De un solo salto, y con la agilidad de un simio, salió por la ventana. Ya la noche estaba llegando a su fin y Yamir debía de estar en palacio antes de que el alba despertase a sus compañeros. Debía permanecer cerca del diamante, por lo que estaría sirviendo allí hasta entonces.

133

Iván Moncada

Capítulo 21

Mientras Pit estaba limpiando el establo y atendiendo a los inquietos caballos, Mac limpiaba una de las celdas. La celda era la de un ladrón al que capturaron mientras huía con algunas piezas de plata que había robado en un caserío.

En la huida, y al saltar por una ventana de la casa, se clavó en el abdomen una punta de hierro que sobresalía de la valla de la finca, que estaba a poca distancia de la pared de la vivienda. Cuando le llevaron a la Torre, la herida ya estaba infectada y sin remedio, por lo que a los pocos días murió.

Mac tenía que retirar toda la paja sucia del suelo y echar agua con un poco de cal para desinfectar el camastro, pues había restos de sangre y pus sobre él. Solamente disponía de un par de horas para hacerlo, ya que siempre había algún futuro inquilino en los calabozos de la guardia de la ciudad a la espera de traslado.

Después de limpiar y dejar secar un poco la humedad, Mac echó paja limpia en el suelo para que el nuevo preso pudiera hacer sus necesidades. Mientras lo hacía y al estar ligeramente agachado debido principalmente a su joroba, vio algo que le desconcertó. En el suelo todavía quedaban un par de pequeños charcos formados por el agua con el que había limpiado, pero lo suficientemente

135

grandes como para que Mac viese su rostro reflejado en ellos. Lentamente se asomó para ver su reflejo sobre el agua, pues le pareció ver algo extraño cuando pasó por encima la primera vez. Al hacerlo, realmente no sabía qué pensar, ya que no reconocía el rostro allí reflejado. Movía su cabeza muy despacio, de un lado a otro, mientras miraba aquella imagen en el agua. —No puedo ser yo —pensaba perplejo por aquella visión. En alguna ocasión se había visto a sí mismo y a su hermano Pit reflejados en un espejo y sabía bien cómo eran sus caras y sus cuerpos, razón por la que nadie quería verles cerca. Pero esa imagen que el reflejo del agua le devolvía, era completamente distinta.

Soltando el puñado de paja que tenía en su mano derecha y el cubo que portaba en su izquierda, se las llevó a la cara. Con sumo cuidado pasaba sus palmas y dedos por encima mientras miraba su reflejo. No podía creerlo. Prestando mayor atención, se fijó también en la imagen que el agua devolvía de sus manos. Atónito, levantaba la cabeza para mirarlas frente a sí, para después, volver a mirarlas nuevamente en aquel raro espejismo mientras las giraba y movía constantemente. Lo que veía era increíble, pues todo su ser a través del reflejo de ese misterioso charco era hermoso. Su cara no era la que conocía, era la cara de un hombre bello y apuesto con unas finas y cuidadas manos.

De repente, asustado y pensando que aquello debía ser un acto de brujería, se retiró bruscamente del charco. Tras unos segundos recapacitando, decidió dar un paso hacia delante y, extendiendo su pierna, dio un pisotón en el charco a la vez que se retiraba nuevamente hacia atrás a toda prisa hasta apoyar su joroba contra la pared de la celda. Permaneciendo contra la fría piedra de la pared de ese calabozo, miraba nuevamente sus gruesas manos, las mismas que estaban repletas de heridas por el duro trabajo y que tenían los dedos ligeramente torcidos por una acuciante artrosis.

Estaba completamente excitado por lo que había pasado. Su respiración se había acelerado y no atinaba a comprender qué había sucedido. Sólo sabía que estaba demasiado nervioso y que debía salir de allí, por lo que rápidamente, cogió el cubo con la paja y lo vació al lado de la entrada de la celda, junto a los barrotes, y la abandonó encaminándose al salón, ya que también debía limpiarlo.

Después de un buen rato, Mac logró relajarse. Le gustaría poder decir a su hermano lo que había pasado, pero eso era algo que le sería imposible de explicar sólo con gestos, así que, tras pensarlo durante un momento, decidió que sería mejor olvidarlo, ya que seguro que habría sido producto de su imaginación. Según pasaban las horas, lo que le había ocurrido enturbiaba sus pensamientos, no podía dejar de ver en su mente aquella imagen y no podía quitársela de la cabeza ni un solo momento aunque le hubiese asustado tanto. —¿El hombre de la imagen podría ser él?, ¿quizás fuese el reflejo de él mismo si Dios hubiese sido benévolo con él y su hermano? —se preguntaba una y otra vez. No sabía qué pensar. Por más que lo hiciese, sólo sabía que, aunque extraño y con apariencia de ser algo oscuro, le había gustado.

Una vez Mac salió del edificio, se dirigió a los establos donde estaba Pit. En el camino se encontró con Eduardo, quien mediante gestos, le preguntó si había acabado de limpiar la celda. Mac le respondió con la cabeza diciéndole que sí a la vez que cruzaba sus brazos y manos de un lado a otro para indicar que el trabajo estaba acabado.

Después, Mac siguió andando hacia los establos mientras que Eduardo entraba ahora en el edificio, pues era su turno de lectura. Tenía que bajar a la celda para relevar al guardia que había estado leyendo frente a la puerta toda la noche.

137

Mientras bajaba la estrecha escalera de acceso al corredor en el que estaba la celda, se podía oír cómo la lectura en voz alta resonaba debido a la gran altura del techo en la base del edificio. Eduardo accedió al pasillo, el guardia giró un poco la cabeza reconociendo rápidamente quien era y guió su mirada de nuevo al libro sin dejar de leer en ningún momento.

Cuando Eduardo estuvo al lado del guardia, éste se levantó y le entregó el libro. Con un gesto mutuo de asentimiento con la cabeza, el jefe de los guardianes tomó asiento y comenzó a leer mientras el otro español abandonaba el subterráneo pasillo.

Aunque los pocos clérigos conocedores de la bestia que allí tenían encerrada creían que la lectura del libro era una especie de tortura para aquel ser, Eduardo y su grupo de guardianes sabían perfectamente que la única razón de aquella lectura era el intentar que la bestia no se pudiese concentrar lo suficiente como para controlar otras mentes. Por supuesto, Eduardo sabía que aun así él podría hacerlo y, que de hecho, ya había sucedido, pero debían seguir leyendo constantemente para que aquel despiadado ser pensase que ellos no sabían que ya había contactado con alguien fuera de aquellos muros, a la vez que intentaban evitar que controlase a otros.

Eduardo había estado controlando a su gente constantemente durante varios días y sabía que las muertes producidas fuera de la Torre no habían sido causadas por parte de ninguno de ellos. La última víctima había sido una mujer joven a la que encontraron la noche anterior. Aparte de la chica que Eduardo vio en sus sueños, el preso debía de tener a alguien más fuera y, por supuesto, era un licántropo como ellos, pues tuvo ocasión de ver los cuerpos y no había lugar a dudas.

No era la primera vez que se encontraban con alguien de su especie sumido en las tinieblas del mal, unas veces simplemente

138

porque sucumbieron al apetito salvaje de la carne, y otras, aunque en bastante menor medida, en simbiosis con algún otro ser para sobrevivir o dominar un territorio.

En el transcurso de un suspiro para proseguir leyendo, Eduardo escuchó la voz del preso.

—*¿No me lo vas a preguntar?*

Eduardo miró hacia la puerta a la vez que le respondía:

—¿Para qué quieres que pregunte lo que ya sé?

—*¡Ja ja ja!……. ¿Crees realmente que lo sabes?*

—Sí, y guarda silencio, no voy a hablar más con un ser tan despreciable como tú.

—*¿Cómo yo?, y me llamas ser cuando sabes cuál es mi nombre.*

—¿Tu nombre? ¿Crees que llamarte por el que dices que es tu nombre cambiará lo que eres o lo que haces?

—*Ayúdame como lo hace él y quizás cuando recupere todo mi poder te mantendré vivo como mi mascota.*

—Por mucho que lo intentes no podrás conseguirlo, ten por seguro que antes de mi muerte veré como desciendes a lo más profundo del infierno del que provienes y del que nunca deberías de haber salido.

—*Ja ja ja…… Lo harás, al igual que lo hace él, ya que la misma sangre de lobo corre por vuestras venas. Ja ja ja…*

En aquel momento, la cara de Eduardo cambió por completo. Haraas no podía ver su rostro ni controlar su mente por su condición de licántropo, pero sabía cómo aquello le afectaría.

Eduardo comenzó a leer nuevamente con voz firme, mientras que Haraas continuaba riendo. La lectura no impedía a Eduardo pensar en lo que el preso había dicho, ya que se sabía

139

aquel libro casi de memoria, e intentaba pensar en quién podía ser y cómo podía haber ocurrido, pues desde que Eduardo fue guiado y enseñado por la iglesia nunca había cometido ningún error. Sabía perfectamente qué hacer cuando en medio de una batalla, y en su forma de hombre lobo, hería a algún enemigo. Al igual que lo sabía el resto de su grupo. Había que asegurarse de que estuviese muerto, había que separar su cabeza del cuerpo para evitar traspasar su maldición a otros.

Pero antes de aquello, hace mucho tiempo, Eduardo hubo encabezado diversas contiendas por la Península Ibérica sin comprender bien qué le pasaba y sus fauces quitaban la vida a enemigos y quizás a amigos. Cuando la licantropía hace acto de presencia en nacidos licántropos, las primeras transformaciones no son claras, quedando como meras pesadillas en la memoria de los transformados, por lo que, aunque difícil de recordar o averiguar, Eduardo al menos tenía una pista para encontrar al asesino que estaba sembrando el pánico en la ciudad y que ayudaba a Haraas. Tenía que ser español.

*   *   *

Ian siguió al grupo de monjes y a sus acompañantes a una distancia prudencial. El grupo andaba bastante deprisa e Ian veía como uno de los jóvenes intercambiaba alguna palabra con el mayor de los monjes, el que tenía aquello tan preciado para la hija del panadero.

Por más que quería, no veía la oportunidad de poder acercarse a ellos con aquellos escoltas a su lado, por lo que les estuvo siguiendo durante todo el camino hasta que llegaron al que parecía su destino, la Abadía de Westminster. Una vez allí, entraron e Ian perdió toda esperanza de asaltarlos, aunque decidió permanecer vigilante durante un rato por si aquella fuese una mera parada para presentar respetos al Obispo.

Dentro de la Abadía y tras un momento de rezo en el altar mayor, el grupo se dirigió al claustro. Allí se encontraba reunido el Obispo y el resto del clero de la Abadía. En la entrada del claustro había un monje apostado en la puerta.

—¿En qué puedo ayudarles? —preguntó con voz regia y malas pulgas al ver a Esteban y a Alfonso. Aunque segundos más tarde vio a los tres monjes, lo que le hizo relajarse un poco adoptando un tono más amigable.

—¡Ah, hermanos, no les había visto!

—Son los monjes benedictinos venidos de Roma para presentar sus respetos y, nosotros, somos sus escoltas —respondió Esteban.

—Sí, sí, ya veo. Ustedes son guardias de la Torre. No les había reconocido sin su uniforme —decía el monje a modo de disculpa—. Esperen un momento aquí, avisaré de su llegada.

El monje abrió las puertas del claustro para acceder a su interior, cerrándolas a su paso. Entonces, atravesando los largos y oscuros pasillos, llegó a la sala donde se hallaba el Obispo en comunión con su congregación. Una vez dentro y rodeando la mesa en la que se encontraba Su Ilustrísima, éste se situó a su lado agachándose ligeramente, para después, susurrarle al oído.

—*Roma fratres et werewolves venerunt.*

(Los hermanos de Roma y los licántropos han llegado)

El Obispo respondió al monje con un ligero gesto de afirmación con la cabeza mientras decía:

—*Trabes introitum. (Hazlos entrar)*

141

El monje salió en su busca para traerlos hasta el Obispo mientras éste ordenaba salir de la sala a la congregación para estar a solas con los recién llegados.

Esteban y Alfonso entraron con los monjes en el claustro, pero permanecieron fuera de la sala esperando sentados sobre unos taburetes. Ambos permanecían en completo y profundo silencio. La ausencia de ruido dentro de aquel apacible lugar hacía que la mente se liberase dando paso a la meditación. Sólo algunas palabras sueltas en latín que traspasaban la gruesa puerta de madera de la sala hacían desviar la atención de los dos jóvenes guardias.

Todo el grupo de guardias españoles que custodiaban la Torre conocía la empresa que había traído a aquellos monjes hasta esas tierras, aunque lo que no sabían era lo que portaban en su viaje. Solamente Eduardo era conocedor de aquello.

Muchos de ellos creían que se trataba de algún tipo de arma que la Santa Sede tenía para poder acabar con aquella criatura para siempre, otros pensaban que simplemente era otro objeto para controlarle como hacían con la lectura del libro, pero en ningún caso se les estaba permitido saber sobre ello. De aquella manera, aunque aquel ser lograse adentrarse de algún modo en sus mentes, no podría averiguar nada.

De repente, uno de los monjes romanos abrió la puerta y se dirigió a Esteban.

—Muchas gracias por todo, a partir de ahora permaneceremos aquí bajo la protección de la Iglesia. Dadle las gracias a vuestro padre por vuestra protección. Estaremos rezando por él y por todos vosotros.

—Así lo haré, Padre —respondió Esteban.

Iván Moncada

Una vez el monje cerró la puerta, Esteban y Alfonso se dirigieron a la salida del claustro para abandonar la Abadía atravesando la nave central. Debían ir a la Torre para informar a su padre y luego proseguir la búsqueda de la joven por la ciudad. Era vital encontrarla y protegerla.

Los dos jóvenes salieron de la Abadía. —¡Oh Dios mío!— dijo Ian cuando los vio salir solos. Los monjes se habían quedado dentro, por lo que ya le sería imposible hacerse con el objeto que habían traído. Por un momento se le pasó por la cabeza esperar a que oscureciera e intentar entrar a hurtadillas para robarlo, pero después de una rápida visual al edificio para encontrar algún acceso medianamente fácil, se dio cuenta de que había gente apostándose cerca de los grandes ventanales y puertas. El Obispo había puesto guardias. —¿Pero qué diablos será lo que traen esos monjes que tanto interés despierta? —se preguntó Ian.

En ese mismo instante, Ian recordó las palabras de la chica y la amenaza que portaban. Un estremecedor escalofrío recorrió todo su cuerpo mientras se llevaba las manos a su sucia y oscura cara para frotarla, a la vez que intentaba pensar en algo. No tenía muchas opciones, la chica le dijo que si no hacía lo que ella quería, enviaría a la bestia que mató a sus amigos a por él. No paraba de repetir mentalmente aquella frase una y otra vez mientras caminaba hacia a la plaza del mercado.

Podía irse de la ciudad y esconderse durante un tiempo, pero por sus palabras y el modo en la que las dijo, seguro que aquella chica sería capaz de encontrarle en cualquier lugar, pues estaba convencido de que debía de ser algún tipo de bruja o algo parecido si era capaz de manejar a su voluntad a semejante bestia salvaje.

Durante toda la tarde Ian estuvo meditando qué hacer sentado sobre un banco de piedra entre los puestos del mercado. Había repasado mentalmente mil y una posibilidades de esconder-

143

se de la chica, pero en todas ellas acababa siendo devorado, por lo que al final decidió que sería mejor ir a verla y explicarle qué había pasado y por qué no había podido hacerse con el botín. Pensaba que quizás fuese benevolente con él y no le mandaría matar, por lo que decidió que iría a la panadería a probar suerte, pero eso sí, al día siguiente, ya que el día de hoy había sido demasiado estresante y se ponía él mismo la excusa de que quizás ella ya no estuviese en la panadería tan tarde. Además, en caso de que ella decidiese acabar con él por su fallo por lo menos habría disfrutado de unas horas más de vida y qué mejor sitio para disfrutarlas que en la taberna, pensó mientras ponía rumbo a su destino para intentar ahogar su miedo entre pintas de cerveza.

*   *   *

Ernest, la madre de Desirée, entró en la habitación de su hija. Desirée se había quedado dormida sobre la cama, los nervios y la tormenta de lágrimas que siguió a la noticia de la muerte de Gladis la habían dejado exhausta. Su madre ya se había cambiado de ropa para ir a dar el pésame a la madre de Gladis, vistiéndose con el traje de las desgracias, como lo llamaba Ernest. Un traje negro como el carbón y largo hasta ocultar los pies, mangas anchas en donde poder esconder los muchos pañuelos que recogían los sufrimientos por la pérdida de seres queridos y ancha cofia en donde enroscar y ocultar el pelo sucio de varios días de dolor.

Ella lo sabía bien, pues desde bastante joven tuvo que hacerse con aquel traje y asimilar el completo significado de éste mientras veía enterrar a su madre y pocos meses después a su padre. Después de un tiempo y gracias a su matrimonio con Tom, logró retomar una vida normal y guardar el traje de luto en el armario, sacándolo en alguna que otra ocasión más con el paso de los

144

años, para velar a sus suegros y a algún vecino o vecina a los que la vejez o enfermedad se había llevado.

Ernest no podía evitar pensar nuevamente en sus padres cada vez que lo sacaba del armario, pero esta vez era una tragedia horrible y aún mayor, pues nunca lo había usado para velar a una chica tan joven como Gladis.

Ernest se acercó a la cama y, colocando su mano sobre el hombro de su hija, le dijo con voz templada para no sobresaltarla:

—Desirée, hija, despierta. Tenemos que ir a casa de Gladis.

Desirée se despertó mirando a los lados para centrar su mente y saber dónde estaba. Estaba totalmente aturdida y desconcertada, pero rápidamente recordó porqué estaba en su cama cuando vio a su madre vestida toda de negro.

—Cámbiate, hija, si no se nos va a hacer muy tarde.

—Sí, madre —respondió Desirée mientras frotaba sus ojos para aclarar su vista.

Acto seguido se incorporó y se puso de pie, se acercó a la esquina de su habitación en donde tenía el palanganero y vertió un poco de agua de la jarra en la palangana para lavar su cara. Después de hacerlo y sin haber secado todavía el agua de su cara, se quedó mirando su reflejo en el pequeño espejo que el estrecho mueble portaba, con la impresión de que la persona que veía era una completa desconocida. Después pronunció el nombre de su amiga un par de veces, sin poder creer lo que estaba pasando.

Cuando acabó se dirigió a la buhardilla y abrió el armario en donde su madre guardaba la ropa que menos usaban y en el que estaban guardados los trajes de luto. Ella ya tenía uno, el traje que mandó hacer su madre cuando su abuela, la madre de su padre y última persona cercana de su familia, murió.

145

Cinco minutos más tarde, Desirée bajó vestida de sobrio negro, impresionando a sus padres al verla nuevamente con él puesto, ya que distaba un abismo de los coloridos y felices trajes que ella siempre vestía, sus padres la estaban esperando dentro de la tienda. Desirée vio que los mostradores de la panadería estaban limpios y recogidos, el suelo fregado y el pan sobrante tapado con los trapos para evitar que se endureciese demasiado.

—Lo siento, padre, siento no haber hecho mis labores —decía Desirée disculpándose al ver que su trabajo estaba hecho.

—No te preocupes, hija, lo he hecho con gusto por ti, necesitabas descansar un poco.

—Gracias, padre.

—Vámonos ya —dijo la madre mientras abría la puerta de la panadería.

Los tres salieron de la casa para dirigirse al velatorio de la pobre Gladis. Ernest portaba una cesta en la que llevaba algo de pan con frutos secos para la familia y unas velas para encenderlas por Gladis. La noche iba a ser larga, ya que Ernest y Desirée se quedarían para hacer compañía a la madre de Gladis.

Iván Moncada

Capítulo 22

Diciembre 1654. Puerto de Glasgow. Cuatro meses antes del confinamiento de Haraas.

Recién entrada la noche, el último barco que se esperaba en el puerto hizo acto de presencia. El barco venía desde Bergen, Noruega. Conforme el barco se acercaba al muelle los estibadores podían ver las lámparas de proa encendidas, pero el silbato del contramaestre para anunciar el acercamiento de la nave y su amarre inminente no se oía. Desde el muelle tocaron el silbato en espera de respuesta por parte del barco, pero la respuesta no llegaba.

Sobre el muelle, los estibadores y demás personal del puerto se preguntaban unos a otros qué estaba pasando, ya que a pesar de no escuchar el sonido del silbato ni ver ninguna señal luminosa con las lámparas, el barco se aproximaba correctamente para el amarre.

Como si de un capitán novato que nunca hubiese tripulado una nave de semejantes dimensiones se tratase, el barco se acercaba demasiado deprisa y perpendicular al muelle. Al no haber tirado nadie un cabo desde la borda para guiar el barco, éste chocó

147

violentamente contra la gran estructura de madera, parándose por completo mientras algunos de los inmensos tablones se partían bruscamente con el impacto. Las puntiagudas astillas y quebrados pedazos de madera saltaban por todos los lados. Rápidamente y al confirmar por lo ocurrido que algo grave pasaba, varios hombres con ayuda de cuerdas y garfios treparon por la borda para poder lanzar los cabos y afianzar la nave.

Una vez lo hicieron, los hombres echaron un vistazo rápido por la cubierta. No había ni un alma. Desde el muelle, Vermud, el capataz de estibadores, les gritó:

—¿Qué pasa? decidme algo.

—No hay nadie.

—¿Qué?

—Que aquí no hay nadie —respondió asomando la cabeza uno de ellos.

—Tirad la escalerilla para que pueda subir.

Los hombres obedecieron y lanzaron una escalerilla de cuerda siguiendo las instrucciones. Vermud comenzó a subir, y detrás de él, dos guardias del puerto armados con mosquetones. Una vez en cubierta y al igual que hicieron los otros dos hombres que subieron para lanzar los cabos, el capataz de estibadores y los guardias recorrieron la cubierta. Estaba completamente desierta.

—¿Qué cree que habrá sido? ¿La peste?

—No lo sé. Pero si lo es ¿dónde están los cuerpos? Por si acaso, poneos un pañuelo en la boca. Bajemos a las bodegas e inspeccionemos el resto de la nave, alguien debe de haber.

El grupo al completo se acercó a la puerta de acceso a las bodegas de carga. Vermud abrió la puerta dispuesto a entrar, pero se echó a un lado mientras que con un gesto de cabeza indicó a los

Iván Moncada

guardias que bajasen ellos primero liderando el grupo. El primero llevaba su mosquetón en posición de disparo, la culata bien apoyada en el hombro y el cañón apoyado en su brazo izquierdo a la vez que de su mano colgaba uno de los faroles que había cogido de cubierta. El otro le seguía muy de cerca, éste sujetando correctamente con sus dos manos el mosquetón y, por supuesto, también en posición de disparo, por si se encontraban con alguna indeseada sorpresa.

A medida que bajaban las escaleras toda la estructura de madera del barco se hacía sentir, crujiendo a cada segundo y a cada paso que daban. A priori no había nada inusual de no ser por la ausencia de tripulantes, la bodega estaba principalmente llena de fardos de pescado en salazón provenientes de las tierras de las que el barco procedía, e incluso estaba bien iluminada, diversos faroles a lo largo de la bodega estaban encendidos, señal de que la tripulación, probablemente, estaba preparada para el amarre y descarga de la nave. —¡¿Alguien a bordo?! —gritó repetidas veces uno de los guardias. Pero no hubo respuesta.

Estando ya en las bodegas de carga, los cinco hombres que hubieron subido a bordo procedieron a inspeccionar la nave por completo. No sabían qué pasaba, estaban completamente desconcertados. —¿Cómo había llegado el barco hasta el puerto si no tenía tripulación? ¿Qué es lo que había pasado allí? —se preguntaba cada uno a sí mismo.

De repente, un grito se oyó desde el muelle.

—¡Señor, señor, venga aquí, salga, tiene que ver esto!

Palabras de exclamación, miedo e incomprensión se oían de las bocas del resto de estibadores que permanecían en el muelle mientras que algunos de ellos se persignaban.

—¡Dios mío, cómo es posible!

149

—¡Oh señor, es horrible! ¿Pero qué es lo que ha pasado aquí?

—Que Dios les tenga en su gloria. Que horrible destino.

Rápidamente, el capataz de estibadores aparecía por la borda del barco, alarmado por la urgencia de aquellos gritos a la vez que preguntaba.

—¿Qué pasa? ¿Qué pasa?

—¡Aquí, señor! en la popa.

Como una exhalación, alertado por el tono de aquellos gritos, Vermud corrió por cubierta hacia la popa del barco y detrás de él los dos estibadores y los dos guardias que acababan de salir de la bodega. Al llegar allí, se asomaron y no vieron nada. El intenso brillo de la luna reflejada en las onduladas aguas impedía ver lo que uno de los hombres del muelle le estaba señalando con la mano.

—No veo nada. ¿Qué es? —preguntó Vermud.

El hombre que señalaba con la mano cogió un palo largo de los que usaban para apartar a los barcos del borde del muelle y le dijo a otro —Tráeme ese farol.

Ambos ataron el farol al palo y lo extendieron hacia lo que ellos podían ver con perfecta claridad desde su posición. El capataz se quedó mirando atónito. Ahora veía lo suficientemente bien como para apreciarlo. Eran cuerpos, cuerpos de hombres flotando sobre el agua en la trasera del barco, seguramente los cuerpos de la tripulación o parte de ella.

La imagen era tremenda y horrible desde todos los puntos de vista. Los cuerpos estaban atados unos a otros por el cuello a un cabo que colgaba desde uno de los tornos de amarre de las velas. —¡Dios mío! —dijo Vermud, a la vez que uno de los guardias corría hacia el medio de la nave para asomarse por la borda y hablar con uno de sus compañeros que permanecía en el muelle.

—¡Rápido, avisa al comandante! ¡Es una emergencia! ¡Corre, corre, corre, agresión, toca agresión! —le dijo con la cara casi desencajada por la imagen de lo que acababa de ver.

Al oírle, éste salió corriendo por el muelle mientras comenzaba a subir la ancha e inmensa rampa de madera que daba acceso a las empedradas calles colindantes al puerto. Entonces, echó mano del silbato de la armada que colgaba del cordel del cuello de su capa y comenzó a pitar el toque llamado "agresión de guerra", que era la máxima alerta para la guardia del puerto.

Rápidamente y en contestación a su petición de ayuda, otro pitido se oyó desde la esquina más alejada del puerto, en donde estaba el puesto de guardia. Con la claridad que la luna ofrecía aquella noche, se podía ver cómo, en pocos segundos, un numeroso grupo de guardias salía corriendo y en formación hacia el muelle en donde había atracado aquel barco.

—¡Señor! —dijo el hombre que sujetaba el palo con el farol.

—¡Qué! —respondió el capataz girando la cabeza hacia el hombre, pero casi sin poder apartar la vista de aquella perturbadora imagen que le había hecho recordar la frase *el limbo de los marineros*, palabras oídas en inquietantes historias de marineros en las que sus cuerpos malditos vagaban por los mares sin hundirse y encontrar el descanso eterno.

—¡Aquí, señor!, hay una escalerilla en la popa.

—¿Qué? —respondió a la vez que, ahora sí, miraba directamente al hombre sacando casi medio cuerpo para poder verla bien y dándose cuenta de que ésta salía desde una de las ventanas del camarote del capitán.

—¿Ha bajado alguien? —preguntó.

151

—Que yo haya visto no, señor.

—Dios santo, los que hayan hecho esto han debido de bajar —se dijo a sí mismo.

En ese momento, el resto de la guardia acababa de llegar al muelle. El comandante se había dirigido, junto con un grupo de seis hombres, a la popa del barco. Al verle, el capataz de estibadores comenzó a gritar:

—¡Han bajado! ¡Los que han hecho esto han tenido que abandonar la nave por aquí! —decía a la vez que señalaba la escalerilla.

Rápidamente, el comandante de la guardia, con un solo golpe de voz, desplegó a sus hombres para dar caza a los que hubiesen desembarcado a escondidas por aquel lugar. Mientras tanto, y con ayuda de lanzas garfiadas, el resto de hombres tiraron del cabo que mantenía unidos los cuerpos para sacarlos del agua. Parecían cebo de pesca en anzuelos de línea, separados unos de otros por algo menos de medio metro.

Hubo pasado casi media hora hasta que lograron sacar el último de los cuerpos. En ese momento, un cura, al que habían hecho llamar al ver lo ocurrido, llegó hasta el muelle. Éste comenzó a rezar en voz alta por las almas de aquellos hombres mientras que los estibadores cortaban el cabo que rodeaba los cuellos de los ahogados. Mientras lo hacían, iban poniendo los cuerpos boca arriba para que el clérigo se acercase y, uno por uno, fuese dándoles la extremaunción. Al acercarse al primero de ellos, apoyando su rodilla derecha en el suelo para verles mejor, vio algo que le hizo detenerse por un instante. Acto seguido, cerró su Biblia con un gesto rápido y seco y se la llevó al pecho. Luego, extendió su mano izquierda hasta la cabeza de aquel cuerpo y la giró dejando su cuello al descubierto. Como si hubiese visto al mismísimo diablo, el

Iván Moncada

religioso se puso de pie de un solo salto mientras sus ojos permanecían tremendamente abiertos y comenzaba a gritar:

—¡Quemadlos, quemadlos! ¡Hay que quemar estos cuerpos ahora mismo!

Todos comenzaron a mirarse unos a otros sin saber qué le pasaba, pero viendo la cara de aquel viejo sacerdote y los gritos que daba, rápidamente entendieron que algo malo pasaba con aquellos cadáveres, probablemente, algo relativo a brujería o al diablo había marcado esos cuerpos haciendo enloquecer y entrar en cólera al cura.

El comandante se quedó mirando al religioso por un momento mientras este proseguía gritando y andando de un lado para otro, entonces, se giró hacia los estibadores y tomó la decisión, tuviese el cura razón o no, pues todo aquello era demasiado escalofriante.

—¡Haced lo que dice el cura! —ordenó el comandante.

—¡Traed un carro! —gritó Vermud a sus hombres —, hay que sacarlos del muelle y amontonarlos fuera.

Mientras traían el carro, el capataz se acercó hasta donde estaba el cura. Tenía curiosidad por saber qué era lo que había visto para decir aquello y actuar de aquella manera, ya que casi parecía que hubiese visto a Satanás en la cara del muerto. Una vez se aproximó al lado del religioso, que había comenzado a rezar en latín y con voz alta y profunda, Vermud miró hacia el cuerpo. No vio nada, solamente un par de heridas en el cuello con pinta de quemazón que seguramente se hubiesen producido por el roce del cabo que había tenido atado, pero obviamente, no iba a interrumpir al excitado cura para preguntarle qué había visto.

El jefe de estibadores no era muy creyente, y por tanto, tampoco creía en esas cosas de demonios, brujas y demás, pero algunos de sus hombres sí lo eran, por lo que tuvo que seleccionar a los que él sabía que no pondrían reparos en tocar los cuerpos para subirlos al carro. Mientras tanto, los guardias seguían registrando la zona y ampliando el perímetro de búsqueda poco a poco, aunque sabían perfectamente que si la persona o personas que hubiesen bajado del barco eran medianamente inteligentes, ya se habrían alejado del puerto hacía rato.

Mientras cargaban los cadáveres, el jefe no dejaba de observarlos. —¿Cuánto tiempo habrán estado sumergidos en el agua? —se preguntaba —. Ya que no estaban hinchados, y sin embargo, el cabo estaba demasiado dilatado y resbaladizo por el agua salada —Además, ahora recordaba la primera imagen de los cuerpos flotando en el agua —. Si los hubiesen tirado al mar estando vivos, sus pulmones se habrían llenado de agua y los cuerpos se habrían hundido, no flotarían. Los cadáveres solamente flotan cuando llevan mucho tiempo en el agua y los gases de la carne podrida hinchan el cuerpo, y estos no están hinchados —continuaba preguntándose. Todo era muy extraño.

El capataz le pidió a uno de sus hombres que registrase las notas del camarote del capitán para encontrar la relación del personal y carga de la nave. Seguramente los que habían asesinado a la tripulación fuesen del pasaje, probablemente enemigos de Escocia que no querían dejar rastro de su entrada en el país. Por lo que era primordial saber quiénes eran tripulación y quiénes pasaje.

Después de varias horas, la guardia desistió en su búsqueda y los muertos ya estaban amontonados sobre un lecho de ramas y troncos a la espera de que el comandante de la guardia ordenase prender la hoguera. Por fin, el hombre que el jefe de estibadores había mandado a buscar la documentación de la nave para poder hacer el recuento de todo lo que ésta contenía, se acercó.

Iván Moncada

—Ya lo tengo, señor. Setenta y seis fardos de pescado en salazón, treinta barriles de grasa, tres fardos de pieles y, según consta, la tripulación estaba compuesta por veintiún marineros, incluido el capitán.

—¿Y pasajeros?

—Ninguno.

—¿Qué? no puede ser. ¿Pero qué diablos pasa? ¿No hay nada más?

—No, señor. Solamente los víveres de la tripulación y tres cajas de madera, dos vacías y una más grande con algo de arena dentro que no constan en el inventario.

—Entonces, la única explicación que queda es que el barco haya sido abordado en el trayecto y matasen a la tripulación. Pero ¿Por qué no han robado la carga?

Inmediatamente, Vermud informó al comandante de la guardia. Éste compartía la idea de que hubiesen sido abordados y por eso estuviese la escalerilla en la popa y, quizás, por la cercanía de algún otro barco o algún otro problema, no hubiesen podido transportar la carga teniendo que huir. El comandante dio por zanjado el asunto y, para contentar al viejo cura, ordenó prender la hoguera con los cuerpos.

Al amanecer, el comandante informó a capitanía y se decidió que, debido a lo extraño del suceso, se informaría a las familias de los marineros de que la nave había sido tomada por la peste, llevándose por delante la vida de toda la tripulación y teniendo que quemar la nave con sus cuerpos dentro.

*   *   *

Esa misma mañana, y como cada domingo, los fieles se dirigieron a misa en la vieja iglesia. Aunque era muy temprano, al párroco le gustaba comenzar los servicios a las siete de la mañana, pero aun así, casi se llenaba media iglesia. Todo el mundo estaba ya sentado esperando que el cura saliese y comenzase la misa, pero éste no salía. Entonces Jhon, el monaguillo que ayudaba al cura todas las mañanas, salió a la vista de los feligreses. Había llegado un par de minutos tarde, pero ya se había puesto la túnica y estaba comenzando a preparar la mesa del altar para el cura. Las mujeres más devotas y que siempre se sentaban en el primer banco, justo a los pies del altar, comenzaron a cuchichear entre ellas preguntándose unas a otras por qué el párroco tardaba tanto en salir, no era normal, pues era extremadamente puntual en las misas. Una de ellas le preguntó a Jhon:

—Niño, ¿está el cura indispuesto o algo?

—No lo sé señora, no estaba dentro, yo creía que ya estaba aquí.

—Anda, ve dentro a ver por qué no sale, que ya es mayor y a lo mejor le ha pasado algo.

—Sí, señora.

El monaguillo recorrió toda la iglesia en busca del religioso, pero no había señal de él. El último sitio al que fue a mirar fue en su habitación, ya que al cura no le gustaba que nadie entrase allí. Cuando entró, vio que la cama estaba vacía y hecha. Entonces, un soplo de aire brusco recorrió toda la iglesia abriéndose camino por la puerta principal, pasando a través de la escalera de caracol que daba a los aposentos del párroco y atravesando la puerta de la habitación que Jhon había abierto y en la que todavía permanecía. La corriente de aire salió por la descolorida y acristalada ventana de la habitación golpeando ambas hojas contra la pared exterior. Con el golpe, varios cristales se rompieron asustando al joven monaguillo.

156

Jhon reaccionó y se dirigió hacia ella para cerrarla, pues hacía mucho frío.

El chico se puso delante de la ventana dispuesto a cerrarla, apoyando su vientre contra el borde para después estirar los brazos y poder llegar hasta los cuarterones. Cuando logró alcanzarlos y comenzaba a cerrarlas, miró hacia abajo. El joven Jhon se quedó atónito y petrificado como las tempranas flores de primavera a las que una inesperada y tardía nevada invernal coge por sorpresa, y no por el frío aire de Escocia en pleno octubre, sino porque allí estaba el cura, tirado en el suelo, boca arriba sobre la fría piedra que formaba el pasillo que rodeaba la iglesia por su exterior. La pierna derecha la tenía torcida en una posición casi imposible y el contorno de su cabeza estaba rodeado por un gran charco de color rojo.

Lentamente, Jhon abrió sus manos soltando las ventanas sin dejar de mirar hacia abajo y, poco a poco, se fue retirando del borde de la ventana andando hacia atrás muy despacio, paso tras paso. Estaba en shock por la visión de aquella imagen, pero al tropezar con la cama del cura y caer sobre ella, salió del trance recuperando la compostura lo suficiente como para saber que tenía que avisar a alguien. Presa del miedo, salió corriendo hacia donde estaban los feligreses gritando —¡Está muerto, está muerto! ¡El cura está muerto!

*   *   *

A los dos días, un buque cargado de fardos de lana se dirigía a Holanda, y con él, un despacho enviado a la compañía naviera holandesa para explicar lo ocurrido. A los holandeses les parecían bastante extrañas las explicaciones ofrecidas por la comandancia marítima escocesa, pues hacía ya mucho tiempo que

157

ninguno de sus navíos sufría un brote de peste y menos tan violento como para tener que quemar la nave, pero ellos no tenían frentes directos abiertos con los escoceses, por lo que tuvieron que dar a la tripulación y a la nave por perdidas por acto de piratería.

Por supuesto, la voz corrió por los alrededores del puerto holandés, ya que parte de la tripulación de aquella nave era de allí.

De boca en boca, la noticia corrió como la pólvora y, a las pocas horas, todo el mundo lo sabía. La noticia llegó también a un hombre extranjero que rondaba la zona desde hacía pocos días y que era un soldado inglés, un espía que pertenecía a un grupo un tanto peculiar y que estaba en Europa en una misión dirigida por la armada y la iglesia. Éste, a su vez, tras recabar toda la información posible, informó a su comandante mediante mensajero urgente. El comandante estaba por tierras belgas, pero cuando recibió el mensaje, movilizó inmediatamente a todos sus hombres y puso camino a Escocia.

Después de varios días, el grupo entero, que estaba formado por tres docenas de soldados y un puñado de monjes, llegó a tierras escocesas. Uno a uno, los estibadores y guardias que aquella noche estuvieron allí, fueron interrogados. Todos ellos afirmaron no haber visto a nadie bajar del barco, al igual que describieron la reacción del cura aquella noche. Todos coincidían al decir que el cura debía de tener problemas mentales, ya que esa misma noche se suicidó lanzándose doce metros al vacío desde la ventana de su habitación. La naturaleza de sus preguntas y el secretismo que rodeaba todo aquello hacía que todos los interrogados sintiesen algo de miedo. Aquel terrorífico evento era la comidilla de todo Glasgow, todo el mundo comentaba saber algo de aquel día. La mayoría de las cosas eran pura invención de la imaginación de la gente y suposiciones sin fundamento alguno, que no hacían más que aumentar los chismorreos.

El grupo de soldados fue siguiendo diversas pistas de acontecimientos ocurridos en aquellos días, y no sólo en la ciudad, sino también en pueblos y aldeas colindantes. Dividiendo el grupo en parejas, éstos se extendieron por toda Escocia en busca de indicios que pudiesen dirigirles hasta lo que estaban buscando.

Por donde quisiera que fuesen, se interesaban y preguntaban a las gentes de las ciudades y aldeanos cosas singulares, cosas como, si había desaparecido gente últimamente, si habían aparecido cadáveres de gente que no fuesen de la zona, ganado muerto sin las típicas heridas de animales salvajes, comportamientos raros en personas que anteriormente eran normales y cosas igual de raras que las anteriores. Intentaban pasar desapercibidos, pero su aspecto era bastante lúgubre y oscuro. Cuando se acercaban a alguien y les hacían ese tipo de preguntas, algunos no salían de casa durante un par de días por el miedo que todo aquello les infundía, ya que la gente sentía temor de que algún asesino, ladrón o a saber lo que fuese que aquellos hombres buscaban, estuviese por la zona en donde ellos vivían.

Durante casi cuatro semanas, el grupo de soldados estuvo peinando cada palmo de tierra escocesa, hasta que un día llegaron noticias de uno de los rastreadores. El soldado irrumpió en la casa en la que el comandante había situado su cuartel general, era una casa solitaria en la parte más alejada hacia el norte de Glasgow y ya era media tarde cuando el comandante le vio entrar casi sin aliento y totalmente agotado por los dos días que aquel hombre había estado a galope sobre su caballo. El comandante se puso en pie.

—¡Dime! ¿Qué noticias traes?

—Señor, le hemos encontrado —respondió casi jadeando, de pie y con el tronco ligeramente inclinado hacia delante mientras mantenía sus manos apoyadas sobre las rodillas para descansar la espalda.

—¿Estás seguro?

—Sí, mi señor, Jack se ha quedado para vigilar sus movimientos hasta que lleguemos.

—¡Bien! —dijo el comandante mientras cerraba su puño derecho fuertemente y lo llevaba a la altura de su pecho en señal de "ya es nuestro".

—¡Preparadlo todo, al alba salimos! —gritó.

—Dadle de comer a él y a su caballo y que descansen antes de la marcha —prosiguió refiriéndose al soldado que le había traído aquellas maravillosas noticias.

En ese momento todos los que se encontraban en la casa se pusieron a preparar la marcha. El comandante, cuyo nombre era Alex Fireplace, salió fuera de la casa. Quería sentir el aire frío en la cara para despejarse y pensar con claridad. —¡No te escaparás de mí, no podrás conmigo como lo hiciste con mi antecesor, te atraparé cueste lo que cueste! —se dijo a sí mismo.

Mientras tanto, en una aldea al noroeste de Escocia llamada Ullapool, Jack, el compañero de Urder, soldado que había cabalgado día y noche para alertar a su comandante, vigilaba sin descanso.

La aldea no tenía más de dos docenas de personas, por lo que no era fácil pasar inadvertido. Él y Urder llegaron allí debido a los rumores de que a aquella aldea había llegado un extranjero que había arrendado una casa y, desde entonces, habían sucedido cosas muy extrañas en el lugar.

Según los aldeanos, en menos de una semana habían desaparecido tres personas sin dejar rastro. Los pastores tampoco daban crédito, pues durante casi ya más de una semana no se habían sucedido los ataques de lobos a sus rebaños como era

160

costumbre, y además, una espesa e intratable niebla se había apoderado de la zona sin levantar ni un solo día.

Jack tenía vigilado a su objetivo en la casa que los aldeanos les indicaron. Él y Urder se hubieron acercado en plena noche para cerciorarse de que ése era el hombre al que buscaban. Ambos iban mosquetón cargado en mano, además de pistolas, munición y afilados cuchillos, pero todo aquello era poco para enfrentarse a aquel ser, y aún más, siendo solamente dos, por lo que enfrentarse a él aquella noche no era una opción, sólo debían asegurarse de verificar el objetivo y avisar al resto del grupo.

Todas las ventanas de la casa estaban cerradas con contraventanas de tablillas, pero rodeando la casa llegaron hasta una de ellas que tenía un par de tablillas rotas por las que poder observar el interior. El titilante rojo anaranjado del fuego de la chimenea que había en el centro del salón se reflejaba en el ojo de Urder mientras miraba por la rendija. Allí estaba, sentado en el suelo en medio de una vacía sala de estar, con la única compañía del fuego de la chimenea. En el suelo, y todo alrededor donde él estaba sentado, había complejos dibujos formando un círculo perfecto. Estaba sentado con las piernas cruzadas una sobre la otra mientras su cara y torso permanecían frente al fuego. Tenía la cabeza ligeramente agachada y su liso y largo pelo blanco caía por los laterales de su cara y espalda. Urder no llegaba a ver su rostro, pero con los datos que tenían no había duda, era él.

Urder dejó mirar a Jack por un momento y aquel hombre comenzó como a rezar u orar, primero en voz baja y luego progresivamente fue elevando el tono de voz lo suficientemente alto como para que Jack y Urder oyeran sus palabras. No entendían nada de lo que decía, pues hablaba en un idioma desconocido para ambos. Solamente lograron reconocer unas pocas palabras que se parecían al latín, aunque no sabían su significado.

161

—Afferte mihi cor immortui, Yamir.

Mientras las repetía una y otra vez, sus brazos se elevaban hacia el cielo y su voz se hacía cada vez más intensa. Urder y Jack se retiraron muy despacio y sin hacer ningún ruido. Ambos fueron andando unos cincuenta metros por donde habían venido y hasta donde habían dejado sus caballos. Entonces, Urder y Jack lo echaron a suertes y decidieron que Jack se quedaría haciendo guardia y vigilando por si se movía de la casa. Después, Urder desató su alforja de provisiones del caballo y se la dio a Jack, pues no había tiempo de ir a por víveres para la vigilancia. En aquel preciso momento, Urder emprendió el viaje hacia Glasgow.

En el horizonte se vislumbraba ya algo de luz mientras el alba daba los buenos días con un nuevo amanecer. El comandante Fireplace y sus hombres emprendían el viaje hacia Ullapool, a la vez que diversos mensajeros eran enviados para avisar a los hombres que se encontraban desperdigados por toda Escocia, con el precepto de que debían reagruparse y alcanzar al resto del grupo por el camino y unirse a ellos.

Mientras viajaban, Fireplace llamó a cabalgar a su lado a Urder, quería saber más. Urder le describió lo que vieron en la aldea y la casa con todo detalle, con quiénes hablaron y lo que les habían contado. Urder le dijo también las palabras que logró medio entender y que salieron de la boca de aquel hombre.

—¿Qué significan, señor? —preguntó Urder.

—No estoy seguro. Literalmente en latín quieren decir "tráeme el corazón del no muerto, Yamir", pero no sé a qué o a quién se refieren —respondió Fireplace.

Después de agradecerle su gran trabajo y profesionalidad, Fireplace le dio una nueva orden, debía de adelantarse a galope del grupo para reunirse con Jack de nuevo y estar preparados para su llegada a la aldea. El camino era largo y el comandante estaba an-

162

sioso por llegar, pero además de parar para dejar descansar a los caballos y comer algo, Fireplace sabía que debía aminorar la marcha para poder reunir el mayor número de efectivos posible.

En su mente permanecía el último encuentro que tuvieron con aquel ser con aspecto de hombre y que sucedió hace mucho tiempo en lejanas tierras germanas. Su grupo, del que él era subcomandante por aquella época, tenía a aquel hombre localizado y vigilado como lo tenían ahora. Todo estaba dispuesto para apresarle, por lo que la noche anterior, su superior, el comandante al cargo en aquel momento, reunió a los mandos del grupo en el que estaba él como subcomandante, dos oficiales y cuatro suboficiales de campo. El comandante, llamado Warstman, explicó la estrategia al resto de mandos de forma que, si uno caía, el resto podría seguir con la operación. Todo estaba calculado con exquisita precisión, parecía imposible que pudiese escapar de ellos.

Después de la reunión todos fueron a dormir, aunque seguramente pocos pudieron hacerlo, ya que la empresa que debían llevar a cabo al día siguiente era algo que durante siglos nadie había podido concluir con éxito y en donde muchos, según decían antiguas escrituras, dieron sus vidas sin reparo intentando matarlo.

Durante los dos días siguientes, todos los rastreadores se unieron al grupo y finalmente alcanzaron Ullapool. Los soldados y monjes que componían el grupo preparaban su equipamiento antes de emprender el acercamiento y asalto a la casa. Seis de los mejores hombres se adelantaron y se unieron a Jack y Urder para avisarles de que el ataque era inminente. Después de pocos minutos, Fireplace y el resto de los hombres llegaron. El comandante ordenó la formación de grupos de doce hombres, que se dispondrían alrededor de la casa en círculo, dejando espacio suficiente entre ellos como para que un segundo y tercer círculo pudiesen tener visión directa de la casa. Los monjes se posicionarían igual-

163

mente, pero éstos pegados a escasos dos metros de las paredes de la casa. El ataque comenzaría cuando los monjes estuviesen preparados, pues debían comenzar a entonar una oración en forma de cántico que supuestamente mermaría los poderes del ser que se hallaba en su interior.

El resto de soldados debía permanecer en formación detrás de los círculos de ataque y contención que Fireplace había dispuesto, aunque, si aquel ser llegaba hasta estos últimos, poco se podría hacer para detenerlo.

Todo el mundo se movilizó hasta las posiciones indicadas en completo silencio. Los seis hombres que estaban con Jack y Urder se adelantaron hasta la única entrada y salida que tenía la casa, junto a los monjes. La niebla que había llegado a la aldea con el extranjero seguía allí, rodeando la casa al igual que las fuerzas de Fireplace. Los monjes, a los que una larga túnica con capucha les cubría todo el cuerpo, desnudaron sus cabezas. Todos ellos eran calvos y tenían la cabeza plagada de tatuajes con antiguas inscripciones que se perdían a lo largo de sus cuerpos mientras descendían por el cuello y los que, probablemente, cubrían completamente su anatomía, aunque ninguno de los soldados del grupo, ni tan siquiera Fireplace, lo sabía. Comenzando con un grave y leve sonido todos ellos sincronizaron sus voces, voces en las que las palabras eran evidentes, aunque no entendibles, pues los dialectos que usaban eran tan antiguos como la misma tierra, según ellos mismos decían.

El tono del cántico adquirió dimensiones estremecedoras. La voz grave de todos ellos al unísono, el volumen al que ahora cantaban y el aterrador sonido que comenzaba a salir del interior de la casa, hacían que todos y cada uno de los soldados, e incluso los más valientes, sintiesen auténtico miedo. Cuanto más cantaban, más intenso era el sonido del interior de la casa. Al principio el sonido era como el de un hombre al ser torturado, después, el de

Iván Moncada

un animal salvaje y herido al que le estaban dando caza y muerte, y ahora, era algo mucho peor, sólo comparable a los sonidos que se describían en antiguos pasajes de San Jorge, el cazador de dragones, cuando éste les acechaba en las entradas de sus cuevas.

En ese preciso momento, cuando los gritos de la bestia comenzaban a hacer retumbar el suelo cercano a la casa, todos los monjes elevaron sus brazos formando la señal de la cruz. Esa era la señal que esperaban los seis hombres de la entrada, por lo que irrumpieron dentro de la casa.

Dentro parecía como si hubiese un tornado y el aire hacía tambalear a los soldados. Como pudieron, accedieron al salón mientras sujetaban sus armas dispuestos a apresarle como fuese, vivo o muerto. Al entrar, allí encontraron a aquel hombre, estaba en medio del salón, levitando a dos palmos del suelo y con los brazos abiertos como si le hubiesen colgado con dos ganchos del pecho atándolo al techo. Su largo, blanco y liso pelo se movía bruscamente con el tornado que la bestia había creado para defenderse. Su boca, completamente abierta, emitía aquel endemoniado sonido a la vez que sus ojos, rojos y brillantes como brasas de una hoguera, permanecían abiertos y mirando al techo. Los hombres también miraron hacia arriba, pues lo que debiera ser el techo de la pequeña casa era un cúmulo de nubes negras girando a gran velocidad sobre aquel ser. Parecía como si estuviesen en otro sitio, como si hubiesen descendido al mismísimo infierno.

Rápidamente, tres de ellos sacaron de unas bolsas de cuero que portaban en sus espaldas unos grilletes para el cuello y brazos de aquel ser, de los que colgaban unas largas cadenas. Tanto los grilletes como las cadenas eran de un color amarillento que hubieron sido fabricados con un material especial en fraguas sagradas hace miles de años y enfriados para templarlos con sangre humana.

Fuera de la casa todo parecía normal, a excepción de los cánticos de los monjes y el sonido que aquella bestia emitía, pero el aparente infierno en el que los seis valientes soldados se habían metido no parecía tal en el exterior de la misma.

En el momento que sacaron los grilletes de las bolsas la bestia salió momentáneamente de su trance, el sonido de las cadenas llamó su atención haciéndole descender hasta ponerse de pie sobre el suelo. Su mirada infernal se dirigió hacia ellas, luego, lentamente, fue girando su cuerpo mientras miraba a los bravos soldados que habían entrado dispuestos a dar sus vidas para encadenarle. El torbellino de aire no cesaba ni un instante, pero la pericia y entrenamiento de aquellos hombres en la lucha y artes oscuras hacía que eso solamente fuese un pequeño inconveniente en comparación del que era su objetivo principal.

— ¿A qué esperáis? ¿Queréis que me las ponga yo solo? Jajaajaja jaajajajaja jaajaajjaajaja — reía la bestia con una voz que hacía que la carne de sus cuerpos temblase.

En ese preciso momento, los seis hombres se abalanzaron sobre él. Los tres que no portaban grilletes tenían unas sogas de cuero casi irrompibles que usaron para intentar apresarle del cuello y los brazos mientras los otros tres le ponían los grilletes. Al lograr hacerlo, los tres tensaron las sogas para situarle en la posición de la cruz y facilitar el trabajo a sus compañeros, pero la bestia cerró sus brazos de un solo golpe dando un tremendo tirón y enviando a los dos que le sujetaban los brazos rodando por los suelos. El tercero tiró fuertemente de la soga del cuello a la vez que de daba una patada en la parte de atrás de la articulación de la rodilla que sólo le hizo tambalearse ligeramente. De nuevo la bestia se echó a reír. Uno de los que portaba uno de los grilletes para los brazos se acercó aprovechando aquel momento, pero antes de que pudiese acercarse lo suficiente, aquel ser se giró abalanzándose sobre el soldado poniendo sus manos sobre el hombro izquierdo y

166

la cabeza del valiente y, ejerciendo una fuerza terrible, separó sus manos dejándole el cuello expuesto. Su boca se abrió exageradamente, a la vez que sus caninos crecían hasta alcanzar el tamaño de los de un puma. El resto de bravos soldados vieron cómo aquella bestia clavaba sus colmillos en la carne de su compañero y no pudieron reaccionar ni tan siquiera para intentar impedirlo. Le mordió y arrancó medio cuello en menos de un segundo. La sangre salía de su cuello a borbotones mientras que aquella criatura del infierno escupía el trozo de carne de sus fauces. Con rabia, otros dos saltaron sobre él gritando y con dagas en la mano para apuñalarle en los costados. Uno por cada lado. Pero la velocidad de aquel monstruo parecía imposible, les esquivó sin esfuerzo alguno.

Los cinco que quedaban en pie se miraron unos a otros en medio de la tormenta que había salpicado sus caras con la sangre de su compañero caído. La bestia debía de ser diezmada y encadenada con aquellos metales tan especiales, pero la idea primitiva, que se había intentado llevar a cabo durante tantos siglos, era aniquilar a esa criatura venida del infierno, por lo que, ante la imposibilidad de poder apresarlo de la forma que tenían planeada, los cinco hombres decidieron soltar las cadenas; se deshicieron de las protecciones de torso y espalda que llevaban y que limitaban sus movimientos ofreciendo tan poca protección ante aquel adversario, dejando solamente ahora en sus manos armas de ataque con las que poder herir hasta la muerte a ese sanguinario monstruo.

El endemoniado ser de pelo blanco los observaba mientras se preparaban para el nuevo ataque. Inmóvil y desafiante, aguardaba como si de un honorable caballero se tratase, esperando a que sus adversarios se armasen nuevamente y que no tuviesen la excusa de que les atacó mientras estaban desarmados. Ahora lo único que portaban entre todos ellos eran espadas, dagas, una hacha y dos péndulos con garfios afilados y amarrados a largas cadenas

167

que dos de ellos giraban a gran velocidad esperando el momento preciso para lanzarlos y clavarlos en la carne del enemigo.

Los dos que blandían espada en una mano y daga en la otra permanecían en constante movimiento dando mandobles al aire y mostrando su pericia para intentar desconcentrar al que, aparentemente, sólo parecía un vulgar y simple hombre. El más musculoso de ellos acarreaba la pesada y afilada hacha mientras permanecía expectante y ligeramente inclinado hacia delante a la vez que se bamboleaba de un lado a otro pasando el peso de su cuerpo de una pierna a la otra, buscando el hueco perfecto para partir en dos, de arriba abajo, al asesino de su amigo y compañero. Ver cómo había arrancado la vida y carne de un hermano de batalla les había despertado los instintos más primitivos y salvajes. La adrenalina en su sangre había afinado sus sentidos y su compenetración después de tantas guerras juntos era máxima. Esta vez no habría pausas, o caía o morirían intentándolo.

Una espada, tan veloz como el ataque de un tigre, se aproximó a la espalda del calmado hombre de pelo blanco, pero con un giro de cintura y un pequeño desplazamiento la evitó fácilmente. En ese momento, la sensación y dolor de dos lanzadas, una en el brazo y otra en la pierna, hicieron gritar a la bestia. Al girar su cabeza, vio las dos finas pero resistentes cadenas enrolladas en sus miembros y con los afilados garfios de los extremos clavados profundamente en su pálida carne mientras los soldados tiraban de los extremos opuestos. Entonces, el corpulento soldado del hacha gritó fuertemente mientras que por el lateral derecho de su cuerpo, y dibujando un enorme círculo en el aire, elevó aquella temible arma comenzando su trayectoria descendente. A su vez, y al ver el ataque de su forzudo amigo, los dos espadachines corrieron hacia el ahora herido enemigo para atravesarlo con sus espadas.

Desde afuera, un terrible y espeluznante grito de muerte se oyó por encima del canto de los monjes. Sólo podía ser de la bestia.

Iván Moncada

Los monjes enmudecieron por un momento y Fireplace se acercó a la entrada corriendo. —¡Encended las antorchas!—gritó dirigiéndose a los círculos de contención. Todos los soldados que permanecían en el exterior se pusieron de pie, encendieron las antorchas y hogueras que tenían preparadas para combatir la espesa niebla y se colocaron en posición de ataque. Fireplace desenvainó su espada dispuesto a entrar. El grupo de soldados más cercano a la entrada se posicionó detrás de él. Con una patada en la puerta, Fireplace y el resto de soldados entraron, muchos de ellos gritando para descargar adrenalina e intentar contener el miedo.

La imagen era indescriptible. Nadie, absolutamente nadie, podría llegar a imaginar ni en su peor pesadilla aquella escena. Alguno de los soldados que acompañaban a Fireplace vomitó y otros se orinaron encima por el miedo. Allí estaba aquel ser. Fireplace no sabía ni podía imaginar qué era lo que allí había pasado. El ser con delgado y pálido cuerpo de hombre y largo y blanco pelo, estaba sentado en el suelo con la cabeza agachada y mirada fija en el suelo. Tenía las piernas cruzadas una sobre la otra y los grilletes abrazaban fuertemente su cuello y muñecas. El suelo estaba totalmente encharcado de sangre y, a su alrededor y en círculo, las cabezas de los soldados que hubieron entrado a capturarle yacían colocadas sin vida y sin cuerpo. Fireplace miró aterrado de un lado al otro del salón, no había ni rastro de los cuerpos. —Dios mío, ¿dónde están los cuerpos? —se dijo a sí mismo, aunque sin querer también en voz alta.

—*En el mismo sitio que sus almas* —respondió la bestia mientras levantaba ligeramente la cabeza a la vez que la ladeaba y una despreciable sonrisa aparecía por la comisura de sus labios. Acto seguido, alzó hasta la altura de su cara sus ahora engrilletadas manos en gesto de sumisión, mientas mantenía la sonrisa. —¡Que entren los monjes! —gritó Fireplace —, ¡y que traigan el carro! —

169

prosiguió mientras sus ojos, vidriosos por la rabia, no se separaban de los de él.

Capítulo 23

Las cosas no habían salido como Aurung—Zeb quería. La gente pensaba que el Shah Jehan estaba cautivo por fuerzas extranjeras, siendo ahora Aurung—Zeb el Shah regente. Pero su forzada subida al trono había hecho que las etnias rivales aprovechasen la ocasión para intentar hacerse con más poder e invadir más territorios, pues el hijo del Shah Jehan no era tan temido y respetado para ellos como lo era su padre, por lo que éste decidió que abortaría su plan y aprovecharía lo andado para aumentar su popularidad y afecto entre el pueblo simulando que libertaba a su querido y amado padre, urdiendo otro plan para hacerlo.

Mandó al mismo grupo de soldados que le ayudaron a asaltar el palacio aquella noche para una nueva tarea. Todos ellos debían vestir ropajes de una etnia rival a petición suya con el pretexto de pasar desapercibidos y trasladar a su padre del lugar en el que le habían escondido hasta una zona remota. Entonces, él y un grupo de guardias de palacio leales al Shah Jehan, ahora bajo su mando, asaltaron el convoy matando a todos sus integrantes, liberando y llevando al Shah Jehan de nuevo a palacio. De esa forma había logrado cubrir sus huellas eliminando a los soldados que sabían la verdad y que fielmente le sirvieron y luego comprando el

171

silencio de sus aliados extranjeros, teniendo que usar para tal empresa alguna de las piezas del tesoro del Shah, entre las que se hallaba un excepcional diamante como nunca antes se había visto y que fue a parar a manos del general Warstman. Pero ya habían pasado diecinueve años desde todo aquello y desde que la vida de Yamir tomase un rumbo distinto al del resto de la gente.

La mano del maestro, que guiaba y protegía a Yamir desde entonces, le había estado enseñando y ayudando a desenvolverse en un nuevo mundo, un mundo que pocos conocían pero del que formaban parte, aunque no como artífices del mismo, como todos ellos creían, sino como meros espectadores, pues no eran conscientes de que su estatus en la pirámide alimenticia y de poder había cambiado, no perteneciendo ya a la cúspide de ésta.

A pesar del tiempo transcurrido, Yamir recordaba perfectamente todos los acontecimientos de su vida nueva y antigua. Con tan sólo cerrar los ojos y desearlo, era capaz de ver la cara de su madre, hermanos y hermanas con todo detalle, como si fuese ayer mismo la última vez que los vio. Era como si para él no hubiese pasado el tiempo, y de hecho no pasaba, tal como su maestro le explicó. Ya tenía treinta y cinco años según los calendarios hindúes, pero su apariencia seguía siendo la de un niño de catorce.

Desde entonces, él y sólo él, había estado guardando y custodiando el gran y preciado diamante tal y como su maestro le pidió. Durante años, en la ciudad se habían sucedido multitud de habladurías acerca de la desaparecida gema basadas en los rumores de los joyeros de la zona, ya que anteriormente a que el hijo del Shah se lo entregase al general Warstman, éste se lo había mostrado a un comerciante de piedras preciosas francés con el fin de poder financiar la ampliación y modernización de sus ejércitos y así mantener a raya a los insurgentes de las etnias rivales y afianzar su permanencia en el poder. Antes claro, de que éste tuviese que restituir a su padre en el poder. A día de hoy, el hijo del Shah

Iván Moncada

seguía acusando a los espías de los ejércitos invasores de haberlo robado, pues debía ocultar a toda costa el destino final que éste tuvo. El misterio que rodeaba a aquella inmensa piedra no hacía más que crecer con el paso del tiempo.

Ese mismo día, estando Yamir a solas en la casa del general Warstman, su maestro le habló. Sumido en un profundo trance, Yamir escuchó con atención lo que debía de hacer, el momento de partir había llegado. Con ayuda del general Warstman, Yamir debía de llegar hasta tierras inglesas.

Warstman era ya un hombre sexagenario que había retrasado su vuelta a su querida Inglaterra para así cumplir con los deseos del Haraas y poder alcanzar la ansiada inmortalidad que años atrás le prometió. Como militar de alto rango y largo servicio al imperio, Warstman podía pedir en cualquier momento el regreso a casa y ejercer como general honorario allí, lo que le sería otorgado de inmediato.

El general Warstman estaba fuera de la ciudad. Un corto viaje le llevó a la bahía de Bengala a petición de Mr. Darwer para tratar la seguridad de la Compañía de Indias, pues se habían sucedido unos episodios de ataques a sus rutas de mercancías por la región, pero a la mañana siguiente llegaría de regreso.

Yamir estaba algo nervioso. A pesar de su condición y su desarrollado poder, sentía cierto miedo, pues nunca había viajado, y menos, a un país tan lejano del que ni siquiera sabía dónde estaba realmente, ya que, aunque Warstman le había enseñado alguna vez dónde estaba Inglaterra en un mapa redondo y giratorio que tenía en el salón principal, no tenía una noción real de las distancias que los dibujos representaban.

Después de la noticia que le dio su maestro, Yamir se acercó nuevamente a aquella gran bola con mapas pintados y la giró y observó durante un rato. Después, Yamir salió de la casa. La noche

173

había inundado la ciudad hacía ya varias horas, estando ahora en su momento álgido. Debía alimentarse antes del alba y de su regreso a palacio, en donde seguía trabajando para encubrir su real ser.

Al día siguiente, cuando el sol había alcanzado su cénit, el General llegó a Agra. Directamente fue a su casa para poder descansar y tomar un baño, pues los años le pasaban factura y los viajes castigaban cada vez más su ya de por sí curtido y envejecido cuerpo.

Al entrar en la casa, lo primero que hizo fue servirse un vaso de brandy que se bebió de un solo trago, después llenó su copa de nuevo, esta vez para disfrutarla más lentamente. Mientras bebía iba desabrochándose la estrecha casaca que se ceñía a su cuerpo como el corsé de una mujer debido al incremento de su barriga con el paso del tiempo y a la falta de ejercicio, a la vez que accedía al salón principal. Warstman sabía que Yamir entraba en su casa cuando él no estaba, al igual que en muchas otras ocasiones sí estaba y también lo hacía para mantener largas charlas en las que Yamir era normalmente quien preguntaba y Warstman quien respondía, pues el hambre de conocimiento que tenía Yamir sobre el mundo era tan insaciable como su apetito por la sangre. Pero hoy algo le sorprendió, ya que después de un recorrido visual por el gran salón mientras saboreaba el añejo licor, vio su globo terráqueo, el que hizo traer desde la lejana Inglaterra muchos años atrás, totalmente destrozado. Con la casaca por fin desabrochada, Warstman se acercó rápidamente cruzando el salón mientras su barriga subía y bajaba al ritmo de sus amplios y apresurados pasos. El armazón que soportaba el globo estaba completamente roto y tirado en el suelo al lado de la ventana principal. Los palos de fina caoba que antes formaban el bastidor estaban partidos y astillados.

Con sólo un par de simples giros de las tuercas que unían unos a otros el globo hubiese salido sin ningún esfuerzo, por lo que

Iván Moncada

lo primero que Warstman pensó fue que algún estúpido y bruto ladrón local había entrado a robar. Viendo el desbarajuste producido, el enojo de Warstman iba en aumento mientras que dejaba la copa de brandy a un lado y comenzaba a recoger los trozos de madera del suelo. Al ver que todo aquello no podría volver a ser recompuesto, lo arrojó violentamente por una de las ventanas que había abiertas mientras maldecía y se agachaba para recoger la copa y dejarla seca nuevamente de un solo trago. Acto seguido, se dio media vuelta para servirse una más e intentar calmarse cuando, al hacerlo, vio que el globo estaba encima de uno de los sillones. Al haber pasado tan deprisa por su lado no se había dado cuenta de que estaba allí. Rápidamente se acercó y dejó la copa encima de la mesa que centraba los tres grandes sillones y se apresuró a cogerlo. Pero antes de hacerlo, y estando ya justo encima de él, vio algo que por un instante le dejó bastante descolocado, pues había un dedo, un solo y único dedo humano totalmente ensangrentado encima de él. Mirándolo, Warstman se percató de donde estaba el dedo exactamente, estaba justo encima de Inglaterra, señalando Londres, ciudad que había sido rodeada con la sangre del amputado miembro. En aquel preciso momento, el ánimo de Warstman cambió por completo, se sentía excitado y emocionado y una sonrisa comenzaba a surgir de sus viejos y arrugados labios. — El momento había llegado, ¡Por fin había llegado! —pensó Warstman. Yamir le había dejado aquel mensaje, sólo él podría hacer algo así. Debían partir de inmediato, estaba seguro de ello, por lo que el viejo General decidió posponer su relajante y deseado baño para, con cierta dificultad, abotonar nuevamente su casaca y salir de la casa para dirigirse directamente a la comandancia, pues tenía que mandar un mensaje urgente.

"El general Warstman desea volver a casa para su retiro e integración en la reserva militar, por lo que ruega su repatriación inmediata al alto mando de la armada del imperio británico."

*   *   *

Aquella misma noche Yamir acudió otra vez a casa de Warstman. Antes de entrar, a Yamir le gustaba observar al General desde afuera y ver cómo día a día éste envejecía. Había cambiado mucho su relación con aquel hombre extranjero. Cuando le conoció por primera vez no era una persona demasiado grata para Yamir y, sin dilación, le hubiese arrancado la vida, pero con el paso del tiempo éste se había convertido en una fuente de conocimiento y experiencia, logrando expandir la visión del mundo de Yamir a la vez que le entretenía y, aunque ahora sabía que tendría la posibilidad de vivir todo aquello por él mismo, le gustase o no, todavía le necesitaba para llegar hasta su maestro.

Warstman estaba en el salón sentado en el mismo sillón en el que Yamir dejó el mapa. A pesar de parecer tranquilo, Yamir podía sentir su nerviosismo. Sin despegar los ojos del general, Yamir separó las cortinas de la terraza y entró en el salón.

—Buenas noches, Yamir —dijo el General al verle entrar a la vez que con ayuda de sus manos se erguía y colocaba correctamente en el sillón.

—Buenas noches, General —respondió Yamir notando como el viejo corazón del General se aceleraba —, intuyo que vio mi mensaje.

—Sí, ya he dispuesto lo necesario para que viajemos a Inglaterra.

—¿Cuándo será? El maestro nos espera.

—Pronto, en una semana aproximadamente recibiré la orden y podremos embarcar en unos de los buques de la compañía de Indias.

—Bien, eso me agrada.

176

Tras unos segundos de silencio, el General preguntó:

—¿Te ha dicho el maestro algo?

—¿A qué se refiere, general?

—Algo sobre mí, sobre nuestro acuerdo.

—¿Acuerdo? Le recuerdo que el maestro no acuerda nada con nadie, él desea y ordena, comparte y enseña. Pero sí, me ha hablado sobre ti.

Warstman tragó saliva. Se sentía como cuando era joven, en esas primeras contiendas en el campo de batalla en las que el miedo y el nerviosismo se tornaban en un sonido sordo que sólo dejaba escuchar los fuertes latidos de su corazón. En otras circunstancias el General hubiese tenido dudas de las intenciones de Yamir, pero sabía que él era el único pasaje hacia Inglaterra para él y el diamante.

Con la voz temerosa de un hombre que conoce su posible destino, el General preguntó nuevamente:

—Entonces, ¿me obsequiará con su gracia? ¿Me concederá el don?

Yamir permanecía de pie mirando fijamente a aquel imponente y poderoso hombre, que ahora se sentía como un débil y asustado niño a la espera del regreso de su padre a casa sabiendo que ha hecho algo malo y que será castigado duramente por sus errores como si de un hombre se tratase. La sensación de miedo se había apoderado de Warstman. Su respiración se tornaba agitada y su cuerpo se tensaba.

—Sí, te lo concede —le dijo Yamir con una voz que predecía lo que tanto tiempo el General llevaba esperando.

En ese momento, Yamir se arqueó ligeramente hacia atrás a la vez que su cabeza se alzaba en el mismo sentido. Enseguida, y

177

como si de un espasmo se tratase, recuperó la misma postura firme y erguida de antes mientras sus ojos permanecían cerrados. La respiración de Warstman se transformó en un galope de cortos jadeos y su cuerpo temblaba como si pasase montado en carro por las empedradas calles de su querido Londres. En aquel instante, sintió que su cuerpo sólo quería correr y correr para escapar de allí, pero antes de hacerlo, los ojos de Yamir se abrieron súbitamente mostrando un mar de fuego brillante e intenso en ellos. El poder de la sumisión mental de Yamir hacia los demás era increíblemente intenso y los deseos de huir del General desaparecieron por completo. Ahora, por deseo de Yamir y como un siervo fiel, el General se levantó del sillón y se colocó de rodillas justo delante de él. Yamir podía haber anulado por completo la voluntad del General para que no sufriese, pero no lo hizo. Quería que sintiese el proceso, tal y como él lo sufrió en aquella profunda y oscura cueva. Warstman veía, sentía y comprendía todo lo que estaba pasando, aunque no fuese dueño de su cuerpo. Yamir tenía los brazos a los lados del torso totalmente relajados mientras miraba a los ojos del general, pero un segundo más tarde los separó y abrió sus manos completamente como si los dedos se fuesen a separar de la mano, para después, hacer que sus uñas creciesen casi la distancia de la primera falange hasta el final de cada dedo permaneciendo afiladas como las garras de un tigre. Warstman no podía separar la vista de los hipnóticos ojos de Yamir, pero pudo ver aquello. Ahora, como un hombre cuando se está ahogando y perdiendo la vida en la horca, sintió su cálida orina escurriendo por sus piernas.

Las manos de Yamir agarraron la cabeza y hombro del General para separarlos lentamente a la vez que su boca se abría y mostraba los enormes colmillos que habían crecido mientras lo hacía. Después, los ojos del General dejaban ver el terror y sufrimiento que sentía ahora que Yamir había desgarrado el tejido de su cuello para dar paso a sus afelinados caninos. Podía sentir cómo aquel ser con aspecto de niño tragaba su sangre de la misma forma que un hombre tragaba el agua de su cantimplora después de una larga marcha. El terrible dolor en el cuello del General se había calmado un poco dejando sentir las caricias de la lengua de Yamir contra su ensangrentada piel.

Mientras le sentía beber, el General comenzó a pensar si Yamir pararía a tiempo, pues si no lo hacía le mataría, ya que necesitaba algo de sangre en su cuerpo para mantenerle con vida hasta que se convirtiese en vampiro.

Antes de desmayarse, Warstman pudo ver como Yamir se retiraba de su cuello. La imagen de su cara llena de sangre estando transformado, sería algo que no podría olvidar el resto de su eternidad. Finalmente, se desmayó. El proceso había comenzado y culminaría a los pocos días cuando el General probase la sangre. Tiempo justo para comenzar su viaje hacia Inglaterra.

El siguiente día sería muy duro para el General debido a que su cuerpo era muy viejo. Se tendría que adaptar a su nueva condición y sufriría un cambio brutal. Durante todo ese tiempo sería totalmente vulnerable, su cuerpo sería débil, sus músculos no serían capaces de mantener su cuerpo erguido por falta de glucosas y oxígeno y su visión sería casi nula. El torrente sanguíneo que antes atravesaba todo su cuerpo ahora sería casi inexistente y sus órganos se modificarían para asistir a sus nuevas labores aunque algunos de ellos no serían ni siquiera necesarios, ya que después de la transformación no tendría nunca más la necesidad de respirar, pues sería un no muerto sumido en la eternidad de la noche para alimentarse y toda su existencia se basaría en una única y simple necesidad. Sangre humana. Caliente y recién succionada de un cuerpo vivo, ese sería el elemento que mantendría los tejidos de su cuerpo sin deterioro ni envejecimiento, proporcionándole una fuerza sobrehumana.

179

Tiritonas, sudores, espasmos y tremendos dolores se adueñaron de Warstman durante los tres días siguientes. Su visión ya se había logrado aclarar lo suficiente como para poder distinguir su entorno y, como un animal salvaje encerrado en una jaula, miraba de un lado a otro con movimientos bruscos de cabeza. No sabía cuánto tiempo había pasado, si era de día o de noche y ni si había alguien más en su casa. Sólo sabía que estaba tumbado sobre su cama y que sentía dolor y calor, mucho dolor y calor. Como un soldado herido en el campo de batalla, de su boca salieron varios graznidos asemejados a la palabra "ayuda". Pero no había respuesta a sus agonizantes palabras. Entonces, comenzó a moverse torpemente de un lado a otro de la cama, como si careciese de brazos con los que poder ayudarse hasta que, por fin, llegó al borde del emplumado colchón. Intentó sentarse para facilitar el ponerse de pie, pero cuando fue a apoyar las piernas en el suelo, éstas todavía permanecían entumecidas y acabó de bruces contra el duro mármol. Un nuevo grito de dolor salió de su boca con una respiración sumamente agitada que era un mero reflejo de su organismo, pues estuvo acostumbrado a hacerlo durante más de sesenta años. Poco a poco y con gran esfuerzo, logró finalmente sentarse sobre el suelo.

Con un fuerte chirriar, la puerta de su habitación se abrió. Instintivamente su modificado cuerpo reaccionó y, como un gato al que una jauría de perros quisiese atacar, el general, usando sus débiles brazos y piernas, se arrastró rápidamente hacia atrás sin apenas despegar el culo del suelo mientras su boca se abría y mostraba sus atemorizantes, largos y nuevos colmillos.

Tras mirar hacia la puerta detenidamente, se dio cuenta de que era Yamir. Ya era de noche de nuevo y había venido a consumar la trasformación. De su mano colgaba un pellejo de cabra. El color rojo de la sangre con la que Yamir lo había llenado teñía el curtido y aterciopelado cuero. Rápidamente y como si de un ciego

Iván Moncada

se tratase, el General cerró los ojos para centrar más su ahora desarrollado sentido olfativo en ese aroma que le llegaba. La sangre le llamaba. Gateando como un bebé se acercó con gran ansia hasta Yamir.

—Vaya. ¿Arrastrándose como un mendigo, general? —dijo Yamir mientras reía.

Estando ya a los pies de Yamir, el General palpó con sus manos hasta encontrar el pellejo. Lo agarró fuertemente con sus dos manos y se lo arrebató como cuando un gato atrapa a un despistado ratón. Nuevamente el General abrió la boca y sacó los colmillos, pero esta vez para atravesar el cuero repleto de sangre que Yamir le había traído.

—Bébaselo todo, general. Mañana estará completamente recuperado y renovado, se sentirá fuerte y poderoso y con ganas de más. Pero no tenemos demasiado tiempo, así que prepárelo todo para partir cuanto antes.

Como un recién nacido agarrado al pecho de su madre, el General seguía succionando y succionando a la vez que escuchaba perfectamente a Yamir pues, entre ellos, ya no serían necesarias las palabras nunca más.

Iván Moncada

Capítulo 24

Después de cuatro días, el ánimo de Desirée había mejorado un poco. La brutal muerte de su amiga no la había dejado dormir bien ni probar bocado durante esos días, por lo que su madre le había preparado una sopa de pollo con rábanos y judías verdes para desayunar. Necesitaba recuperar fuerzas pues, incluso en sus ropajes, se notaba que había perdido peso. Siguiendo los consejos de su madre, Desirée también pensaba que no podía estar así por más tiempo, necesitaba trabajar y realizar sus tareas cotidianas para poder sobrellevar aquello.

El día había roto la oscuridad de la noche cuando Desirée acabó el desayuno. Recogió los cacharros y se dirigió a la tienda para ayudar a su padre. Él se había levantado tres horas antes, como cada día, para calentar el horno y preparar una docena de panes para hornear, los mismos que Desirée tendría después que colocar en el mostrador y comenzar a vender en cuanto abriesen la puerta, ya que como pasaba todos los días, ya había dos o tres personas esperando.

La mañana transcurrió bastante rápido para Desirée, el trabajo y la charla con alguna de las clientas hicieron que el tiempo se le pasase volando, a pesar de que alguna le recordaba la pérdida

183

de su amiga al decirle cuánto lo sentía, ya que era bien sabido que ambas eran uña y carne.

Por la tarde había quedado con el resto de sus amigas para pasear un rato, justo después de comer. No sabía quiénes acudirían, ya que después de lo ocurrido a Gladis, sus madres les limitaban las salidas.

Después de terminar las tareas de la panadería, Desirée y su madre fueron al mercado. Tenían que recoger varias cosas que le habían encargado a Thomas, el alfarero. Durante toda la semana había hecho mal tiempo, pero por fin hoy había dado algo de tregua. El día era frío pero estaba totalmente despejado y el tumulto de gente en el mercado hacía recordar los primeros días de primavera. Puesto tras puesto, Desirée y su madre fueron haciendo acopio de provisiones para la despensa de su casa y algunas también para la panadería. En el puesto de las especias, la madre de Desirée entabló una alegre y animada conversación con su amiga la dependienta, a la que hacía mucho que no veía debido a que era ahora Desirée la que iba normalmente al mercado. Mientras hablaban, Desirée estaba ligeramente distraída y con la mirada perdida en el infinito. El sol calentaba y era agradable sentir sus rayos sobre el cuerpo. Desirée comenzó entonces a recordar los momentos pasados con Gladis recorriendo el mercado, sus conversaciones sobre los muchachos que le atraían y cómo su rostro mostraba una expresión pícara seguida de un largo suspiro cuando hablaba de aquel muchacho tan especial para ella.

Un roce fortuito con una señora que pasó a su lado la hizo volver de sus recuerdos. Miró a un lado y al otro y vio que su madre seguía hablando. La dependienta, al verla, la saludó con la mano, ella hizo lo propio y la correspondió de la misma manera acompañando el gesto con una sonrisa en la cara. Después, Desirée desplazó su mirada a un lado del puesto para así evitar entablar conversación con ella, pues era muy habladora y a Desirée no la

Iván Moncada

apetecía mucho hablar hoy. Entonces, algo que Desirée nunca hubiese imaginado, sucedió. Entre el puesto de las especias y el del apicultor, hacia donde ella había desplazado su mirada, un par de jóvenes aparecieron para incorporarse al incesante vaivén de gente del mercado. Ambos debían de pasar a su lado. Desirée nunca se quedaba mirando fijamente a nadie, pero estaba intrigada, pues nunca había visto a esos chicos por allí. Mientras observaba cómo se acercaban, uno de ellos dirigió su mirada hacia Desirée permaneciendo entonces el contacto visual entre ambos. En aquel momento Desirée sintió una vergüenza tremenda, pero no podía apartar la vista de su atractivo semblante. Era un chico moreno, de hecho ambos lo eran. Sus ojos eran de color marrón oscuro y tenía marcadas pero suaves líneas que contorneaban su hermoso rostro con un ondulado y negro pelo que le llegaba hasta la altura de sus hombros. Al pasar justo por su lado, y estando ya casi frente a frente el uno del otro, el chico le regaló una sonrisa que hizo que Desirée se sonrojara y le sonriera casi automáticamente sin saber muy bien por qué. Al estar tan cerca Desirée se dio cuenta de lo alto que era y del musculoso porte del muchacho.

Los dos pasaron por su lado y ella sentía el deseo de volverse inmediatamente para volver a mirarle, pero su cordura se lo impedía, por lo que decidió esperar unos segundos antes de hacerlo. Estaba muy nerviosa, de hecho se sentía casi fatigada. Puso su mano derecha contra su pecho a la vez que suspiró profundamente, entonces se dio cuenta de lo deprisa que le latía el corazón. Sin saber si ya habría pasado tiempo suficiente, giró su torso y su cabeza lo suficiente como para ver a los dos chicos de reojo. Ambos seguían su camino con paso calmado hasta que, de repente, el chico que la sonrió se giró y la miró de nuevo. Durante cinco largos segundos sus miradas permanecieron conectadas hasta que, finalmente, el chico se giró lentamente y prosiguió su camino junto con su compañero.

185

En ese momento, la madre de Desirée dijo:

—Vámonos, hija —mientras le ponía una mano en el hombro y ésta brincaba del susto —. Pero bueno ¿por qué te has asustado?

—No, por nada, estaba despistada ¿Ya nos vamos?

—Sí venga, vamos a recoger la paleta nueva del horno para tu padre y volvemos a casa.

Mientras Desirée seguía a su madre, no podía evitar echar atrás la mirada en busca de aquel chico.

Varios pasos detrás de ellas, Ian seguía a Desirée. A pesar del miedo que sentía por haber fallado en el encargo que la chica le encomendó, decidió armarse de valor e ir a comunicárselo y pedir clemencia por su fracaso. Ian había estado observando a la chica durante un rato a la espera del momento oportuno para hablar con ella, pero en todo ese tiempo, vio que ella se comportaba de modo normal, no como cuando le habló y ordenó robar a aquellos monjes. Estaba un poco desconcertado, pues también vio cómo los dos jóvenes que fueron a recibir a los monjes al puerto pasaron junto a ella y la forma de mirarse entre la chica y uno de los hombres sugería que, seguramente, se conociesen o hubiesen llegado a algún acuerdo.

Ian siguió a Desirée y a su madre hasta que llegaron a la panadería. No sabía si ella saldría fuera de la casa, pero aun así decidió permanecer junto a ella a una distancia adecuada para tener una buena visibilidad y estar alerta a la espera de alguna señal por parte de la chica. De vez en cuando andaba un poco y se colocaba en otro lugar desde donde observar la casa sin que nadie se percatase de su presencia. Tras largas y aburridas horas, el azul oscuro del cielo anunciaba la pronta noche y después de haber pasado toda la tarde sin despegar los ojos de la casa y de haber practicado mil y una formas de explicarle lo ocurrido a la joven

186

mujer, Ian decidió irse. Quizás las amenazas de la chica no fuesen tan reales como parecían o simplemente hubiese cambiado de parecer respecto al objeto que tenían los monjes. Fuera como fuese, sabía que ella le encontraría cuando llegase el momento oportuno, por lo que Ian se dirigió a una casa abandonada que conocía a las afueras de la ciudad para pasar la noche.

Tras la cena, Desirée subió a su habitación, el día había sido largo y estaba cansada, pero a pesar de ello no paraba de dar vueltas en la cama siendo incapaz de conciliar el sueño, aunque sabía bien por qué, pues no era capaz de quitarse de la cabeza la cara de aquel chico del mercado. Estuvo mentalmente repitiendo una y otra vez el momento en el que sus miradas se cruzaron hasta que al final, de puro agotamiento, se quedó profundamente dormida.

Tras dos horas durmiendo, los ojos de Desirée se abrieron bruscamente y se incorporó sentándose a orillas de la cama. Su cuerpo estaba despierto, pero no su mente. Después de vestirse y calzarse, abrió las ventanas de su habitación. Usando el viejo roble por el que más de una vez se deslizó de niña para salir de su cuarto, bajó hasta el corral del lateral de la casa y desde ahí hasta la calle. En su rostro y en su mirada, el mal que la controlaba asomaba. Las calles eran oscuras, pero ninguna luz necesitaba, pues el poder que la gobernaba en la oscuridad había sido creado y en la oscuridad refugio encontraba.

*   *   *

Mac acababa de terminar de poner más leña en los fuegos que había repartidos por la Torre y estaba preparado para irse a casa. Pit ya se había ido a casa diez minutos antes que él, pues les habían regalado un pollo y quería llegar antes que Mac para matarlo e irlo desplumando para cenar. Como cada noche, Mac informó

187

a Eduardo de la finalización de sus tareas y se dirigió a la salida, en cuya puerta estaba el padre de José. Éste le abrió y le dio las buenas noches.

Mac andaba con bastante prisa por la calle, pues tenía hambre y sabía que una suculenta cena esperaba en casa. Los fuegos de las almenas de la Torre se reflejaban en los brillantes y húmedos adoquines de la calle de acceso a la prisión. Mientras caminaba por la calle paralela a los muros, veía cómo una suspendida e inerte capa de niebla flotaba sobre las aguas de los fosos. Le encantaba ver la ciudad engullida por la oscuridad de la noche y sin nadie por las calles que le mirase de mala manera.

Después de un rato andando y al pasar por una de las pocas calles iluminadas con antorchas que había de camino a su casa, Mac se fijó en que una mujer venía por el lado contrario de la calle. Detrás de ella, una densa y extraña niebla la seguía inundándolo todo a su paso. Era la primera vez que se cruzaba con una mujer desde hacía mucho tiempo, pues tanto él como su hermano siempre salían tarde de la Torre para evitar que nadie les viese y así eludir burlas e insultos de los demás. Cuando la mujer estuvo casi a la altura de Mac, éste agachó la cabeza para que no le viese el rostro. Fue entonces cuando una agradable sensación se apoderó de él y una voz irrumpía en su cabeza.

—Buenas noches, joven apuesto.

Asombrado y casi asustado por haber podido oír esas palabras, Mac se giró hacia la mujer. Totalmente perplejo y en respuesta al saludo de la muchacha, Mac intentó decir buenas noches aun sabiendo que solamente un grotesco graznido saldría de su boca. Solo que esta vez no fue así. Como si no hubiese sido sordomudo nunca, Mac le respondió:

—Buenas noches, señorita.

—¿Tú eres Mac, verdad? Me han hablado de ti.

Iván Moncada

—¿Cómo? ¿Qué......, que le han hablado de mí?

—Sí y eres tan guapo y apuesto como dicen.

Mac no daba crédito y creía que estaba soñando, pues era capaz de oír y hablar y lo estaba haciendo con una de las mujeres más hermosas que había visto en su vida y, además, esa mujer decía que él le parecía guapo y apuesto.

—Pero yo no soy guapo señorita, sé cómo soy.

—¿Estás seguro, Mac? ¿No recuerdas aquel día que te viste reflejado en el agua?

En aquel momento, Mac recordó el aspecto que tenía en aquel reflejo y cuanto le gustó y le asustó. Mientras lo hacía, la voz de la hermosa mujer le recordaba con todo detalle el aspecto que tenía en él. Casi hipnotizado por las dulces palabras que oía, la mujer le agarró suavemente el brazo y, lentamente, le acercó hasta un gran charco que había en plena calle para que se viese de nuevo.

—Mírate, una mujer como yo querría estar contigo toda su vida. Con un hombre fuerte y guapo, cariñoso y trabajador como lo eres tú.

Mac permanecía fijo en el reflejo, pero esta vez no tenía miedo alguno a diferencia de cuando se vio la primera vez en la celda de la Torre. Al igual que la otra vez, pensó que todo aquello debía de ser magia o brujería, pero rápidamente la mujer se acercó aún más a él y le rodeó con sus brazos. Mac veía una vez más el reflejo de aquel hombre guapo y apuesto sobre el agua, con prominentes e importantes patillas, rostro simétrico y bien vestido, junto a una mujer tan hermosa que todo hombre estando a su lado quedaría prendado de ella con sólo una sonrisa suya.

—¿Lo ves, Mac? Ese eres tú en realidad, así es como eres por dentro y yo puedo hacer que esto se haga realidad y pasemos el resto de nuestras vidas juntos.

—Pero… Pero, yo no sé. Yo no soy así, yo soy horrible, sordomudo y torpe, yo…

—Sshhhhh, no digas eso mi amor, yo puedo hacer que se haga realidad, sólo tienes que hacer algo por mí para que se cumpla —la mujer le decía al pobre jorobado y deformado hombre mientras, ahora, le besaba dulcemente en la mejilla.

—Pero…… ¿Mi hermano…..?

—No, Mac, tu hermano no puede ser como tú, él es malo y no quiere que tú seas feliz. Te tiene envidia porque sabe que eres más guapo y mejor que él.

—Pero él me quiere, somos hermanos y siempre hemos estado juntos.

—No pienses en él, Mac, él no lo haría por ti. Sólo piensas que te quiere porque nunca habéis conocido a nadie más, nunca os ha querido nadie más. Pero yo te quiero a ti y sé que juntos podemos ser felices.

El pobre Mac pensaba con tristeza en su hermano, la única persona con la que había compartido su vida y con la única con la que había podido contar en todos esos años. Además, ¿qué haría su hermano sin él? Pit también le necesitaba a él. Pero esa mujer, esa hermosa mujer con esos ojos tan bonitos y esa sonrisa que hacía que su corazón latiese a mil por hora y que una primavera de sensaciones se acumulase en la boca de su estómago…

Después de alzar Mac su mano y tocar su mejilla, en donde la joven le había besado, preguntó casi inconscientemente:

—¿Y……, y qué es lo que debería de hacer?

190

—Algo muy sencillo, amor mío, algo muy sencillo. Por el momento no quiero que pienses en ello, solamente piensa en nosotros y en nuestra vida juntos. En unos días te diré qué necesito que hagas por mí. Hasta entonces, no le hables a nadie de lo nuestro, ni tan siquiera a tu hermano. Ahora ve a casa a descansar, amado mío.

—¿Cuándo te volveré a ver?

—No te preocupes, yo te encontraré como lo he hecho hoy.

—Dime al menos tu nombre.

—Desirée, amor mío, Desirée —le decía con una nueva suave caricia en la cara y una sonrisa mientras se alejaba de él perdiéndose entre la niebla.

Mac no podía creer lo que había pasado y todavía permanecía mirando a la blanca niebla por donde ella había desaparecido cuando, de repente, comenzó a nevar fuertemente. Casi flotando por las nuevas sensaciones que había experimentado aquella noche, Mac se dirigió a casa.

*   *   *

Esa misma tarde, Esteban estaba informando a su padre sobre su encuentro con la joven de cabellos dorados en la plaza del mercado. Gracias al aura de la chica y los sentidos especiales de los licántropos para poder percibirlos, permitieron que él se percatase de que ella era a quien buscaban. Su gran belleza y cara angelical, junto con la juventud y la pureza de una joven mujer que aún no había compartido lecho con un hombre, eran la máscara perfecta para que Haraas ocultase su identidad.

—¿Estás seguro, hijo?

—Sí, padre. Concuerda con la descripción del sueño que tuvisteis y en su aura se podía apreciar que un gran mal había pasado por su cuerpo.

—Bien. Tal y como me has relatado puedes haber despertado cierto interés en ella, por lo que debemos aprovechar la ocasión y lograr que te acerques lo suficiente para poder protegerla.

—Como vos ordenéis, padre ¿Y cómo haremos para evitar que la controle nuevamente?

—Creo que sólo hay una única cosa que podamos hacer. Acompáñame.

Ambos se dirigieron a la celda acondicionada como la alcoba de Eduardo. Una vez en ella, Eduardo se dirigió a un baúl que le había acompañado desde que abandonó su casa para criar a su hijo bajo el refugio de la Iglesia y lo abrió, sacando de él una pequeña caja de madera que había entre el resto de sus cosas.

—¿Qué es, padre?

—En esta caja guardo mis posesiones más valiosas —decía mientras la abría y recordaba la hermosa cara de su mujer y cómo tuvo que partir de su lado algún tiempo después de regresar a casa por haber sido herido en la guerra contra los franceses. Su hijo Esteban ya tenía casi diez años y sus primeras transformaciones les habían acarreado a su madre y a él muchos problemas. La gente les tachaba de monstruos y querían acabar con ellos, por lo que Eduardo se llevó a su hijo y prometió a su mujer que encontraría la forma de acabar con la maldición para volver a su lado. Él no quería que ella les acompañase, aunque lo deseaba con todo su corazón, pues no sabía qué les esperaría en su periplo por encontrar un remedio y aquella no era vida para la mujer que tanto amaba. Huir de un lado a otro sin un hogar en el que descansar y ser perseguidos por ser lo que eran con el riesgo añadido de que él mismo o su hijo le pudiese atacar, no era admisible —.Antes de

Iván Moncada

marchar le prometí que volvería contigo habiendo acabado con nuestra maldición y ella me dio algunas cosas con las que recordarla. Entre ellas, este colgante —decía mientras de la caja sacaba un colgante con cordel de cuero y una medalla.

—Esta medalla la protegerá.

Eduardo la puso sobre la mano de su hijo mirándola con gran pesar por desprenderse de ella.

—¿Será suficiente, padre? —preguntó Esteban mientras la miraba detenidamente.

—Espero que sí, la medalla tiene cierto poder.

Esteban la elevó sujetándola por el cordel para mirarla de nuevo. La había hecho su madre, la madre cuyo rostro a veces se desdibujaba de su mente debido al paso del tiempo, pero que gracias a su padre, se mantenía vivo en su memoria al pedirle que volviese a relatar cómo era ella y cómo eran sus vidas cuando los tres estaban juntos. Aunque fuesen los mismos recuerdos una y otra vez, Esteban sabía que a su padre, hablar de ella, también le hacía sentir menos solo.

—Tengo ganas de volver a casa, padre, quiero poder volver a ver a mi madre.

—Yo también, hijo, cada día rezo por ello —le respondía Eduardo cabizbajo por las palabras de nostalgia de su hijo, a la vez que también las hacía suyas —. Ahora ve y descansa. Mañana será un día largo, hijo mío.

Esteban se dirigió a su alcoba y Eduardo salió a revisar el perímetro desde las murallas de la Torre como hacía cada día al llegar la noche. En el camino se encontró con Mac, que ya se iba a casa y había ido a buscarle para decirle que había acabado sus tareas. Uno a uno, Eduardo preguntó y se interesó por los centinelas mientras se calentaba las manos con ellos junto al agradecido fuego que Mac acababa de avivar para combatir la temperatura que estrepitosamente estaba bajando.

Después de un rato andando por las almenas, se paró para estar solo y observar las desoladas y oscuras calles de los alrededores junto con el aparentemente calmado río cuando, de repente, grandes copos de nieve comenzaron a caer.

Eduardo miró hacia el cielo a la vez que extendía los brazos dejando sentir los fríos pedacitos de hielo sobre sus curtidas y grandes manos.

*   *   *

A las pocas horas y en plena madrugada, la nevada se había intensificado. Copo tras copo, la nieve depositada en el suelo crecía y apenas nada quedaba para llegar a alcanzar el palmo de altura. Bajo el arropo de la noche, unas pisadas se oían en una de las desiertas calles de Londres. Suaves y rítmicas pisadas que compactaban la nieve a su paso dejando tras de sí profundas huellas. La dirección de aquel rastro no parecía claro, pues hasta que no cesaron y cambiaron de dos a cuatro, su destino no era cierto. Ahora lo que guiaba a aquellas huellas era un sentido y un instinto, un olfato que nunca había fallado y que había localizado el olor de una presa escondida. Corriendo, las salvajes garras iban dejando profundas muescas sobre el frío y blanco manto.

Cuanto más cerca, más intenso era el olor y… ya casi había llegado hasta él. Frente a una casa antigua, las huellas se detuvieron. Con algunas ventanas rotas y la puerta principal remendada, daba la impresión de que la casa estaba abandonada, pero vagos destellos naranjas sobre el oscuro fondo decían que no lo estaba. Muy despacio las cuatro feroces zarpas se acercaban y un estreme-

Iván Moncada

cedor gruñido irrumpía en el silencio de la noche, después, un gran y perturbador aullido le siguió.

Dando un gran salto, Ian se despertó. Estaba profundamente dormido, pero aquel aullido hubiese podido despertar a un muerto. Asustado y todavía medio descolocado por su inquietante despertar, Ian miraba de un lado al otro sin cesar. Instintivamente, cogió uno de los troncos que ardían en la hoguera que había hecho para calentarse y no morir congelado y se puso de pie.

Los guardias de la Torre también oyeron el aullido. Eduardo, que estaba durmiendo, se despertó inconscientemente emitiendo un leve y grave gruñido. Había estado vigilado a los suyos muy de cerca para saber si las muertes producidas habían sido ocasionadas por alguno de ellos, pero aquel aullido le decía que no, pues conocía perfectamente a todos y cada uno de sus hombres y aquel aullido no era de ninguno de ellos.

A toda prisa y a medio vestir, Eduardo salió a una especie de balcón que daba al patio principal de la Torre. Aquel sonido había despertado a todos los que no estaban de guardia y poco a poco irrumpían en el patio alarmados y preparados para la lucha. Los ojos de todos ellos destacaban de entre la negra noche y sus bocas medio abiertas mostraban unos colmillos y molares de hombres lobo a medio transformar. Sinuosos y profundos gruñidos, junto con chorros de vaho, salían de sus bocas en espera de una decisión por parte de Eduardo mientras éste permanecía mirando hacia el lugar de donde provenía aquella provocación, cuando nuevamente, otro profundo aullido se escuchó.

—¡Encontradle! —gritó Eduardo a media voz entre la humana y la animal mientras giraba la cabeza para dirigirse a dos de sus soldados.

Los dos hombres, entonces, comenzaron a correr de camino a la puerta de salida mientras se desprendían de la parte superior

195

de sus ropas, sus caras se deformaban rápidamente haciendo que sus mandíbulas y narices se alargasen a la vez que de sus bocas daban paso a unas fauces en las que grandes colmillos aparecían bañados en saliva. Sus orejas se estiraban y por todo su cuerpo crecía pelo mientras su anatomía cambiaba brutalmente para que, dando un último salto en el aire, sus cuerpos adoptasen su total forma de licántropos.

Los centinelas habían abierto ya las puertas y, como dos exhalaciones, la atravesaron en busca de su presa. Sus tamaños eran descomunales, casi triplicaban el tamaño de un lobo adulto y sus súper desarrollados músculos les hacían avanzar a la velocidad del galope de un caballo a la vez que su pelaje despejaba de nieve el aire que atravesaban. El éxtasis de la lucha hacía que el coraje de los licántropos aumentase y uno al otro se adelantaban calle tras calle mientras mantenían un ritmo de carrera vertiginoso.

Eduardo estaba casi transformado, pero mayormente aún en su forma humana, cuando elevó su cabeza hacia el cielo y aulló para indicar a sus hombres que lo trajesen como fuese, vivo o muerto.

La bestia que acechaba a Ian ya había entrado en la casa, pero Ian había logrado encerrarse en la única habitación que tenía la puerta intacta y que capaz de ofrecer algo de protección. Ésta estaba en el primer piso de la casa, e Ian oía cómo aquella bestia subía a buscarle mientras destrozaba todo a su paso envuelto en una tormenta de gruñidos.

—¡No, por favor! ¡No, por favor, no ha sido culpa mía, no pude hacerlo, estaban armados! —gritaba Ian desesperado entre sollozos.

—¡Díselo, por favor, díselo, no quiero morir! ¡Lo conseguiré para ella, lo conseguiré!

196

Fuertes golpes comenzaron a hacer temblar la puerta. Poco iba a poder resistir, pensaba Ian mientras una extraña mezcla entre gritos y una agitada respiración salía por su boca. En ese preciso instante un nuevo aullido se escuchó, pero éste más lejano y que hizo parar al hombre lobo que a punto estaba de entrar en la habitación para descuartizar a Ian, haciendo que el silencio volviese a la abandonada casa.

Al no oír bambolear la puerta, Ian dejó de balbucear, reduciendo su actividad a una profunda y rápida respiración. Pero, de repente, las garras del animal se oyeron mientras arañaban los peldaños de las escaleras al bajar por ellas, para después, de un salto a través de la ventana por la que entró, el hombre lobo salió de la casa. Sabía bien que al aullar los guardias de la Torre irían a por él, pues como licántropo sabía que aquel lugar estaba atestado de ellos, pero pensó que quizás tendría más tiempo antes de su llegada, pues el aullido que había oído, seguramente indicase la mitad de recorrido hecho por los cazadores enviados. No obstante, pensó que aquel aullido no podía quedar sin respuesta, por lo que, desafiante, aulló nuevamente y luego desapareció del lugar para dificultar su captura.

Cuando los dos licántropos enviados por Eduardo llegaron, el lugar estaba desierto, pero el olor de su objetivo era todavía intenso y siguieron su rastro. Las huellas les guiaban fuera de la ciudad, campo a través, y durante un buen rato le siguieron hasta llegar a un arroyo en el que el olor bruscamente desapareció. Merodearon por la zona intentando encontrar una pista que poder seguir, pero aquel lobo sabía ocultar bien su rastro.

Pasado un rato, y sin resultados, ambos se dirigieron a la casa donde había estado aquel desconocido licántropo para averiguar qué había estado haciendo allí. Al entrar en la casa pudieron oler a un hombre, un hombre aún vivo, por lo que seguramente su

197

llegada hizo que el extraño no pudiera acabar lo que había ido a hacer.

Necesitaban saber quién era ese hombre y qué era lo que quería de él, pero no podían desvelar quiénes eran ellos, así que nuevamente se transformaron adoptando su forma humana. Después subieron la escalera e intentaron abrir la maltrecha puerta que estaba ya casi hecha pedazos. Por una rendija se podía ver el interior. En una esquina de la habitación estaba Ian.

—Señor ¿Le podemos ayudar? —dijo uno de los hombres de Eduardo mirando a través de la rendija.

A Ian no le salían las palabras. Estaba temblando y casi en shock, pero al oír nuevamente la voz de un hombre normal preguntando si le podía ayudar logró articular las palabras suficientes.

—¡Sí, por favor, ayúdeme!

Arrancando las tablas sueltas de la puerta, uno de ellos introdujo su brazo y quitó el cerrojo y unas maderas que Ian puso para afianzarla. Después los dos guardias entraron en la habitación.

—¿Está usted bien, señor?

—No, ¡quería matarme, ella le ha enviado a matarme!

—¿Cómo? ¿Quién quería matarle?

—Esa bestia que estaba fuera, ese enorme lobo salvaje.

—Afuera no hay nadie, señor. No tenga miedo, venga con nosotros, tenemos un sitio caliente en el que pasar la noche.

Ian se levantó del suelo en donde estaba sentado con ayuda de aquellos dos hombres. Estaba aterrado hasta tal punto que no se había dado cuenta de que los dos hombres estaban con el torso descubierto e iban descalzos, portando sólo unos desgarrados pantalones.

Iván Moncada

Los dos guardias le guiaron hasta la Torre. Ian no sabía bien qué estaba pasando y por qué le llevaban a la prisión, pero prefería estar en un sitio donde hubiese gente antes que pasar el resto de la noche solo. Al llegar allí le ofrecieron una de las celdas que estaba cerca del fuego que había en el corredor de esa galería para que durmiese.

Después de alojar a Ian los dos guardias fueron a hablar con Eduardo.

—Se nos ha escapado —dijo uno de ellos nada más entrar en el comedor en donde Eduardo les esperaba.

—¿Cómo es posible?

—No lo sabemos, le seguimos durante un buen rato y su rastro era muy claro hasta que llegamos a un arroyo en la periferia de la ciudad, pero después se desvaneció por completo sin dejar ningún tipo de olor o huella alguna. No sé quién es, pero sabe cómo desaparecer cuando le acechan.

—Está claro que no es un novato y sabe quiénes somos —le dijo Eduardo a sus hombres mientras se levantaba de la silla en la que estaba sentado junto al fuego.

—Su olor era fuerte, desde luego no es joven —añadió el cazador.

—¿Creéis que está bajo sus órdenes?

—No lo sé —dijo el que estaba hablando mientras miraba a su compañero y aquel movía la cabeza ligeramente dando a entender que, aunque extraño, quizás pudiera ser —. Nunca he visto a un licántropo a las órdenes de un demonio vampiro como él, pero no lo podemos descartar.

—No os preocupéis, tarde o temprano le cogeremos. Ahora id a descansar, habéis hecho un buen trabajo.

199

Después de hablar con sus hombres, Eduardo se acercó a la celda en donde Ian estaba. Al calor del fuego y tras la protección de los férreos barrotes, Ian se había quedado dormido. Eduardo le observaba pensando en quién era aquel hombre con aspecto desaliñado. Eduardo quería hablar con él, pero pensó que sería mejor esperar a la mañana siguiente, por lo que le dejó dormir.

Acto seguido, Eduardo se puso una capa para resguardarse de la nieve y abandonó la Torre. Debía informar al Obispo, pues en su forma humana, aquel licántropo podría haberse infiltrado entre el clero y ser un serio peligro para todos.

Iván Moncada

Capítulo 25

Después de haber capturado y entregado a Haraas, Firepla-ce estuvo durante cinco semanas investigando otros incidentes sospechosos por diferentes lugares. Sabían que Haraas no estaba solo, pues durante años de búsqueda para atraparle se habían to-pado con algunos de sus siervos, pudiendo dar muerte a alguno de ellos. Y eso era ahora lo que Fireplace perseguía sin descanso, a sus siervos, para así evitar que estos le pudiesen ayudar ahora que estaba encarcelado y vigilado y hasta poder encontrar una forma de acabar con él, pues de todos los seres oscuros, él era el más po-deroso. Tenía la inmortalidad como aliado y no se conocía debilidad alguna con la que poder acabar con él, por lo menos has-ta el momento.

El primero de los lugares donde estuvo fue Egipto, a donde le llevaron diversos rumores sobre apariciones de multitud de cuerpos sin vida que fueron encontrados en muy extrañas circuns-tancias; y el segundo la India, donde hablaban de un demonio que en la noche cazaba humanos para alimentarse con su sangre.

En Egipto no encontró más que un brote de enfermedad vi-rulenta que hacía que por las noches los enfermos entrasen en trance por las fiebres y las gentes los tachasen de demonios y, aun-que otras pistas seguidas le decían que algo más allí había, nada encontró. En la India fue distinto, pues viajó hasta la capital en donde decían que se había encontrado una fosa llena de cadáveres. Fireplace ya había visto cosas parecidas en su cruzada contra el mal, pero nunca algo así. La fosa era un enorme desfiladero de difícil acceso a las afueras de Agra y la cantidad de cuerpos que se veía desde arriba era tremenda. Por medio de un sistema de cuerdas, él y sus hombres lograron descender hasta llegar a los cuerpos. El olor a podredumbre y a muerte que allí había era espantoso, algunos de los hombres de Fireplace no pudieron contener las náuseas, vomitando hasta la extenuación.

Tras inspeccionar algunos de los cadáveres más recientes, Fireplace pudo verificar que se trataba de un vampiro, un siervo de Haraas. Todos presentaban mordiscos con incisiones hasta las arterias más gruesas del cuerpo humano, a algunos de ellos, incluso les faltaban pedazos de carne, arrancados para llegar hasta dichas arterias.

Durante unos días, estuvo deambulando por la ciudad a la caza del vampiro, pero sin resultados, pues aquel ser parecía haber desaparecido de la faz de la tierra, o por lo menos de Agra. Fireplace era muy persistente y quería quedarse a investigar más tiempo, pero la misma mañana que pensaba en si debía de alargar más su estancia o no, un mensajero a galope apareció para entregarle una carta que venía desde Inglaterra. El mensajero se la entregó en mano a Fireplace y éste la abrió.

"Al comandante Fireplace.

A tenor de los acontecimientos ocurridos en Londres en los últimos días, ordenamos regrese con el grueso de sus tropas para reforzar la seguridad de la ciudad con urgencia"

Su Ilustrísima, Obispo de Londres.

Iván Moncada

Siguiendo las instrucciones recibidas en la carta, Fireplace partió hacia allí sin demora.

*   *   *

En Londres el día despertó como la noche había acabado, con gran frío y un espeso manto blanco recubriéndolo todo. La tormenta de nieve había cesado y la helada que la siguió había endurecido la nieve caída. Ahora, improvisadas hogueras hechas por la gente inundaban las calles para calentar a los viandantes mientras que las chimeneas de las casas eran avivadas con más madera para evitar que los fuegos se extinguiesen. El ajetreo de la ciudad era el mismo que el de todos los días pero a un ritmo muy inferior al normal.

Esteban sabía que debía ganarse la amistad de la chica como fuese, por lo que lo primero que hizo fue acudir a la panadería para comprar pan y así verla de nuevo. En el camino, la dura nieve dificultaba sus pasos haciéndole resbalar constantemente, aunque aquello no era nada en especial para Esteban. Mientras lo hacía, pensaba en lo fácil que sería andar sobre ella en su forma de licántropo, con sus fuertes y grandes garras agarrándose a la endurecida nieve con la misma facilidad que las de un gato al trepar a un árbol.

Cuando por fin llegó a *Baker Street*, vio que en la puerta de la panadería había un par de señoras esperando mientras se congelaban con el gélido aire. Siempre que hacía tanto frío, los clientes que entraban a comprar se quedaban hablando un rato con Tom y su familia, y no por cortesía, sino por pasar un poco más de tiempo al calor que desprendía aquel inmenso horno.

203

Cuando Esteban pudo entrar se dirigió directamente a la madre de la chica, pues Desirée estaba ayudando a su padre a sacar una nueva hornada de pan.

—Buenos días, me podría dar una hogaza grande, por favor —se dirigió Esteban a la madre.

—Sí, como no, joven caballero.

Mientras su madre cogía la hogaza para dársela a Esteban, Desirée se giró, aunque sin poder verle la cara debido a la cantidad de clientes que había y sin darse cuenta de quién era hasta que su madre le preguntó:

—¿Nuevo por aquí? Nunca le había visto.

—Sí, llevo poco tiempo en Londres.

Entonces, Desirée se movió para poder ver la cara del hombre con el que su madre estaba hablando. Al mirarle y ver que por un segundo él se dio cuenta, mientras respondía a su madre, no pudo evitar que sus mejillas se sonrojaran.

—Eres un joven muy guapo y moreno para ser de por aquí, ¿De dónde eres? —preguntó su madre.

—Soy español, vine con mi padre para servir como guardia de la Torre.

—Vaya, había oído algo sobre eso, lo de que los guardias de la Torre eran españoles, me refiero, pero hasta ahora ninguno había venido a comprar pan a nuestra panadería.

—Sí, bueno, no salimos mucho fuera de las murallas.

—Pues espero que lo hagáis más, aquí tenemos el mejor pan de todo Londres.

—Sí, me han hablado de él, es por eso que hoy decidí venir a comprar y probarlo.

Iván Moncada

La madre miró a Desirée y se dio cuenta de que ésta estaba sonrojada y que actuaba torpemente, por lo que no pudo evitar que una sonrisa escapara de sus labios, ya que era la primera vez que veía a su hija así.

—Bueno, espero que sea de tu agrado y vuelvas a por más, querido...

—Esteban, mi nombre es Esteban y así lo espero.

—Muy bien Esteban, yo, mi marido Tom y mi hija Desirée estaremos encantados de que lo hagas.

—Adiós y buenos días entonces.

—Adiós.

Tom se quedó mirando a su mujer más que extrañado por la conversación que tenía con ese joven, más aun siendo un extranjero, pero al ver que cuando el chico se marchaba su mujer se quedó mirando a su hija, y ésta le devolvía una mirada cómplice, comprendió de qué se trataba. —Bueno, aunque no creo que éste me ayudase en la panadería, por lo menos es un guardia y esos suelen ganarse la vida bastante bien —pensó.

Esteban puso camino a la Torre con la hogaza, aunque su plan de acercamiento a Desirée no había acabado por hoy, ya que tenía pensado dejarse ver por el mercado a la misma hora que la vio la última vez para así, poco a poco, acercarse a ella hasta poder entablar conversación. En el camino, recordaba la escena en la panadería y la hermosura de aquella muchacha, aún más, cuando sus mejillas desvelaron su posible atracción por él. Sin quererlo, era ahora a él a quien se le escapaba una sonrisa cautiva.

*　　*　　*

Ian había despertado y, amablemente, los guardias de la Torre le llevaron al comedor y le ofrecieron un trozo de pan para desayunar. Mientras se lo comía, Eduardo se acercó a él y se sentó a su lado.

—Mi nombre es Eduardo y soy el responsable de esta prisión. Ayer mis guardias me contaron que intentaron matarte, ¿es eso cierto?

—Sí señor, una bestia parecida a un lobo intentó matarme —respondió Ian mientras tremendamente hambriento masticaba.

—¿Cómo te llamas?

—Ian, mi nombre es Ian, señor.

—Ian, por qué no me cuentas exactamente qué es lo que pasó y por qué crees que quería matarte esa bestia que dices.

Ian terminó de tragar el último bocado de pan que tenía en su boca y respiró hondo. Entonces, comenzó contándole quién era él, o mejor dicho, a qué se dedicaba, a pesar de ser Eduardo el máximo mando de la prisión de Londres. Le relató con todo detalle cómo un día se topó con la hija del panadero y como ésta le ordenó robar a unos monjes y las consecuencias que traería el no hacerlo. También le confesó lo acontecido el día en que mataron a dos de sus compañeros y que creía que aquel mismo hombre que se convirtió en bestia para hacerlo fue el que quiso matarle, pues la muchacha así le dijo que sería.

—Bien, Ian, creo que la historia que cuentas es un poco extraña, y más aún con hombres lobo de por medio, pero a mí me gusta creer y confiar en la gente, y tú, a pesar de ser un bandido, pareces tener un alma noble.

—Lo sé señor, pero créame que es como todo ocurrió.

—Te creo, Ian, te creo. Es más, quisiera poder hacer algo por ti, así que, para redimirte de tus pecados como ladrón, me gustaría que hicieras algo por mí, al igual que yo lo haré por ti. Quiero que salgas a la calle y que hagas tu vida normalmente, aunque por supuesto sin robar, engañar o dañar a nadie, pues constantemente haré que mis hombres te sigan y te vigilen para que, si esa bestia intentase atacarte de nuevo, ellos te protejan.

Ante la oferta de Eduardo Ian se quedó un poco parado y sin saber qué decir, pues aunque la oferta le ofrecía protección, era perfectamente consciente de que significaba ser el cebo para pescar a un auténtico monstruo y, el cebo, nunca salía bien parado en esos casos.

—Recuerda que es una buena solución, pues por los hechos que me has contado tendría completo derecho a encarcelarte y te aseguro que no tendrás tanta suerte como para probar de nuevo el pan que te hemos dado hoy —le dijo Eduardo.

Obviamente Ian sabía que no tenía elección, aunque lo que verdaderamente le extrañaba era que le quisiesen ayudar, pues no creía que a los guardias de la Torre les importase mucho que un hombre como él fuese despellejado y devorado por un animal, bestia o lo que aquel ser fuese, por lo que Ian respondió a su trato:

—Sí señor, creo que lo que me pide es justo, muchas gracias, así que así lo haré.

Iván Moncada

Capítulo 26

Tras un largo recorrido, Fireplace y sus hombres llegaron a Londres. Éste mandó a sus hombres apostarse a las afueras de la ciudad a la espera de sus órdenes y se dirigió directamente a la Abadía para presentar sus respetos al Obispo e informar de su llegada.

En el trayecto hacia la Abadía, su negro caballo de guerra se abría camino por las calles de la ciudad rompiendo el hielo del suelo con sus poderosas pezuñas. Ante la presencia de la gente, el caballo relinchaba emitiendo grandes cantidades de vaho que atravesaba el gélido aire anunciando su paso. Fireplace le tranquilizaba con cortos y profundos sonidos a la vez que, con las riendas, le guiaba hacia su destino pues, como caballo de guerra, estaba acostumbrado a arrollar a los hombres en el campo de batalla. La gente se quedaba mirando al paso del comandante, ya que se sentían amedrentados por su oscuro y amenazante aspecto; portaba un negro sombrero de tres puntas que cubría su cabeza y un pañuelo del mismo color tapando la mitad de su cara para combatir el frío. La también oscura y aterciopelada capa, que desde el cuello caía sobre su cuerpo y hasta la grupa del caballo, le otorgaba un aspecto sombrío, que era aún más inquietante al dejar entrever la vaina de su sable sobresaliendo por el lateral de su silueta.

209

Una vez alcanzó la calle que le llevaría por la ribera del río hasta la Abadía, dejó que el caballo se relajase un poco llevándole al trote hasta que llegó hasta su destino. Una vez allí, desmontó y ató el caballo al lado de la entrada. Luego entró y permaneció en silencio a la espera de ser recibido por Su Ilustrísima.

Después de un rato de espera y de haber aligerado sus vestimentas quitándose la capa, pañuelo y sombrero, un monje le guió hasta él. El Obispo se alegraba de ver nuevamente al comandante, haciéndoselo saber mientras dejaba que éste besara su mano.

Junto a él estaba Eduardo, el Obispo entonces les presentó y le dijo a Fireplace quienes y qué eran Eduardo y sus hombres, aunque éste ya fue informado el día que llevó a Haraas hasta la prisión a pesar de no haberse encontrado entonces directamente con él.

Acto seguido, el Obispo le informó sobre el licántropo que andaba suelto por la ciudad y que no estaba del lado de la Iglesia y a las órdenes del señor, como lo estaban Eduardo y sus hombres. A Fireplace, la idea de trabajar junto con otras bestias de la noche, como eran los licántropos, no le agradaba en absoluto, pero, como buen hombre formado en el arte de la guerra, sabía que los enemigos de sus enemigos siempre podían ser unos excelentes y puntuales aliados. De la misma manera, Fireplace informó al Obispo sobre sus viajes y los hallazgos encontrados en ellos.

Tras su encuentro, ambos acordaron que los hombres del comandante vigilarían las calles haciendo rondas tanto de día como de noche, teniendo constantemente informado a Eduardo, de forma que, en caso de ver algo sospechoso, les avisarían antes de tomar medidas, pues si sus hombres se encontrasen con aquel hombre lobo, la única protección que tendrían serían las postas de plata de sus mosquetones contra la extremada rapidez y colosal fuerza de un licántropo como aquél.

210

El hecho de que los siervos de Haraas hubiesen desaparecido súbitamente de los lugares en los que Fireplace los buscaba eran nefastas noticias, pues hacía presagiar a toda la congregación que siempre había estado en lucha contra aquel ser, formada por la iglesia, las fuerzas comandadas por Fireplace y el grupo de licántropos comandado por Eduardo, que tarde o temprano recibirían su visita, ya que estos intentarían liberar a su amo y señor, Haraas. Lo que Fireplace no pensaban es que éste hubiese conseguido alianzas con otros seres distintos a su condición para ayudarle.

*   *   *

A muchas millas de Londres, en el puerto de Cádiz en España, un buque perteneciente a la Compañía de Indias tomaba amarre para hacer escala. Éste era un puerto clave para la compañía, pues en su ruta hacia y desde la India, paraban para abastecerse de víveres y entregar fardos de algodón, seda y té al igual que lo hacían en muchos otros puntos del mapa.

En el barco viajaban como pasajeros el general Warstman y Yamir, además de otros dos hombres. El viaje había sido muy largo y movido, ya que la sed del General le había hecho perder los nervios en diversas ocasiones, pues para no levantar sospechas con ningún tipo de comportamiento anómalo, no habían llevado nada con que alimentarse. Yamir y el General solamente pudieron beber el rojo y espeso líquido que necesitaban antes de salir de la India, y luego, nuevamente, en la parada que también hicieron en Sudáfrica. Pero durante el trayecto, Yamir tuvo que controlar la mente y los impulsos del General en diversas ocasiones, pues de no haber sido así, el General hubiese sido capaz de acabar con toda la tripulación para saciarse. Ahora, por fin en España, era hora de hacerlo de nuevo.

Cuando llegaron era todavía de día, por lo que nada más desembarcar se dirigieron a una posada con habitaciones libres que había cerca del puerto, para así descansar y protegerse del duro sol y permanecer allí hasta que anocheciese. A la mañana siguiente el barco zarparía nuevamente.

Tras varias horas encerrados en el pequeño cuarto de la posada, el sol por fin se había puesto y, como gatos esperando la noche para recobrar su actividad y cazar a los somnolientos pájaros encaramados a las ramas de los árboles, Yamir y el General salieron a las calles de Cádiz.

A pesar de las fechas que eran, el clima de aquella ciudad les acompañaba, pues aprovechando el buen tiempo que hacía, las calles estaban repletas de gente. Con calma, anduvieron un rato examinando la zona en busca de posibles candidatos para cubrir sus necesidades. La metamorfosis del General había hecho que éste perdiese mucho peso, adaptándose para la caza igual que lo hacían el resto de individuos en el reino animal. Ahora sólo necesitaba práctica para despertar su cuerpo y fortalecer sus músculos.

Las presas más fáciles siempre eran los marginados y vagabundos, no en sí por su fragilidad por una posible malnutrición derivada de falta de recursos, sino porque normalmente, eran seres solitarios a los que a nadie importaban.

A pesar de nunca haber estado en otro país, Yamir se adaptó rápidamente observando el comportamiento de las gentes del lugar.

Todos ellos eran afables y de buen trato con sus congéneres, por lo que normalmente, formaban grupos para compartir su tiempo en los aledaños de sus viviendas y tabernas. Rápidamente, Yamir se percató de una mujer mayor de tez oscura que llevaba un pañuelo atado a la cabeza y que iba pidiendo limosna o algo para comer a la gente con la que se iba cruzando. Yamir le dijo mental-

212

mente al General que se fijase en ella y cómo esa podría ser una buena presa para comenzar.

Durante su recorrido mendigando por las calles, ambos la siguieron a distancia suficiente como para que la mujer no se diese cuenta de su presencia. Después de haber recibido alguna moneda y algunos alimentos, la mujer se dirigió hacia las afueras de la ciudad y en dirección a la playa. Yamir quería ver como se desenvolvería el General ante una presa fácil, ya que en la India era él quien le había estado proporcionando alimento para su total conversión, por lo que estaba a punto de ordenarle que la atacase para ver sus habilidades. Pero justo antes de hacerlo, Yamir se dio cuenta de que la mujer se dirigía hacia la luz de un fuego que había tras un pequeño montículo de arena, así que decidió esperar.

Segundos más tarde vieron como la mujer se encontraba con otras siete personas que se hallaban alrededor del fuego que anteriormente vislumbraron. Todos ellos eran de piel tan oscura como la de la mujer y, entre ellos, había hombres, mujeres y un niño de corta edad. Antes de abalanzarse sobre ellos, Yamir trasmitió a Warstman el modo en que atacarían a sus presas para evitar que ninguna de ellas se escapase.

Ocultos entre las sombras, se acercaron silenciosamente al desprevenido grupo y Yamir fue el primero en irrumpir saltando sobre los dos hombres para evitar que pudiesen reaccionar. Mientras a uno de ellos le asestaba un feroz y sanguinolento mordisco destrozándole el cuello, al otro le sujetaba con su mano clavándole sus afiladas uñas que al atacar le crecían desproporcionadamente. En los primeros segundos del ataque, todos los demás miraban atónitos lo que pasaba, pues las imágenes que se sucedían delante de sus ojos les habían dejado petrificados, pero después, las mujeres comenzaron a gritar desesperadamente.

213

Sin miramientos, Warstman saltó y mordió a la mujer que habían estado siguiendo y que se había puesto de pie ante el ataque de Yamir. Su poca experiencia hizo que parte de la sangre que debía beber del cuello de la mujer se escapase por la comisura de su boca, salpicando al niño que, sin comprender nada, permanecía paralizado sentado justo a los pies de ella.

Yamir ya había soltado al primero de los hombres y atravesado la piel del segundo con sus colmillos llegando hasta la yugular. Las otras tres mujeres, que eran más jóvenes que aquélla a la que estuvieron siguiendo, gritaban y permanecían junto al grupo totalmente bloqueadas por el miedo y sin saber qué hacer hasta que una de ellas, de repente, comenzó a correr entre sollozos para pedir auxilio. Era de nuevo el turno de Warstman. Velozmente salió tras ella a la vez que, saltando y agarrando su pierna izquierda, la hizo caer e, instintivamente, le asestó un mordisco en la parte interior del muslo, alcanzando la arteria femoral.

Las otras dos mujeres, al ver a la que Warstman había alcanzado, intentaron también huir del lugar en sentido opuesto, pero la velocidad de Yamir parecía otorgarle la capacidad de estar casi en dos sitios al mismo tiempo. Con crueldad, las agarró por sus tupidas y rizadas cabelleras y las arrastró de nuevo cerca del fuego. Warstman se dirigió hacia donde estaba Yamir con las dos mujeres y el niño, estando éste aún inmóvil y con los ojos completamente abiertos, bloqueado por el profundo shock desatado por lo que veía, mientras que a la mujer que acababa de atacar se le escapaban las últimas gotas de vida por la profunda herida producida por el vampiro.

Yamir le ofreció al General una de las mujeres, la mayor, para que le vaciase las venas mientras él hacía lo mismo con la más joven, que también se hallaba sumida en un profundo trance por lo ocurrido. Mientras Warstman terminaba de succionar a la mujer, pensaba en el increíble festín que se habían dado y lo colosal que era poder cazar de aquella manera.

Ahora, los cuerpos sin vida de aquellas personas y los chorretones de sangre absorbidos por la fina arena de la playa dibujaban una escena de muerte y tragedia ante el fuego, a cuyo lado el niño seguía con la vista perdida entre sus llamas.

Poniéndose de pie y con movimientos más calmados por haber saciado su hambre, el General se acercó al petrificado niño para también arrancarle la vida, pero fue entonces cuando Yamir se introdujo bruscamente en su cabeza para hablarle:

—No, el niño no. Ya has saciado tu hambre así que no le mates. Sólo matamos para alimentarnos, no lo olvides.

El General miró fijamente a los ojos de Yamir y después al niño, mientras cohibía sus ansias de matarle para obedecer a Yamir. Después de aquello, ambos se alejaron andando lentamente de la grata luz del fuego, dejando tras de sí solamente las huellas de sus pisadas sobre la arena.

En su camino de regreso a la posada, Yamir y el General veían en el horizonte del mar cómo la noche se aclaraba y un nuevo día irrumpía. El barco zarparía en pocas horas, así que antes de que la gente despertase e inundase las calles nuevamente, Yamir y el General debían apresurar la marcha para llegar a la posada y poder limpiar sus cuerpos de sangre.

Con gran facilidad, treparon por las pequeñas terrazas con ventanas de las habitaciones hasta llegar a la suya y acceder a ella. Una vez dentro, se lavaron y cambiaron de ropa con parte del equipaje que llevaron a la posada, pues el resto era demasiado voluminoso y lo habían dejado en el barco, junto con todas las pertenencias que el General traía consigo desde la India.

Cuando se hubieron acicalado, y al rato de que la gente comenzase a transitar por las calles de la ciudad, Yamir y el General abandonaron la posada entremezclándose con ellos para dirigirse al puerto y recibir una mala noticia, ya que al llegar, el capitán le informó a Warstman de que el barco no saldría durante el transcurso de la mañana, pues debían de terminar de reparar la vela mayor al haber sufrido algunos desperfectos cuando atravesaron el cabo de Buena Esperanza y todavía no la habían reparado. A tenor de los acontecimientos, el General y Yamir decidieron dar un paseo por la ciudad para mantenerse ocupados, pero el rumor de los cuerpos que dejaron en la playa durante la noche había corrido como la pólvora y soldados españoles estaban recorriendo la ciudad en busca de los posibles culpables, por lo que ambos decidieron que sería mejor esperar a bordo del buque, ya que, aunque nadie les podría acusar de nada, siempre que pasaba algo en ciudades portuarias los primeros sospechosos eran los últimos que habían llegado a puerto.

Pasado el mediodía, finalmente, el capitán informó de que todo estaba listo e iban a zarpar cuando los estibadores españoles terminasen de cargar unos últimos fardos en las bodegas de la nave. A los pocos minutos, la campana de atención y el silbato del contramaestre de la nave anunciaban la partida mientras, ahora, los estibadores empujaban el barco con largos palos para separarlo del muelle. El trayecto final de su viaje había comenzado. Inglaterra esperaba.

*   *   *

Tal y como tenía pensado Esteban desde el principio, fue a la plaza del mercado para ver a Desirée. Acercándose a los puestos simulaba estar comprando e interesarse por lo que aquellos comer-

216

ciantes ofrecían. La gente estaba bien abrigada y algunos ocultaban sus caras del frío, por lo que Esteban trataba de poner especial atención en los ojos de todos aquéllos con los que se cruzaba, y no por Desirée, pues para él sería fácil reconocerla, sino por el licántropo que les había desafiado.

Tras varios paseos y puestos visitados, finalmente Esteban vio a Desirée entrando por una de las calles que hacían esquina con la plaza. Una larga capa marrón con capucha cubría su cuerpo y su cabeza haciendo resaltar aún más su belleza y el color claro de sus ojos, mientras que sus mejillas sonrosadas por el frío le concedían un toque pueril.

Desirée se dirigió directamente a los puestos en los que tenía que recoger los encargos de su madre, por lo que camuflado entre la arropada gente, Esteban se acercó a uno de los puestos en los que la chica estaba sin que ésta le viese. Aquel tendero vendía todo tipo de legumbres y su puesto era uno de los más solicitados y de los que más vendía de todo el mercado. La gente se apretujaba constantemente para acercarse al género que vendía y preguntarle los precios intentando regatear y ahorrar algún penique, por lo que, para que Desirée se diese cuenta de que él estaba allí, alzó la voz dirigiéndose al tendero:

—¿Cuánto por una libra de éstas? —dijo señalando a uno de los montones de alubias que colmaban la vasija de barro en las que estaban metidas.

—Tres peniques, señor.

Al oír la voz de Esteban, Desirée le miró por un segundo para saber si era él, pues aunque hablaba perfectamente inglés, en su acento se notaba que no era del lugar, además de que esa misma mañana ella pudo oír su voz en la panadería cuando hablaba con su madre y pudiendo reconocerla ahora.

217

Iván Moncada

Esteban notó que ella se había dado cuenta de que era él, por lo que ahora tendría una buena excusa para acercarse directamente a ella y preguntarle si era la hija del panadero, pero aun así decidió mantener la distancia.

Mientras vendía su mercancía sin cesar ni un solo instante, el tendero reconoció la cara de Desirée y, rápidamente, cogió un paquete que ya tenía preparado para entregárselo. Al verle, ésta se acercó a él cogiendo el paquete que la entregaba y dándole el dinero a cambio a la vez que también le agradecía el no tenerla esperando a que la tocase su turno. Después, al intentar alejarse del puesto, Desirée se dio cuenta de que la gente la había rodeado intentando acercarse y poder hacer su compra, teniendo ahora que desplazarse hacia un lado para poder salir de allí. Mientras intentaba andar poco a poco para abrirse camino entre la gente, y teniendo la vista limitada por el tumulto de personas y la capucha que llevaba, Desirée acabó chocando casi de bruces con Esteban.

—Tú eres Desirée, la hija de la panadera ¿verdad? —le preguntó como si no lo supiese con seguridad.

—Ah....esto, sí. ¿Cómo lo sabes?

—Te vi esta mañana en la panadería y tu madre mencionó tu nombre.

—Ah sí, cierto, ahora te recuerdo, te sirvió mi madre, ¿Tu nombre era Esteban creo, verdad? —dijo ella disimulando.

—Sí, Esteban —Una vez hecha la introducción, Esteban decidió cambiar el rumbo de la conversación para saber más sobre ella —. ¿Vienes mucho al mercado?

—Sí, casi todos los días.

—¿Y sueles venir sola?

—Sí, bueno,... quiero decir, no.

218

Esteban sonrió a la vez que ponía cara de extrañado ante la respuesta de la chica. Desirée también sonrió al darse cuenta de su incoherencia y continuó diciendo:

—Me refiero a que hoy sí vengo sola, pero normalmente siempre me acompaña mi madre o alguna de mis amigas.

—Hoy hace mucho frío ¿verdad?

—Sí, hace bastante, o por lo menos eso es lo que yo creo, aunque tú no pareces tenerlo —le dijo mirando hacia su pecho en donde los primeros botones de su camisa permanecían completamente abiertos mientras ella simulaba como si tuviese un escalofrío para hacerle entender que daba frío con tan sólo verle así.

—Ah ¿esto?, sí, sí. Sí que tengo frío, sólo que se me habrán desabrochado al chocar contigo —decía ahora él disimulando, pues realmente no tenía frío debido a su calor interno de licántropo.

Por un momento, Desirée pensó que quizás había sido demasiado descarada al decir eso y miró hacia el suelo mientras Esteban se los abrochaba.

—Bueno, esto ya está —dijo Esteban al terminar de abrochárselos y aprovechando la ocasión para proponer acompañarla —.Ya que hoy estás sola ¿me dejas que te acompañe mientras compras?

Desirée alzó la mirada hacia Esteban ante el ofrecimiento que le había hecho. Quizás fuese demasiada osadía por su parte al preguntarle aquello acabándose de conocer, pero se sentía muy atraída por él y su mirada le hacía sentir un cálido sentimiento de bienestar y seguridad que nunca antes había experimentado. Durante dos largos segundos, Desirée pensó en su propuesta mientras ambos se miraban fijamente a los ojos sin parpadear. Una dulce y tímida sonrisa salió de los labios de la muchacha al responder:

219

—Sí, me gustaría mucho que me acompañases.

Al oír su respuesta, Esteban también sonrió y, con un gesto reverente permitiéndola pasar delante de él, comenzaron a caminar por todo el mercado y haciéndolo durante un buen rato mientras que los dos hablaban de sí mismos a la vez que, uno al otro, se hacían preguntas para conocerse un poco más. Ella le preguntaba sobre todo por España, pues tenía mucha curiosidad y le encantaba saber de tierras lejanas, y él sobre Londres, sus gentes y costumbres, y sobre la profesión de panadero y de cómo se elaboraba pan. Desirée estaba tan inmersa en la charla y tan bien acompañada que el tiempo no parecía pasar.

Tras todo ese tiempo, y cortésmente, Esteban la acompañó de vuelta hasta la panadería. A escasos diez metros antes de llegar, ambos se detuvieron mientras la conversación seguía. Desirée querría haber estado hablando con él más tiempo, pero ya se hacía tarde y debía entrar en casa. Esteban sentía lo mismo, le encantaba estar con aquella mujer de amena conversación y dulce rostro y por la que estaba comenzando a sentir algo más que simpatía, pues su belleza y carácter llegaban a ser casi hipnotizadores.

—Bueno, he de irme —apenada decía Desirée.

—Sí, lo sé, yo también he de irme, las tareas de la Torre me esperan.

Desirée se giró lentamente en dirección a la panadería sin dejar de mirarle hasta que, por fin, se volvió por completo.

—¿Quieres que mañana lo repitamos? —exclamó Esteban lanzando la pregunta a las espaldas de la chica.

—Sí, me gustaría mucho poder verte mañana otra vez — respondió ella rápidamente girándose hacia él y sonriendo.

—Hasta mañana entonces, Desirée —se despidió Esteban mientras la seguía con los ojos.

Iván Moncada

Ahora, ciertamente ruborizada por el entusiasmo de saber que al día siguiente se encontraría de nuevo con él, se giró y entró dentro de la casa por la puerta de la panadería. Mientras entraba, se dio cuenta de que su madre estaba junto a la ventana y que, al entrar ella, se separaba rápidamente de su lado. Entonces Desirée se quedó mirando a su madre, que ahora se había puesto a limpiar el mostrador donde colocaban el pan, cosa que ya había hecho Desirée antes de ir al mercado. Seguidamente su madre dijo:

—¿No crees que llegas un poco tarde del mercado? —le preguntó con semblante serio.

—Perdona madre, hoy había mucha gente.

—Sí, ya veo, había tanta gente que hasta te han seguido a casa.

Dicho esto, su madre no pudo contener la risa por la ironía de lo que acababa de decir y, aunque lo intentaba, a ésta se le escapaba entre los dientes. Al verla reír, Desirée se ruborizó aún más de lo que ya lo estaba y dijo:

—¡No os burléis, madre! —exclamó a la vez que soltaba el paquete que recogió en el mercado y echaba a correr para subir a su habitación mientras ella también comenzaba a reír al ver a su madre hacerlo.

—No me burlo, hija, no me burlo, solamente es que me parece gracioso —le decía mientras, con menor intensidad, continuaba riendo.

Después de subir las escaleras, Desirée entró en su cuarto y se echó boca abajo sobre su cama abrazándose a la almohada, tras pasársele la vergüenza y comenzando a pensar en cómo había pasado la tarde, empezó a sonreír de felicidad.

*   *   *

La noche había engullido el cielo fundiéndose con el mar y dejando el barco en el que Yamir y el General viajaban sumido en la más profunda oscuridad. El mar estaba embravecido por los siempre constantes vientos Atlánticos, haciendo que éste comenzase a dar fuertes saltos sobre las olas. La cubierta estaba empapada por las cuantiosas salpicaduras de las olas al romper contra el casco y por las rendijas de la curtida madera el agua se colaba y parecía que en el interior del barco estuviese lloviendo de la misma manera que ocurría bajo un árbol después de un aguacero. Las pocas cosas sueltas y la mercancía no amarrada en las bodegas, saltaban de un lado al otro golpeando todo a su paso. Yamir estaba agarrado a un travesaño para evitar salir despedido y el general, a pesar de haberse encontrado en alguna situación parecida en alguno de sus muchos viajes, parecía un soldado novato en su primer viaje en barco.

La percepción que Yamir y el General tenían sobre lo que estaba ocurriendo era muy distinta a la de los demás, pues eran capaces de ver cómo aquellas violentas sacudidas hacían que parte de la tripulación y los dos hombres que también viajaban como pasaje vaciasen sus estómagos vómito tras vómito, mientras ellos percibían las olas antes de que golpeasen el casco del barco y sentían sin brújula alguna la dirección hacia donde se debían de dirigir.

En medio de la tormenta en la que se hallaban, la voz del capitán se oía gritando a los marineros entre los silbantes vientos. La lucha por conservar la nave y no ir a pique era feroz, pero el contrincante era colosal y despiadado. A pesar de que Yamir nunca había estado en una situación como aquella, sabía que no iba a acabar bien, así que, dejándose llevar por la situación, cerró los ojos y, al abrirlos nuevamente, ya no eran los negros ojos de un joven hindú lejos de casa, pues estos habían sido sustituidos por el rojo intenso de la maldad de Haraas.

Mirando de un lado al otro para orientarse dentro del barco, Yamir, estando en plena posesión por Haraas, se puso de pie e introdujo sus manos en los pliegues de su faja para sacar el preciado diamante. Elevándolas después y con el diamante entre ellas a la vez que sobreponía las palmas de sus manos, una por debajo y la otra por encima, comenzó a pronunciar unas palabras en una ancestral lengua. Cada vez que repetía aquellas palabras lo hacía más y más rápido y, mientras las pronunciaba, el gigantesco diamante comenzó a generar un inmenso torrente de magia a su alrededor. Un intenso resplandor que manaba de su interior comenzaba a iluminar la zona de la bodega en la que estaban. Como el calor y la luz de una hoguera inmensa que crecía al avivarla con más leña, el diamante incrementaba su brillo hasta el punto de llenar todo el espacio alrededor de ellos de un color blanco intenso. El resplandor se extendió después por todo el barco. Primero por la bodega, en la que todos los que allí se hallaban tuvieron que cerrar los ojos para no quedarse ciegos por la intensidad de aquella luz, y después por la cubierta, por donde las mismas rendijas por las que el agua se colaba servían ahora de escapatoria para aquella luz de aspecto celestial que por momentos parecía atravesar el suelo.

La luz lo colmaba todo y ninguna de las personas de abordo podía ver nada a excepción de luz. Ahora, casi todos permanecían de rodillas o tumbados en el suelo, encogidos de brazos y piernas mientras cubrían sus ojos con las manos para intentar reducir el dolor producido por aquella tremenda luz. Muchos comenzaron a rezar, unos en voz alta y otros para sí mismos, pues creían que la luz era el inevitable resultado de haber perdido en su lucha contra la tormenta, pues pensaban que el barco ya había zozobrado y que se habían ahogado en el inmenso océano que tantos barcos ya antes se había cobrado como tributo a la osadía del hombre por surcarlo. Después de unos intensos momentos para los

223

hombres de aquel barco, todos ellos perdieron el conocimiento, menos Yamir y el general.

Mientras tanto, en la aislada celda de los cimientos de la Torre de Londres, algo pasaba. El guardia que mantenía el turno de lectura frente a la puerta comenzó a notar que algo estaba sucediendo tras la puerta de la celda. Una perceptible vibración atravesaba los barrotes de hierro y la madera de la puerta a la vez que un murmullo de viento se podía escuchar desde fuera. Rápidamente, el guardia se transformó ante el posible peligro y aulló para alertar a Eduardo y el resto de guardias. Enseguida, Eduardo y otros dos guardias bajaron hasta allí. Uno de ellos también se transformó mientras que el otro cogió el libro para continuar la lectura. Eduardo observaba la puerta mientras dejaba sentir en sus instintos aquella sensación que traspasaba la puerta de la celda. El sonido del viento se incrementaba por momentos y una sucesión de truenos se oyeron. Los dos hombres de Eduardo que estaban transformados comenzaron a gruñir mientras se acercaban a la puerta. En ese momento, la voz del preso comenzó a oírse. Pronunciaba unas palabras desconocidas para Eduardo y las repetía una y otra vez, y cada vez, en voz más y más alta. Eduardo no sabía qué iba a pasar, por lo que ordenó al guardia que leía que no parase bajo ningún concepto y él también se transformó. Quizás estuviese empleando su poder para derribar la puerta y tratar de escapar, pensaba Eduardo mientras que una terrible tormenta parecía desatarse dentro de la celda. Lentamente, comenzó a manar agua por debajo la puerta. Eduardo se arrimó al transparente líquido y lo olió y probó. Era agua, agua de mar. Eduardo deseaba saber qué estaba ocurriendo ahí dentro, pero la puerta no podía ser abierta, pues en el momento en que lo hiciesen aquel ser desencadenaría toda su maldad para escapar.

Eduardo estaba a punto de ordenar a todos sus hombres que se preparasen para la batalla cuando el agua dejó de salir y

224

Iván Moncada

una brillante luz ocupó su lugar. Fue como el destello de un rayo. Las fauces de los tres licántropos que tras la puerta esperaban se iluminaron con la blanca luz. Entonces, sin saber cómo ni por qué, la luz cesó. Los cuatro permanecían expectantes. El agua que había mojado parte del suelo del corredor en el que estaban había desaparecido sin dejar rastro alguno. Ahora no se oía nada dentro, pero todos ellos podían sentir su presencia en la celda. No sabían qué había sido aquello, pero lo que si sabían era que el preso seguía dentro.

Durante un buen rato permanecieron alerta, pues cualquier cosa podía ser esperada de un ser como el que se hallaba tras la puerta.

Eduardo, tras ver que nada ocurría y que nada parecía que fuese a ocurrir, adoptó su forma humana nuevamente y les dijo a los suyos que también lo hicieran. Durante toda la noche los tres guardias custodiaron la puerta, mientras que Eduardo revisaba el perímetro de la Torre y bajaba repetidas veces para informarse sobre el estado de sus hombres y del prisionero.

*   *   *

Muy temprano, al día siguiente, Pit ya se había levantado y estaba comiendo algo de pan duro con leche de la que Ferry les traía de su rebaño cuando iba a la Torre. Era la primera vez que Mac no se levantaba a la vez que él y se quedaba durmiendo, pero tenían que ir a la Torre antes de que amaneciese, así que se acercó al camastro y zarandeó a Mac para despertarlo.

Tras varios empujones logró que éste despertase, aunque estaba algo desorientado y asustado, pero rápidamente recobró el sentido. Pit se extrañó un poco al ver cómo su hermano le miraba,

225

ya que parecía que era de él de quien tenía miedo, pero agarrándole del antebrazo le ayudó a ponerse de pie y éste se despejó
cambiando la expresión de su cara.

Después de vestirse, Mac se acercó a la mesa y se comió el
resto de pan que su hermano le había dejado y acto seguido los dos
salieron de camino a la Torre. Todavía era de noche, pero el cielo
ya no era totalmente negro, sino azul oscuro, y pronto la ciudad
despertaría. Antes de salir, Mac separó los troncos que tenían en la
chimenea de las ascuas y los apagó con un poco de agua para que
sirviesen a su regreso.

Durante toda la noche, Mac estuvo soñando con aquella
mujer que se encontró, y ahora, de camino a la Torre, algunos flashes del sueño sobrevenían a su cabeza. En el sueño él estaba con
Desirée, era su esposa y eran tremendamente felices uno junto al
otro, pero algo trataba de enturbiar su relación. El problema era
Pit, pues tenía envidia de su propio hermano, envidia de poder
tener una mujer como la que él tenía y una felicidad que nunca
alcanzaría. En un momento determinado del sueño, Mac encontró
a Pit besando a su mujer mientras ésta le decía:

—No podemos estar juntos mientras esté casada con tu
hermano.

Después de eso fue cuando, con un viejo hacha, su hermano
intentaba matarle para quedarse con ella. Fue entonces cuando, en
ese preciso momento, el sueño era interrumpido por Pit al desper-
tarle y el motivo por el que le había mirado de aquella forma.

Cuando llegaron a la Torre, Pit aporreó la puerta de entrada
y uno de los guardias abrió la pequeña ventanilla que permitía ver
quién llamaba, viendo a los gemelos; entonces abrió la puerta y los
dos pasaron.

Sin dilación, se fueron al establo a coger sus cosas para ponerse a limpiar las celdas. Mientras uno acarreaba la paja, el otro

226

llevaba el cubo de agua y cepillos dirigiéndose directamente al edificio principal para subir a la primera planta en donde comenzarían a limpiar. Al haber presos en casi todas las celdas de esa galería, uno de los guardias siempre les acompañaba, para así sacar al preso de la celda en la que iban a limpiar y llevarlo a otra celda vacía mientras éstos lo hacían.

Mac estaba preocupado por el sueño que había tenido, pero el duro trabajo y la imagen de Desirée en su cabeza, le hicieron olvidarse de ello durante un rato.

Los dos trabajaban al unísono sin tan siquiera mirarse, la rutina y los años de trabajo haciendo lo mismo les había convertido en un buen equipo. Celda tras celda limpiaron durante toda la mañana y hasta el mediodía. Cansados, y ya hambrientos, dejaron los trastos fuera del edificio para seguir por la tarde y se dirigieron al comedor. Los guardias ya habían comido, siempre lo hacían los primeros y sin permitir que nadie compartiese mesa con ellos, aunque Mac y Pit no sabían bien por qué.

Hoy había para ellos una perola de patatas con algunos trozos de carne y huesos para dar más sabor. Se sirvieron un poco y se sentaron. Mientras comían, Mac no podía evitar mirar de reojo a Pit; éste, sin embargo, no se despegaba de su plato, pues estaba realmente hambriento. Mac sabía que sólo había sido un sueño, pero le había dejado un terrible malestar y apenas podía comer. Mac no podía ni tan siquiera pensar en que su hermano sería capaz de intentar arrebatarle algo que fuese tan querido por él, y mucho menos, llegando hasta al extremo de querer dañarle, pero el recuerdo de aquel sueño no le dejaba tranquilo.

También se le pasaba por la cabeza que, quizás, aquella hermosa mujer solamente quisiera reírse de él diciéndole todas aquellas cosas, pero cuando lo pensaba recordaba el beso que ella le dio en la mejilla. Nunca antes nadie le había besado, ni tan si-

227

quiera cuando era un niño y su cuerpo no estaba tan deformado como ahora.

Mientras estaba absorto pensando en todo aquello, su hermano levantó la cabeza y le miró, con un fuerte sonido y un manotazo sobre la mesa llamando su atención, le preguntaba qué pasaba, pues su plato estaba todavía por la mitad. Mac le miró también a él volviendo en sí y luego prosiguió comiendo. Pit miraba a Mac extrañado por su comportamiento, ya que normalmente era él quien siempre acababa de comer primero.

Tras la comida, los dos hermanos continuaron con sus tareas, pero era Pit quien ahora no le quitaba ojo a Mac, pues pensaba que quizás estuviese enfermo por no haber comido como siempre lo hacía. La sola idea de que le sucediese algo a su hermano y le pudiese perder le ponía tremendamente triste.

Iván Moncada

Capítulo 27

Súbitamente la luz desapareció y la tormenta con ella. Uno tras otro, los marineros fueron recobrando la consciencia. Estaba amaneciendo y al recobrar el conocimiento los unos a los otros se preguntaban qué había pasado, sin saber ninguno de ellos qué responder. Solamente sabían que estaban vivos y que la terrible tormenta había desaparecido, aunque su huella en el barco era altamente visible. El palo mayor estaba partido y la vela literalmente no estaba. El palo de Mesana, el de popa, también estaba roto y con la vela enredada en el timón, decenas de aparejos y demás partes del barco estaban arrancadas y totalmente echadas a perder.

El vigía se subió al único mástil que aún permanecía en pie mientras el capitán hacía recuento de la tripulación, los daños de la nave y el material de las bodegas. Milagrosamente todo el mundo estaba vivo, aunque algunos de ellos con diversos daños menores. Yamir, ya fuera de trance, junto con el General y los otros dos hombres, subieron a la cubierta. El capitán se maravillaba al verlos de una sola pieza. —Esto debe ser un milagro, no hay duda —se decía a sí mismo mientras miraba a su alrededor.

En aquel momento de revelación milagrosa para el capitán de la nave, un grito interrumpió su absorto pensamiento.

—¡Tierra! ¡Tierra a la vista! —gritaba el vigía encaramado al palo de trinquete como un gato a un árbol.

—¿Dónde? ¿Dónde? —preguntaba a gritos el capitán mientras intentaba echar mano a su perdido catalejo a la vez que se dirigía hacia la proa hacia donde el vigía indicaba.

—¡Allí mi capitán, allí!

El capitán se subió sobre unas cajas que había desparramadas sobre la cubierta para otear el horizonte, intentando averiguar dónde estaban, pues teniendo en cuenta la posición en la que se encontraban cuando la tormenta les alcanzó, les podía haber arrastrado hasta Portugal, el norte de España o quizás Francia.

—¡No logro saber dónde diablos estamos! ¿Ves tú algo desde ahí? —gritó el capitán al vigía para saber si desde su posición lograba reconocer lo que tenían delante.

—No sé, capitán, no sabría qué decir.

—¡Cómo que no sabes que decir! ¿Reconoces la tierra que ves o no?

El vigía estaba totalmente desconcertado, y no porque estuviese desorientado o perdido, sino porque la tierra que veía la conocía perfectamente.

—Creo que es Eastbourme, capitán.

—¿Cómo?

—¡Eastbourme, capitán! ¡Es Eastbourme!

El capitán de la nave no daba crédito, estaban a pocas millas de Inglaterra en el mar del Norte, solamente tenían que atravesar el estrecho entre Inglaterra y Francia y ya estarían frente a la costa que les guiaría hacia la desembocadura del Támesis. No sabía cómo habían logrado llegar hasta allí, todo aquello era un completo y verdadero milagro.

230

Después de revisar la nave, el capitán ordenó quitar la vela del palo de Mesana para sustituirla por la del único mástil que había salido indemne, el de proa, pues la vela de éste estaba tan desgarrada que sería imposible utilizarla para poder llegar hasta su destino.

Tras casi cuatro horas de duro trabajo, el mástil y la vela eran lo suficientemente funcionales como para que el navío pudiese ser arrastrado lentamente por el estrecho. El palo de popa que arrastraban fue cortado totalmente para arrojarlo al mar, junto con todo aquello que había quedado inservible y así, aligerar el peso del barco. Varias horas después y al mediodía, habían logrado llegar hasta la costa en donde otros dos barcos de menor tamaño amarraron varios cabos al suyo y le ayudaron a llegar hasta el puerto de Londres.

Cuando la nave empezó a acercarse al puerto arrastrada por los dos barcos, comenzó a levantar gran expectación. Al principio la gente, que desde la ribera del río y el puerto les veían aproximarse, pensaban que al barco debía de haber sido atacado, pues el estado de la nave era desastroso.

Una vez lograron amarrar la nave al muelle, tras muchas maniobras y gran esfuerzo del personal del puerto para conseguir acercarlo, el capitán desembarcó para informar de lo ocurrido a la comandancia portuaria. Mientras tanto, los estibadores, con ayuda de los marineros del barco, comenzaron a descargar rápidamente la mercancía, pues diversas vías de agua comprometían las bodegas y la flotabilidad de la nave.

Con total normalidad, como si nada hubiera ocurrido en su trayecto, el General y Yamir también desembarcaron. El General indicó al jefe de estibadores quién era él y qué debían hacer con su equipaje y sus pertenencias. Acto seguido, Warstman y Yamir co-

231

gieron un carruaje en el mismo puerto que les llevó hasta la casa que el General tenía en el centro de la ciudad.

*   *   *

Aquella mañana, Desirée estaba más activa que nunca. Se había despertado pronto y había bajado a desayunar con gran apetito. El día prometía ser largo, sobre todo hasta que llegase la tarde, cuando Desirée iría al mercado y vería de nuevo a Esteban. Los nervios la mantenían con un nudo constante en el estómago.

Como si fuese su primer día de trabajo, Desirée se puso a ayudar a su padre con el horno con gran entusiasmo. Su padre no podía creer lo que veía, tanta alegría y energía no era normal; constantemente estaba atenta al fuego y observando el pan como si se fuese a quemar. Mientras lo hacía no paraba de ordenar los panes que ya tenían encima del mostrador, intentando encontrar la postura perfecta para cada uno de ellos; y cuando acababa de colocarlos, se dedicaba a limpiar los cristales de la panadería a la vez que ayudaba a su madre con las labores hogareñas.

Cuando todo estuvo listo en la panadería, rápidamente, abrió la puerta dejando pasar a los clientes. Como un rayo despachaba a uno tras otro con una gran sonrisa en la cara, y su padre estaba realmente contento de verla así, pues tras la tragedia de la pérdida de su amiga Gladis pensaba que nunca la vería tan contenta de nuevo. A su madre, sin embargo, le parecía normal, ya que sabía perfectamente a qué se debía aquella actitud.

Afuera, el hielo que había quedado del día anterior aún permanecía en los aledaños de las calles y en campo abierto, permaneciendo el intenso frío inmóvil en la ciudad.

Iván Moncada

En la calle, frente a la panadería de Tom, uno de los hombres de Eduardo permanecía vigilando la panadería y la casa en la que Desirée vivía. Había estado apostado en diversos puntos de *Baker Street* durante toda la noche para que nadie notase su presencia. Tras lo averiguado por medio de Ian, Eduardo quería tener vigilada constantemente a la chica, por lo que el guardia solamente se retiraría por la tarde, cuando viese que Esteban estuviese ya con ella.

Los hombres de Fireplace vigilaban las calles de la ciudad, tal y como se había acordado. Pasando desapercibidos entre las gentes de Londres, recorrían cada una de las calles prestando especial atención a aquellos que les parecían sospechosos, pues todos ellos habían formado parte de las fuerzas especialmente entrenadas para combatir contra criaturas oscuras, habiendo recorrido el mundo cazándolas y matándolas, por lo que sabían perfectamente qué rasgos y comportamientos buscar en ellos. Aunque, por ahora, no habían detectado nada anormal.

La mañana, a pesar de ser bastante fría, fue muy apacible, y la ciudad estaba completamente controlada y no había rastro alguno del licántropo que hubo atacado a Ian, pero al caer el mediodía, llegó una inquietante noticia sobre un barco de la Compañía de Indias que acababa de llegar a puerto.

La gente se había hecho eco rápidamente de que un barco casi destrozado por una tormenta había amarrado en puerto; y dos de los hombres del comandante estaban allí cuando éste llegó. Por conversaciones oídas entre los estibadores y la tripulación del barco, supieron que el navío atravesó una tormenta que casi les llevó a pique y que, extrañamente y sin explicarse cómo, no les hundió, apareciendo de repente frente las costas de Eastbourme. Ese era el tipo de información que los hombres de Fireplace sabían que tenían que investigar.

Mientras los dos soldados de Fireplace permanecían en el puerto recabando información, se dedicaron a mezclarse entre la tripulación. En un momento dado, se despojaron de la capa que les abrigaba y accedieron al barco para ayudar con la descarga de las bodegas y así poder averiguar más sobre lo sucedido.

Cuando los dos soldados camuflados subían la pasarela, uno de ellos se fijó en un hombre viejo y delgado que estaba junto a un niño hindú en la cubierta. Aquel hombre vestía un traje de alta graduación de la armada, y el niño hindú seguramente fuese un esclavo traído desde la India por él mismo para su servicio. Por un momento, el hombre de Fireplace creyó reconocer al militar, pero no recordaba quién era o dónde le había visto antes.

A la vez que los dos hombres del comandante porteaban el material desde la panza de aquel enorme carguero hasta la cubierta, iban inspeccionando toda la nave. En uno de los lados de la bodega, bajo la cubierta de popa, uno de ellos se percató de algo. La madera de las paredes, techo y suelo de la bodega, estaban ligeramente ennegrecidas, como si hubiesen sido quemadas con una antorcha que hubiese estado demasiado cerca de la madera del casco. Aquello no era algo que se apreciase a primera vista, pues era bastante sutil, pero había diferencia de color con el resto de las paredes de la bodega y ellos lo habían notado.

Después de un rato, los dos ya estaban a punto de abandonar el barco pero, en ese momento, al soldado que se había fijado en el militar de cubierta le vino una imagen a la cabeza, ahora lo recordaba, ya sabía quién era ese hombre. Había perdido mucho peso y envejecido bastante, pero era él, era el anterior comandante que les guiaba contra Haraas, el antecesor de Fireplace. Explicándole a su compañero quién era aquel hombre que reconoció, los dos soldados abandonaron la nave y el puerto y corrieron en busca de Fireplace para contarle lo que habían averiguado y a quién habían visto.

234

Tuvieron que atravesar gran parte de la ciudad para llegar hasta las afueras, en donde habían apostado el mando de control y en donde Fireplace estaba. A su llegada advirtieron de su presencia al centinela, que tras anunciarles, les hizo pasar.

—Decidme, ¿qué noticias tan importantes traéis? —preguntó Fireplace desde el escritorio en el que estaba sentado mientras escribía sin alzar la mirada.

—Hemos estado en el puerto, mi comandante. Allí nos enteramos de que hace unas horas llegó un navío de la Compañía de Indias que, según dicen, hubo atravesado una gran tormenta de la que salieron vivos milagrosamente. Para investigar y averiguar si había ocurrido algo extraño, nos hicimos pasar por estibadores y nos introdujimos dentro de la nave, y en las bodegas, encontramos una zona en la que posiblemente se haya desatado algún tipo de fuerza oscura, pues las paredes estaban parcialmente ennegrecidas con algo de carbonilla con respecto al resto de la bodega.

—¿Qué ruta seguía?

—Venía de la India, mi comandante.

Al oír eso Fireplace dejó de escribir, alzó la mirada hacia los dos soldados y se puso de pie mientras todavía sostenía la pluma con la que había estado escribiendo.

—¿De India? —repitió preguntando Fireplace, a la vez que giraba ligeramente la cabeza en espera de confirmación por sus hombres.

—Sí, mi comandante. Pero hay algo más. Mientras accedíamos al barco nos topamos con parte del pasaje, había un militar y un hindú que le acompañaba; al principio la cara del militar me recordaba a alguien, pero no caí en ese momento. Sin embargo, luego recordé dónde había visto esa cara, era nuestro antiguo comandante Warstman, ahora más envejecido y delgado, pero era él.

235

—¡¿Warstman?!

—Sí, mi comandante.

La cara de Fireplace mostraba su asombro a la vez que en su cabeza comenzaban a crearse relaciones entre los hechos que acaecieron tras la extraña ausencia de Warstman el día que iban a atrapar a Haraas en Alemania, cuando la furia de aquel ser se cobró la vida de muchos de los hombres del grupo al que pertenecía Fireplace y su aparición hoy aquí. Tras aquello Warstman fue retirado del grupo, siendo después ascendido y llevado a la India, en donde Fireplace estuvo hace poco tras la pista de los siervos de Haraas. Fireplace pensaba que, realmente, Warstman hubo sido destituido entonces por lo ocurrido y que le ascendieron y enviaron allí para proteger la existencia del grupo al que había pertenecido, pero su llegada hoy al puerto de Londres, justo cuando estaba ocurriendo todo aquello, no podía ser una casualidad.

—Volved al puerto e intentad encontrarle, seguidle y mantenedme informado —dijo Fireplace a los soldados después de haber estado unos segundos en silencio mientras pensaba en todo aquello.

Los dos soldados se retiraron de inmediato para dirigirse al puerto nuevamente cumpliendo las órdenes de su comandante.

Para Fireplace todo aquello comenzaba a tomar forma, pues sabía que los siervos de Haraas acudirían a la llamada de su amo para intentar liberarle y que sería difícil para ellos lograrlo aquí, en Londres, sin ayuda de alguien. Ahora estaba seguro de quién podía ser ese alguien, el mismo que seguramente ayudó a escapar a Haraas en Alemania.

*   *   *

236

La madre de Desirée cerró la puerta de la panadería, ya habían vendido todo el pan que hicieron por la mañana, así que ahora pararían para comer y ella luego ayudaría a su marido a hacer una hornada más para los pocos clientes que iban por la tarde.

Mientras su madre aún estaba en la panadería con su padre, Desirée sacaba del fuego la perola de comida poniéndola encima de la mesa sobre la que acababa de poner el mantel y los cubiertos. Con una cuchara de madera grande, probó un poco del caldo de gallina con patatas y zanahorias que su madre puso a cocer y echó un poquito más de sal para que estuviese más sabrosa.

—¡Madre! ¡Padre! ¡El caldo ya está en la mesa! —gritó Desirée desde la cocina para avisar a sus padres de que vinieran a comer.

Sus padres entraron en la cocina y los tres se sentaron a la mesa. Tom cogió un cuchillo y partió en algunos pedazos una jugosa y tierna hogaza de pan. Su madre sirvió el caldo en los platos y los tres comenzaron a comer. La conversación mientras comían era casi nula, estaban hambrientos, además el caldo calentito con trozos de gallina y verduras estaba tan bueno que las palabras sobraban. Una vez que Desirée y su madre terminaron su plato comenzaron a hablar a la vez que ésta le servía un poco más de caldo a su marido.

—Entonces, ¿luego vas al mercado a recoger la calabaza que encargué?

—Sí, madre, y también me gustaría comprar algo de azúcar para probar a echarla sobre la masa.

—¿Para qué has dicho? —preguntó Tom extrañado.

—Sí, para echarla sobre un poco de masa, como si fuese un bizcocho pero con forma de pan pequeño.

237

—¿Y eso? —preguntó Tom mientras soplaba y luego sorbía el caldo.

—No sé, he pensado que puede que esté bueno y a la gente le guste.

—Ay...... ¡Qué cosas se le pasan por la cabeza a esta hija mía! —decía su madre moviendo la cabeza de un lado al otro a la vez que sonreía.

—Quién sabe, lo mismo hasta le gusta a la gente, prueba a hacerlo, yo quiero probarlo —dijo su padre.

—No es tan raro, madre.

—Por cierto, con quien vas a ir hoy, ¿alguna de tus amigas? —preguntó con segundas su madre.

—Sí, aunque no he quedado con ninguna, sé que las veré allí —respondió con mirada cómplice a su madre —. Bueno, ya he acabado, voy a mi habitación un rato a echarme, madre.

—De acuerdo.

Desirée se levantó y se dirigió a su habitación, pero no era a descansar a lo que iba, sino a pensar en qué se pondría esa tarde para ir al mercado con Esteban.

* * *

Después de varias pruebas, Desirée encontró el vestido perfecto. Era un encorsetado vestido de color azul oscuro con mangas y falda blanca con adornos a juego que marcaba sus caderas y le resaltaba el busto. Por un lado y el otro se miraba en el ennegrecido espejo de su habitación para ver que todo estuviese perfecto, ya que quería estar guapa para Esteban.

238

Era la primera vez que se sentía así y estaba nerviosa. Sentía un constante nudo en el estómago desde la primera vez que le vio y por lo que sus amigas le habían contado tras sus propias experiencias, aquello debía de ser amor.

Sólo habían pasado un par de horas y sabía que quizás fuese algo pronto, pero los nervios la impedían permanecer por más tiempo en casa, así que, tras ponerse las botas y coger el abrigo, Desirée salió de casa despidiéndose de su madre. El frío seguía azotando fuerte en Londres, pero Desirée estaba tan absorta en su encuentro que apenas lo notaba. Calle tras calle la muchacha anduvo hasta la plaza central mientras que, a pocos metros, un hombre con grueso abrigo y una larga y rizada melena negra la seguía y vigilaba.

Desirée permanecía de pie en el centro de la plaza atenta a la llegada de Esteban, cuando de repente, la voz de un hombre se alzó sobre el intenso murmullo del mercado proveniente de uno de los puestos.

—¡Muchacha! ¡Eh….oye!

Aunque el hombre se dirigía directamente a Desirée con sus palabras, ésta no se había dado cuenta. Era Brian el hortelano, a quien su madre le había encargado la calabaza. Éste no se acordaba de su nombre, pues quien las atendía a ella y a su madre normalmente era su mujer, así que el hombre abandonó por un momento el puesto y se dirigió hacia ella. Desirée estaba de espaldas, por lo que cuando el tendero se aproximó a ella, le puso la mano sobre el hombro para llamar su atención.

—¡Oye!

—¡Ay! que susto me habéis dado, señor —exclamó Desirée a la vez que se giraba y llevaba la mano al pecho para calmar su sobresaltado corazón.

—Te estaba llamando, muchacha, pero no me oías. Tengo la calabaza que tu madre me pidió.

—Sí, perdone, estaba esperando a una persona y casi se me olvida.

—Ven que te la doy —dijo el tendero a la vez que se daba la vuelta y se dirigía a su puesto.

Desirée siguió al tendero y éste le entregó la calabaza que su madre le había encargado y pagado el día anterior. Dándole las gracias al tendero por recordárselo, ésta se dio media vuelta y se marchó, topándose de golpe con Esteban.

—Hola, esto de encontrarnos chocándonos de frente está empezando a convertirse en costumbre —dijo Esteban.

—¡Hola! Sí, perdona, de nuevo no te he visto, como el otro día —respondió ella riendo.

—¿Te apetece que paseemos un rato hoy también?

—Sí, déjame que te lleve a donde suelo ir con mis amigas después de hacer las compras en el mercado.

—De acuerdo, guíame.

Cortésmente, Esteban volvió a dar paso a Desirée mientras éste llevaba su mirada hacia atrás y con un gesto de cabeza le indicaba al hombre que la había estado vigilando desde la noche anterior que se retirase.

Caminando un poco más juntos que el día anterior, ambos se dirigieron hasta la explanada en donde ella iba con sus amigas mientras hablaban y compartían algunas experiencias de sus infancias despertando risas en ambos por lo gracioso de las situaciones que describían. Las calles empedradas habían acabado y ahora un camino de tierra proseguía. A pesar de que el suelo parecía húmedo y embarrado, la nieve y posterior hielo lo habían

Iván Moncada

endurecido permitiendo caminar sobre él sin hundirse ni mancharse.

—Allí es —dijo Desirée indicando con su mano la inmensa piedra plana sobre el montículo a la que solían subir.

En ese momento, la chica perdió el equilibrio al pisar el traicionero hielo del camino; pero ágil y preciso, Esteban la agarró del brazo y tiró de ella para evitar que cayera. Al hacerlo, la chica acabó entre sus brazos y sus caras una frente a la otra, permitiendo que sus respiraciones se entremezclasen haciendo de ellas una única y leve nube de vaho entre sus bocas. La mirada entre los dos era muy intensa y ambos permanecieron así durante unos segundos mientras el mundo parecía desvanecerse a su alrededor. A pesar de que la chica había empezado siendo simplemente una misión para Esteban, éste se había enamorado de ella, al igual que ella lo había hecho de él.

Esteban quería ser un caballero, por lo que fue a tirar de ella hacia arriba para ponerla de pie, pero en ese momento, Desirée adelantó su cabeza y posó sus labios contra los de Esteban haciendo que un dulce y tierno beso surgiese de entre sus labios, extendiéndolo en el tiempo por unos breves segundos mientras los dos permanecían con los ojos cerrados.

Lentamente se fueron separando y Desirée abrió los ojos mirando los templados y dulce labios de Esteban, después, miró a sus ojos mientras una bonita y sincera sonrisa partió de los labios de Desirée. Esteban la miraba de la misma forma que ella le miraba a él, correspondiéndola ahora también con una sonrisa y continuando después con otro beso, éste más intenso y largo que el anterior.

Después de ese segundo beso y de haber separado sus labios nuevamente, Desirée se incorporó con la ayuda de Esteban. Ahora sus manos permanecían unidas y sus dedos entrelazados, al

241

igual que lo estaban sus miradas y sentimientos. Sin pronunciar palabra y solamente prodigándose miradas de amor, se dirigieron al montículo donde estaba aquella inmensa piedra.

—Sube, desde arriba se ve todo mucho mejor —dijo Desirée con voz cómplice y sin soltarle la mano mientras le guiaba hacia arriba.

Una vez arriba, Desirée perdió su mirada hacia donde se encontraba el Támesis y en donde una hermosa imagen de la ciudad se extendía ante sus ojos. Esteban se colocó detrás de ella y la rodeó con sus brazos a la vez que sus manos se encontraban de nuevo. Desirée no podía creer lo que había pasado y lo que sentía por aquel guapo español mientras, ahora, era Esteban quien adelantaba su cabeza buscando la de ella para juntar sus mejillas mientras observaban aquella maravillosa vista de la ciudad.

—Sabes, es la primera vez que beso a un hombre.

—Yo también es la primera vez que beso a una mujer.

Desirée giró ligeramente la cabeza para mirarle de reojo, pero sin despegarse de él.

—¿Nunca has amado a ninguna mujer en España?

—No, siendo aún muy joven, comencé a viajar con mi padre por muchos lugares y países y nunca conocí a ninguna. Nuestro trabajo obstaculiza mucho el poder conocer a gente.

—Me alegro.

—¿De qué?

—De que estés aquí conmigo y de haberte conocido.

—Yo también. Y más aún de haberme enamorado de ti.

242

Al oír eso Desirée y en un impulso apasionado, se giró completamente y besó otra vez a Esteban mientras ahora se abrazaban uno al otro sin la timidez inicial.

Después de besarse durante un rato y compartir sentimientos sin usar apenas palabras, la lluvia comenzó a caer. Al principio levemente, pero después se fue intensificando paulatinamente y, aunque ni un vendaval podría ya estropear el momento que ambos estaban compartiendo juntos, decidieron irse de allí.

Subiendo los cuellos de sus abrigos para cubrir sus cabezas, los dos tomaron el camino de regreso a casa envueltos en lluvia y risas, aunque en cuestión de segundos, la lluvia se convirtió en un violento aguacero. Las casas más cercanas de la ciudad quedaban aún muy lejos para poder resguardarse, por lo que acabarían empapados hasta los huesos antes de poder ponerse a cubierto bajo el tejadillo de alguna de ellas. Mirando Esteban a su alrededor en busca de algún sitio en el que encontrar protección, vio una casa en medio del campo que estaba más cerca de ellos que las de la ciudad.

—¿Qué es aquello? —preguntó Esteban.

—Es un viejo granero abandonado, no vive nadie.

—Vamos allí entonces.

Como pudieron, bajo la fría y enfurecida lluvia, fueron hasta la abandonada casa. La puerta no tenía ningún tipo de cierre, por lo que entraron sin problemas en ella y, a pesar de que el tejado tenía algunos agujeros por los que la lluvia entraba, en uno de los lados del mismo se veía bastante entero y el agua no llegaba a calar del todo, además de que alguien había dejado una gran cantidad de paja olvidada y algunos viejos y destartalados muebles. Los dos estaban empapados y sus cuerpos empezaban a enfriarse, así que Esteban decidió terminar de romper los deteriorados muebles para hacer leña de ellos. Después, quitó la capa superior de la

243

vieja paja para usarla como iniciador del fuego que iba a hacer y la amontonó en un lado colocando sobre ella la madera mientras de su bolsillo sacaba un viejo mechero que su padre le regaló. Haciendo girar repetidas veces la rueda, las chispas comenzaron a quemar la mecha mientras con suaves soplidos el humo daba paso a las rojas ascuas que acercó a la paja y, aunque afuera diluviaba, aquella vieja y sucia paja estaba lo suficientemente seca como para que rápidamente una llama apareciese. A los pocos segundos, el fuego tomó forma llegando a alcanzar la madera y comenzando a desprender calor. Esteban y Desirée se desprendieron de sus mojados abrigos y, uno junto al otro, se acercaron al creciente fuego para calentarse.

Esteban frotaba de arriba abajo los brazos de Desirée con sus fuertes manos mientras que se giraban de adelante atrás para recibir el ahora intenso calor de la hoguera por todo el cuerpo. Entretanto, sus abrigos, que Esteban había colgado cerca del fuego, comenzaban a humear y evaporar el agua que habían recibido.

No mucho tiempo después, sus ropas ya estaban casi secas y el interior del destartalado granero era cálido y confortable, pues Esteban hizo un improvisado lecho con el resto de paja limpia que quedaba sobre el que ambos se tumbaron. Había magia y una nube de pasión en el ambiente mientras que el fuego que les calentaba procuraba una bonita y cálida luz que se reflejaba en las caras de los dos enamorados.

Ella permanecía cómodamente tumbada hacia arriba y con la cabeza girada hacia Esteban, su cuerpo estaba más cerca del fuego que el de él para protegerse del frío sin dejar de mirar el reflejo del fuego en los ojos del apuesto español. Al igual que ella, Esteban recorría con su mirada cada centímetro de la cara de ángel de aquella mujer junto a la que estaba echado. Con el cuerpo ladeado hacia la mujer de la que se había enamorado, y mientras con su mano y antebrazo mantenía su torso y cabeza erguidos, no podía y

Iván Moncada

no quería despegar su mirada de aquellos increíbles y preciosos ojos claros. Con su mano derecha, Esteban acarició la rosada mejilla de Desirée mientras se acercaba a ella y la besaba con suma suavidad.

Beso tras beso, los labios de uno acariciaban y atrapaban en pequeños y dulces mordiscos los del otro, luego sus lenguas se encontraban saboreando el dulce néctar de una pasión no conocida antes por ellos. El deseo iba en aumento, la mano que antes acariciaba la cara de la chica ahora permanecía posada sobre su costado recorriendo y acariciando su cuerpo por encima de la ropa a la vez que ella presionaba con su mano izquierda el pecho de Esteban y lo agarraba y acariciaba con su mano abierta notando lo musculoso que éste era.

El ritmo y la profundidad de sus respiraciones habían comenzado a agitarse y elevarse haciéndoles perder toda racionalidad en sus actos cuando Esteban abandonó por un momento los labios de Desirée para desplazar su boca por su cuello besándolo y mordiéndolo suavemente. Desirée, al sentir sus labios y lengua acariciando su piel no pudo evitar que un intenso suspiro estallase de sus labios a la vez que su boca se abría para dejarlo salir. Tras volver a los labios de Desirée, Esteban notó cómo ella tiraba de su holgada camisa hacia afuera con las dos manos logrando sacarla de la cintura de su pantalón. Sus manos recorrían la cintura y espalda de Esteban mientras intentaba subir la camisa más y más. Esteban se separó de ella por un momento a la vez que se incorporaba sujetando la camisa por la parte inferior y cruzando los brazos a la vez que se la quitaba. Esteban dejó su torso al descubierto. Como si lo necesitase para respirar, Desirée recorría con sus manos su firme y marcado abdomen hasta llegar a unos tersos y poderosos pectorales. El pecho de Desirée subía y bajaba bruscamente a cada bocanada de aire que respiraba y ahora era ella quien, abrazándole y acariciando su musculada espalda, se dirigía al cuello de él para

245

morderle con lujuria y desenfreno, más que besarle con suavidad como él hizo antes. Recorriendo su cuello de abajo arriba hasta llegar al lóbulo de su oreja y luego bajando por el mismo sitio mientras pasaba por su hombro y llegando hasta sus increíbles brazos, Desirée mordía con fuerza la piel que cubría aquellos duros músculos, haciendo que gemidos de excitación se le escapasen a cada apasionada dentellada que le daba. Desirée quería más, pero por un momento se paró de golpe y empujó del pecho a Esteban para separarle de ella y después guiar sus fuertes manos a los cordeles del corsé del vestido pidiéndole que lo desabrochase. Con dos dedos de cada mano, Esteban tiró de cada una de las puntas del nudo que en forma de lazo mantenía los dos lados del corsé en tensión sobre el generoso pecho de Desirée. Después, lentamente, Esteban iba sacando el cordel por cada uno de los ojales por los que pasaba mientras Desirée subía los brazos por encima de su cabeza. En esa postura los voluptuosos pechos de Desirée parecían aún más grandes y erguidos que cuando estaba de pie. Esteban ya había quitado el cordel completamente y la parte del vestido que componía el corsé estaba totalmente suelta, aunque todavía tapando sus pechos.

Esteban, entonces, esperó un momento para después, llevando la mirada desde sus pechos hasta los ojos de Desirée, le pidió sin palabras que fuese ella quien se los mostrase. Respondiendo a su petición, Desirée bajó los brazos llevando sus manos hasta la altura de sus pechos y, muy despacio, fue bajando el corsé mientras suaves gestos y muecas de placer aparecían en su boca por ver la excitación reflejada en la cara de Esteban. Al desnudo, sus pechos parecían mucho más grandes y eran tremendamente erectos a pesar de estar tumbada y, mientras estos acompañaban en su vaivén al respirar del pecho de la chica, los rosados pezones los colmaban embelleciendo lo que parecía imposible de ser más hermoso. Despacio, muy despacio, Esteban fue acercando sus manos desde la cintura de Desirée hacia sus senos. Las yemas de sus

246

dedos iban acariciando su piel y, a su paso, la joven las sentía como puro fuego avivando el deseo que ardía en lo más profundo de su ser. Cuando la mano de Esteban alcanzó su pecho derecho y lo cogió entre sus dedos, la respiración de Desirée se aceleró aún más haciendo que incluso se le entrecortase. Suavemente lo acariciaba mientras la punta de sus dedos alcanzaban el pezón comenzando a rodearlo y frotarlo con la yema del dedo corazón. Desirée estaba sumida en una lucha de placer jamás imaginada por ella y que la estaba llevando a través del mismísimo cielo e intensificándose aún más cuando notó el calor de la boca de Esteban sobre su seno seguido de las suaves caricias de su lengua y labios. Gemidos de placer comenzaban a brotar de lo más profundo de su estómago llegando a vaciar completamente sus pulmones. La excitación de Esteban cobraba dimensiones desproporcionadas junto con la de Desirée mientras que con su lengua y boca recorría sus pechos de uno al otro sin dejar un solo milímetro de piel sin probar y a la vez que con su mano iba remangando la falda del vestido hasta que con su tacto sintió la fina y suave piel de sus piernas. Con desesperación por el placer que sentía estando sobre ella, acariciaba y presionaba su pierna izquierda fuertemente con su mano derecha mientras ahora la dirigía entre ellas. Finalmente llegó hasta su sexo, el calor que desprendía parecía quemar los dedos de Esteban y las caricias se entremezclaban con la suave y húmeda piel de ella. Desirée estaba sumida en una locura que cabalgaba su corazón al galope haciéndola agarrar a Esteban del pantalón intentando bajárselo, hasta que con ayuda de él, logró despojarle de la única ropa que cubría su cuerpo. Esteban, entonces, guió su miembro con ayuda de su mano consiguiendo la penetración, haciendo que Desirée se encorvase en una tormenta de placer y dolor por su primera vez. Al poco tiempo, el dolor había desaparecido prevaleciendo solamente el inmenso placer de dos cuerpos contoneándose al ritmo de la pasión, como si se tratase de dos animales salvajes arropados por la anaranjada luz del siempre primigenio fuego. El

247

clímax llegó al poco, dejando a ambos totalmente exhaustos y quedándose dormidos abrazados uno contra el otro.

Casi dos horas más tarde, el fuego moría sin remedio al no ser avivado, despertando a los dos amantes. A pesar de la falta del calor del fuego, sus cuerpos se mantenían templados al contacto de sus pieles una contra la otra. Entre caricias, Esteban recordó algo y le dijo a Desirée:

—Tengo algo para ti.

—¿Y qué es? —preguntó ella con una sonrisa.

Alcanzando su pantalón, Esteban sacó algo del bolsillo para mostrárselo a Desirée.

—Es esto, es un colgante para que puedas recordarme en el tiempo que no podamos estar juntos.

La cara de Desirée se iluminó mientras que con la palma de su mano sostenía la medalla que colgaba del cordel del colgante.

—Es muy bonita.

—Es una antigua medalla que perteneció a mi madre.

—¿Qué tiene grabado?

—Es una luna por una cara y un lobo por la otra.

—Qué bonita que es, ¿qué significa? ¿Y qué son las inscripciones?

—Son un lenguaje en desuso y, la verdad, no lo sé. Es sólo un viejo amuleto que quiero que tengas para darte suerte y para que me sientas cerca de ti.

—Pónmela.

Esteban abrió el broche y lo colocó rodeando el cuello de Desirée. Luego, los dos se abrazaron y se besaron cómplices de su unión carnal mientras Desirée veía de reojo, a través del perforado

Iván Moncada

tejado, que afuera estaba oscureciendo, dándose cuenta de cuánto tiempo había pasado y de que la noche caía. Debía ir a casa antes de que su madre se preocupase por su tardanza, así que ambos se vistieron y abandonaron aquel viejo granero del que nunca se olvidarían ninguno de los dos.

Emanando amor de sus miradas, Esteban acompañó a Desirée a casa y se despidió de ella hasta el día siguiente, quedando en el mismo lugar en donde se habían entregado el uno al otro y en donde quedarían cada día durante casi más de tres semanas seguidas para seguir viéndose. Al momento, Esteban vio a uno de sus compañeros que ya estaba esperando para la vigilancia, por lo que directamente él se fue a la Torre.

Iván Moncada

Capítulo 28

Había pasado casi ya un mes desde que los guardias de la Torre salvasen a Ian de una muerte segura, pero a pesar de ello la sensación de miedo era constante en su cabeza. De vez en cuando, esta sensación se acentuaba aún más haciéndole pensar en que lo mejor era escapar de la ciudad para salvar la vida, pero entonces, siempre alguno de los hombres de Eduardo aparecía dejándose ver disimuladamente para que él se sintiese protegido y, de paso, recordarle que no se podía ir debido a su trato, pues tal y como Eduardo le había sugerido, y sin muchas más opciones para poder elegir, Ian deambulaba de un lado a otro por todo Londres a la espera de que aquel ser que le intentó matar apareciera de nuevo.

Después de varias horas andando, hoy tampoco parecía pasar nada. No veía a nadie que ni tan siquiera se le quedase mirando y menos alguien con aspecto de bestia, pero con paso constante, no dejaba de caminar parando solamente algunos minutos para descansar.

Después de un rato, se dirigió hacia el puerto y notó que había cierto revuelo entre la gente. Se acercó a un grupo de personas y prestó atención a lo que uno de ellos decía averiguando que hablaban sobre el barco que había amarrado y que había atravesa-

251

do una gran tormenta. Entonces, Ian se acercó por curiosidad al maltrecho barco para verlo con sus propios ojos.

Mientras estaba observando los desastrosos desperfectos de aquel inmenso barco, un silbido llamó su atención. Ian veía como justo detrás de éste, otro barco remontaba el río acercándose al muelle contiguo. Era de bandera francesa, e Ian atravesó el tumulto de gente y se fue a donde el barco francés iba a ser amarrado para pasar un rato viendo cómo lo descargaban y así descansar unos minutos más.

Ian se sentía verdaderamente agotado, más que por lo que llevaba andado, era por una extraña mezcla de angustia, frío y desazón provocado por el juego del ratón y el gato al que los guardias de la torre le obligaban a jugar. Buscando en donde sentarse, vio un viejo saco que estaba tirado en el suelo, lo recogió y lo colocó sobre la dura y fría piedra que, en fila y una tras otra, formaba una separación entre la calle y los muelles del puerto. En aquel momento ya estaban colocando la pasarela desde el barco y, como hormigas perfectamente coordinadas, uno tras otro, los hombres del puerto y los marineros comenzaban la descarga. Primero desembarcarían los viajeros y después la carga, era un proceso que había visto hacer una y otra vez durante muchos años, pues él también lo hizo en su día para ganar algo de dinero, pero entonces se dio cuenta de que el trabajo duro no estaba hecho para él, por lo que con el tiempo acabó siendo lo que ahora era, un ladrón.

Atento a cómo otros trabajaban, Ian veía cómo ahora los viajeros salían a cubierta para dirigirse a la pasarela y desembarcar. Eran seis personas y parecían viajar solos, ya que no se apreciaba trato entre ellos. Había visto a gente de muchos lugares del mundo llegar al puerto de Londres, pero la verdad es que algunos de éstos eran bastante peculiares por su forma de vestir y aspecto y debían de ser de muy lejos, pues Ian nunca había visto a nadie así, sobre todo uno de ellos, que tenía los ojos muy cerrados

Iván Moncada

y alargados. —Ese debe de ser uno de esos hombres de oriente, de la lejana China —pensaba Ian asombrándose por su colorida túnica.

Después, los seis, uno detrás del otro, descendieron la pasarela y se dirigieron fuera del tránsito de los estibadores para no estorbar. Uno de los hombres del puerto les preguntó si portaban equipaje para descargarlo, pero ninguno de ellos parecía entender lo que el hombre intentaba preguntarles, así que, tras varios intentos el hombre desistió y se marchó, pues veía que sería misión imposible conseguir una propina de aquellos pintorescos extranjeros.

Durante un buen rato, el grupo de recién llegados viajeros permaneció inmóvil y en el mismo sitio como estatuas de piedra, pero pasados unos minutos, y andando por las gruesas vigas de madera del muelle, un hombre se acercó a ellos. Ian no le podía ver la cara, pues éste llevaba un gran sombrero negro que le cubría la cabeza y el rostro. Después y sin mediar palabra, los seis extraños hombres que en principio parecían no conocerse, se miraron entre sí para, a continuación, mirar fijamente a la cara del hombre del sombrero. Rápidamente, el hombre que se había reunido con ellos se giró y comenzó a caminar mientras que los seis extranjeros le seguían. Aun así, Ian no pudo ver la cara del hombre que acababa de llegar, pero cuando éste se hubo girado, el ligero y claro brillo de un medallón redondo que se entreveía a la altura de su cuello, hizo que el corazón de Ian se desbocase.

Como si un carruaje a gran velocidad tirado por ocho caballos descontrolados le atropellase, los recuerdos del asesinato de sus compañeros y la noche en que aquella bestia le intentó matar golpearon su cuerpo y mente. Automáticamente y debido a aquellos recuerdos, se intentó echar hacia atrás cayendo desde el borde del muro en donde estaba sentado.

Su cuerpo comenzó a tiritar sin control y un leve mareo anuló sus callejeros sentidos debido a la hiperventilación de su agitada respiración. Agachado ahora tras el pequeño muro de piedra, no se atrevía a asomar ni tan siquiera la cabeza. Estaba allí, era él, aquel hombre era el infernal monstruo que quería matarle.

En pleno ataque de pánico, recordó a los guardias de la Torre. Entonces, rápidamente y desde donde estaba agachado, comenzó a mirar de un lado a otro buscando entre los viandantes al guardia que le estuvo siguiendo durante todo el día, pero ahora que le necesitaba no le veía por ningún lado.

Sin saber bien qué poder hacer, Ian usó el saco viejo sobre el que se había sentado para cubrirse la cabeza. No se podía decir que fuese un buen cristiano, que no lo era, ni tan siquiera sabía el Padre nuestro, pero como pudo comenzó a rezar, sin dejar de hacerlo durante un buen rato.

Aunque Ian no había visto al guardia, éste si le había visto a él, y por supuesto, su reacción al ver al hombre del sombrero. A distancia y camuflado entre la gente, siguió a los siete hombres por toda la ciudad.

Zigzagueando por las calles de Londres, llegaron hasta una casa grande de tres plantas en la que entraron, siendo el hombre del sombrero el último en entrar a la vez que cerraba las puertas, mirando antes de un lado al otro de la calle. Aquello no podía ser nada bueno, —el resto debe saberlo cuanto antes —pensó el guardia de la Torre. Retirándose hasta una calle colindante con poco tránsito para así poder divisar bien la casa que vigilaba y ocultarse de la gente mientras se comunicaba con los demás, sus ojos cambiaron súbitamente de color y sus pupilas se dilataron a la vez que su respiración se tornaba profunda y se concentraba lo suficiente para transmitir lo que había visto y percibido en forma de imágenes y sensaciones a Eduardo y al resto del grupo de Beefeaters.

Iván Moncada

Todas las ventanas de la casa estaban tapadas con tupidas cortinas que impedían ver el interior. El guardia, en el semi-trance en el que se encontraba, percibía el ligero rastro de aquel licántropo en su forma humana y la extraña sensación que le producían otras ocho criaturas no humanas que conocía por enfrentamientos anteriores contra alguno de su especie. Eran siervos de Haraas y sabía perfectamente que al igual que él los sentía a ellos, ellos lo podían hacer con él. Su alma de licántropo le decía que aquél era el mejor escenario para atacarles, pero su mente de soldado experimentado le aconsejaba lo contrario, pues semejante enfrentamiento haría que muriesen decenas de mortales humanos, además de dejar al descubierto quiénes eran los guardias de la Torre en realidad y poniendo al pueblo en su contra haciendo imposible la contención del poder de Haraas.

Eduardo, tras las visiones y sensaciones recibidas, hizo llamar urgentemente a Fireplace para que se reuniera con él en la Torre, pues debían coordinar sus fuerzas, ya que en pocas horas la noche devoraría el cielo con hambre voraz y de seguro aquellas criaturas debían alimentarse.

Al poco tiempo y a lomos de su caballo, Fireplace llegó a la bien custodiada prisión, desmontando del inquieto caballo que se sentía bastante nervioso por la presencia de los hombres de Eduardo, mientras Pit se hacía cargo de las riendas del negro corcel para llevarlo a la cuadra. Fireplace se dirigió al encuentro de Eduardo en el edificio principal, éste estaba en el comedor, junto a la chimenea y de espaldas a la puerta. Al entrar Fireplace en la gran habitación, Eduardo notó su olor.

—Buenos días, comandante.

—Eduardo —dijo Fireplace gesticulando hacia delante con la cabeza.

—Percibo que sabes por qué te he hecho venir —dijo mientras éste se giraba hacia el comandante.

—¿Realmente puedes saberlo?

—Sabes que sí. Es por el hombre que hoy ha llegado a Londres. ¿Le conoces, verdad?

—Sí, se llama Warstman, general Warstman ahora. Ha estado muchos años al cargo de nuestras tropas en la India y fue el anterior comandante del grupo que desde hace años yo comando.

—Lo sé, mis hombres me han informado sobre su llegada y que además ya no es humano, ahora es otro siervo más de Haraas.

—¿Un vampiro?

—Sí y esta misma tarde han llegado a la ciudad otros seis más.

—Dios mío, han venido a intentar liberarle ¿verdad?

—Eso me temo, por lo que será mejor que prepares a tus hombres para la noche.

Eduardo le indicó a Fireplace en un mapa de la ciudad dónde estaba la casa hasta donde su guardia les siguió y entre ambos diseñaron una estrategia de sitio y ataque a la casa, aunque Eduardo sabía que probablemente no permanecerían allí por mucho tiempo. Acto seguido, Fireplace abandonó la Torre y volvió a su puesto de mando a todo galope, sabía bien cómo matar o por lo menos intentar matar a aquellas criaturas, por lo que ordenó a todos sus hombres armarse y prepararse para la noche, mandándoles portar postas de plata para el licántropo que ayudaba a Haraas y sables con los que separar las cabezas de los cuerpos de sus siervos. La noche iba a ser larga.

Esteban acababa de llegar a la Torre como cada tarde después de dejar a Desirée en su casa y Eduardo le informó de todo lo

Iván Moncada

ocurrido, pues por alguna extraña razón, cuando Esteban permanecía con Desirée era incapaz de recibir las imágenes y sensaciones de sus compañeros y de su propio padre.

*   *   *

La lluvia había atemperado el intenso frío de días anteriores y había limpiado los últimos restos de nieve de las calles de la ciudad. Con la oscuridad de la noche, las húmedas calles de Londres iban quedando desiertas de personas mientras los hombres de Fireplace las tomaban formando un perímetro alrededor de la casa. En cada calle había una pareja de hombres bien armados y entrenados. Sus mosquetones y pistolas estaban cargados con extra de pólvora mientras el duro taco presionaba las postas de plata contra ella, estando así preparadas para ser disparadas. Los sables y dagas estaban afilados como la hoja de un barbero, capaces de abrirse paso a través de la piel más dura para cortar la carne de cualquier bestia, y sus mentes despejadas y preparadas para enfrentarse a las más temibles de las criaturas de la noche.

Desde la Torre, los guardias salían despojados de sus ropas, portando únicamente un pantalón hasta las rodillas y una larga capa con la que protegerse de las miradas curiosas de los noctámbulos de la ciudad. Sus pies descalzos no sentían el frío y la dureza de las calles, al igual que sus cuerpos, inmunes a los cambios de temperatura, emanando calor suficiente para combatir el frío de Inglaterra. La noche era su aliada, al igual que lo era para las criaturas contra las que luchaban, pero hoy la luna llena, que entre las nubes asomaba, les otorgaba una gran ventaja, pues sus fuerzas y poderes se acentuaban. Eduardo encabezaba al grupo de guardias de la Torre en el que estaban Esteban y el resto de sus hombres, a excepción de cuatro de ellos, cuatro de los más fuertes y expertos

257

que se habían quedado en la prisión custodiando a aquel al que sus siervos habían venido a liberar.

Dentro de la casa del general, por fin Yamir conocía y ponía cara a algunas de las voces que una vez le hablaron. Al igual que él, habían venido desde muy lejos atendiendo la llamada de su señor, desde la lejana China, pasando por Egipto, Francia, Alemania, Rusia y la singular Holanda. A diferencia de Yamir, los elegidos llamados por Haraas eran los siervos que desde antaño le habían servido y obedecido y cuyas humanas apariencias ocultaban siglos de depredación y ocultación a la espera de que, finalmente, su señor se alzase con todo su poder para terminar dominando el mundo junto con ellos. Los seis sabían que Yamir era el portador del diamante y que realmente era a él a quien habían venido a proteger y a ayudar para que éste se lo pudiese entregar a Haraas, solamente debían aguardar la señal de su señor.

El licántropo que les guió hasta la casa y que todavía estaba allí con ellos, no paraba de andar de un lado al otro, pues sentía que alguien de su especie estaba vigilándoles. Los vampiros también podían sentir su presencia, aunque de forma mucho menos intensa debido a que, al estar éste en la misma habitación que ellos, no percibían bien el exterior. El general era la excepción, pues debido a su escasa experiencia como vampiro, aún no tenía desarrollado ese instinto, algo muy oportuno para el resto, ya que necesitarían a alguien para abrir camino y despistar al vigilante de la calle.

Sin previo aviso, el hombre del medallón se transformó y cobró forma de hombre lobo. Los vampiros, aunque sabiendo que estaba con ellos, no pudieron evitar retirarse y mostrar sus afilados colmillos y las desarrolladas uñas de sus manos a la vez que emitían una especie de bufido agudo.

—¡Ya están aquí! ¡Hay que salir de la casa! —dijo una grave y gutural voz que procedía del hombre lobo.

Éste había percibido a Eduardo y a su grupo que acababan de llegar al lugar. Entonces, Yamir miró al general.

—Es su turno, mi estimado general. Hoy haremos algo más que cazar. Sus viejos amigos le esperan, muestre su poder y mátelos.

Abriendo la boca, a la vez que sacaba su lengua de entre los colmillos y flexionaba las piernas extendiendo los brazos y las manos, el General exhaló un agudo grito. Después, cogió una silla y la lanzó contra una ventana que daba hacia una de las calles laterales de la enorme casa. Seguidamente, el apabullante y exaltado General salió por ella cayendo sobre el tejado de otra casa más baja que colindaba la suya. Desde allí miró hacia la calle, viendo a los hombres que estaban frente a la entrada de su casa y un nuevo grito salió de sus entrañas. Allí estaban Eduardo, Esteban y José. Al verle José se transformó y, también lo iba a hacer Esteban, pero su padre le agarró del brazo.

—Espera —le dijo mirando hacia la casa —. José y los demás se encargarán de los vampiros que salgan, nosotros iremos a por él —le decía refiriéndose al desconocido hombre lobo.

José salió tras Warstman y el general, al verlo, salió corriendo por los tejados de las tres casas contiguas hasta que bajó al suelo y buscó dónde esconderse para despistar al licántropo que le seguía. Yamir y los demás salieron por las ventanas contrarias por la que salió Warstman, tomando cada uno una dirección distinta para dificultar su persecución. Entonces Eduardo y Esteban también se transformaron, aunque su objetivo todavía estaba en la casa, éste esperaba que todos siguiesen a los vampiros para así poder escapar sin necesidad de pelear, pero Eduardo advertía su

259

presencia con extraña fuerza, al igual que él advertía la de Eduardo.

—Quédate aquí por si intenta escapar —entre gruñidos le dijo Eduardo a Esteban mientras éste se acercaba hacia la entrada de la casa.

De un solo zarpazo, Eduardo destrozó la gruesa puerta de entrada y pasó al recibidor de la gran casa. No sabía exactamente qué le pasaba, pero notaba algo raro. La luna llena siempre perturbaba los sentidos ligeramente como resultado de su incremento de poder, pero lo que sentía sabía que no estaba relacionado con aquello, era algo distinto. Desde el recibidor podía sentir cómo las zarpas de aquel hombre, que compartía la misma maldición de licántropo que él, arañaban el suelo a cada paso; su olor era muy intenso, al igual que su respiración, que entremezclada con profundos sonidos guturales, le desvelaban a Eduardo su avanzada edad. Quizás hubiese podido atacar a ladrones y jóvenes mujeres, pero enfrentarse a Eduardo, uno de los más poderosos licántropos que existían, y en plena luna llena, era muy distinto. El transformado hombre lobo que le esperaba en la segunda planta de la casa lo sabía bien, puesto que él también podía oler a Eduardo y éste desprendía un aroma increíblemente poderoso.

Mientras tanto, otro de los hombres de Eduardo se unió a José que seguía el rastro del general; éste había recorrido algunas calles escondiéndose de ellos y estaba subido al balcón de una casa desde la que divisaba perfectamente la calle. Justo debajo, había dos hombres de Fireplace mirando de un lado al otro mientras sostenían sus mosquetones en posición de disparo con sus espaldas una pegada a la otra para cubrirse. A lo lejos, se podían oír los gritos de las víctimas que caían a manos y bocas de los otros vampiros que se habían topado con más soldados. Aquello mantenía a los hombres que Warstman tenía debajo en total tensión. El General estaba atento a la aparición de los hombres lobo que le seguían los pasos, pero el éxtasis del momento le hizo abalanzarse sobre aquellos dos soldados, necesitaba probar la caliente sangre de sus venas. La caída del General sobre sus cuerpos les hizo perder el equilibrio y caer, uno de ellos disparando mientras rodaba por el suelo y el otro soltando el arma por el fuerte impacto. Rápidamente, el General asestó un mordisco al que tenía bajo su cuerpo, arrancándole parte del cuello y dejando la yugular al aire brotando borbotones de sangre que regaban y teñían el suelo de rojo. Su compañero se levantó y desenvainó su sable para alcanzar al vampiro, pero la velocidad de Warstman era colosal y lo esquivó con suma facilidad. Seguidamente, éste agarró al bravo soldado por el brazo que sujetaba el sable y se lo partió en dos, lanzándole después por los aires y estrellándole contra una pared. Después, se acercó a él levantándole del suelo por el pelo mientras el hombre gritaba igual que sus compañeros lo hacían a lo lejos. El malherido soldado sabía que iba a morir en aquel preciso instante mientras era sujetado en vilo por aquel ser, pero en ese momento vio como uno de los licántropos de la Torre se abalanzaba sobre el vampiro que les estaba matando. Era José, que de un salto, separó al vampiro del soldado con sus potentes zarpas, para después, morderle en una pierna cuando le tuvo contra el suelo. El General emitió un escalofriante y agudísimo grito al sentir los colmillos de José atravesar la carne de su pierna y llegar hasta el hueso, que con un grotesco "crack", se partió en dos. Mientras éste zarandeaba su pierna para separarla del cuerpo, el vampiro abrió su boca para hacer sobre su espalda lo mismo que aquel hombre lobo había hecho con su pierna, pero el compañero de José apareció por detrás y hundió los inmensos dientes de sus fauces en su cuello. La presión que ejercía en él impidió que éste pudiese emitir ni un sonido más, mientras la sangre comenzó a brotar de su cuello profusamente, más de lo que lo hacía por el mordisco que José le había dado. El vampírico e infestado líquido rojo de su interior se entremezclaba ahora con la sangre que cubría su boca perteneciente al primer

261

soldado que hubo atacado. Los dos lobos sacudían sus cabezas mientras gruñían y tiraban del vampiro, uno hacia el lado opuesto del otro, hasta que, partiéndole las cervicales del cuello, la cabeza se separó del cuerpo. Las feroces criaturas que habían acabado con la inmortalidad del General andaban ahora en círculos alrededor del destrozado cuerpo, mientras la saliva y la sangre goteaba de sus bocas y la luna hacía brillar intensamente sus ojos. Habían acabado con uno de ellos, por lo que ambos alzaron sus cuellos mirando a la luna y aullaron al unísono para que los demás lo supieran.

Esteban rondaba delante de la casa de un lado a otro, su padre estaba dentro con el otro hombre lobo y no sabía qué pasaba, pues no se oía absolutamente nada del interior de la casa. Las nubes, que surcaban el negro cielo a toda velocidad, se apartaron por un momento, mostrando la blanca cara de la luna. Su luz se reflejaba en el denso pelaje de Esteban mientras éste oía a sus compañeros aullar por la muerte del general. Entonces Esteban, en respuesta, también lo hizo. Eduardo ya había comenzado a subir las escaleras cuando, entre gruñidos, escuchó la voz del otro hombre lobo dentro de su cabeza.

—¿Has venido a matarme?

—Sí y nada podrás hacer para evitarlo.

—Puedo sentir cómo, a pesar de tu poder, reniegas de tu condición y soportas una gran pena sobre tu corazón.

—Tu palabrería no te servirá de nada.

—Llevo tiempo esperándote, sabía que tarde o temprano vendrías a por mí y volveríamos a vernos.

—¿Vernos? No sé quién eres y no te conozco, sólo sé que eres un traidor que ayuda a un demonio y morirás por ello.

262

—Estás equivocado, Eduardo. Ese demonio te puede ayudar, al igual que me ayudará a mí.

Sigilosamente, Eduardo había subido hasta la primera planta de la casa. Sus ojos miraban hacia el techo que se extendía sobre su cabeza, adivinando en qué parte del piso superior estaría escondido aquél que le hablaba sin respeto, sabiendo que su enfrentamiento sería a muerte.

En la calle, los hombres de Fireplace caían como moscas a cada paso de los vampiros. La batalla se había extendido por toda la ciudad y tan sólo uno de los soldados pudo herir a un vampiro, alcanzándole por la espalda y rajando su piel a lo largo, antes de que éste le desmembrase los brazos del cuerpo y se desangrase.

Fireplace libraba batalla montado sobre su caballo mientras gritaba a sus hombres que se reagrupasen en las calles donde estaban los vampiros ahora para aumentar el número de efectivos y poder plantarles cara. En la persecución, uno de los lobos de la Torre se quedó solo atacando al vampiro egipcio, logrando éste herir al lobo en un costado con sus afiladas uñas. Más tarde, el holandés se sumó al ataque aprovechando que estaba herido, produciéndole aún mayores daños. Desde el final de la calle en la que estaban luchando, Fireplace apareció, ordenando con un gran grito a su caballo que marchase contra ellos para ayudar al licántropo; sus cascos producían un sobrecogedor ruido al galopar, haciendo retumbar el suelo a su paso. El comandante levantó su brazo derecho con el que sujetaba el sable y lo dirigió hacia delante en posición de ataque mientras avanzaba raudo contra los vampiros que atacaban al lobo. A pocos metros de ellos, el comandante comenzó a gritar a la vez que cargaba contra los vampiros, pero uno de los chupasangre se separó del malherido lobo a la vez que el caballo llegaba para arrollarle, pareciendo como si éste previese sus movimientos, desplazándose para evitarle. Después, el vampiro fue a atacar al caballo para tirar al comandante al suelo, pero

263

éste se puso sobre sus patas traseras mientras con las delanteras soltaba coces, evitando que el vampiro se acercase lo suficiente. Entonces, una posta, que no pudo evitar, alcanzó el hombro del chupasangre haciendo saltar parte de la carne en donde impactó. El disparo provenía de varios soldados de Fireplace que aparecían ahora por el mismo lugar por el que su comandante entró en escena. El vampiro egipcio se levantó del lado del lobo y, de un salto, trepó hasta el tejado de la casa que tenía a su izquierda. El holandés hizo lo mismo por su derecha en la casa de enfrente mientras gritaba mirando al comandante y a su caballo.

La lucha era encarnizada y Yamir intentaba poner tierra de por medio sirviéndose del entretenimiento que el General había procurado a aquellos dos lobos que, en poco tiempo, destrozaron su preciado sueño de inmortalidad. Mientras lo hacía, calle tras calle, Yamir se llevaba las vidas de varios soldados de Fireplace por delante, despojando sus cuerpos de sus humanas almas en su huida para poner el diamante a salvo.

Dentro de la casa, Eduardo ya casi había alcanzado la segunda planta, cuando de un salto, el lobo a las órdenes de Haraas se echó encima de él, haciéndoles caer a los dos rodando por las escaleras envueltos en un intercambio de mordiscos y un retozar de colmillos afilados como sables. Un momento después, al aterrizar en la primera planta, se separaron para prepararse y cargar de nuevo uno contra el otro. Entonces Eduardo vio el medallón que permanecía rodeando su cuello en forma de collar.

—Eres fuerte para ser tan viejo.

—La vejez te enseña a luchar y a sobrevivir. Únete a nosotros si quieres acabar con tu maldición, no tendrás otra oportunidad, Eduardo.

Iván Moncada

—Jamás le serviré. Haraas te mantiene engañado con la promesa de liberarte de la tuya hasta que consiga lo que quiere, después te matará, pues eres y siempre serás un licántropo.

—Yo hice como tú, pensaba que Dios me ayudaría pero no fue así, él no tiene el poder necesario para liberarnos. Te engañas a la vez que tú engañas a tu hijo con falsas promesas.

Tras aquellas palabras, un segundo envite les hizo revolcarse entre más zarpazos y mordiscos, golpeando las paredes de la casa y rompiendo todo a su paso. Los muebles estallaban en pedazos a cada espaldarazo de los lobos contra ellos y los cuadros de las paredes caían precipitándose y partiéndose contra el duro suelo de madera. Esteban podía oír ahora desde afuera la lucha entre su padre y el cómplice de Haraas cuando sintió algo detrás de él. Dando un salto hacia delante para escapar, se giró haciendo frente a uno de los vampiros que por sorpresa quería atacarle. El vampiro se desplazaba de un lado a otro con movimientos imposibles casi sin dar tiempo a Esteban a encararle y poder defenderse con sus fauces. Durante un momento, el vampiro logró acercarse lo suficiente a Esteban como para rasgar su piel con sus letales uñas, abriéndose paso a través de su piel y carne, pero Esteban reaccionó al instante aprovechando la cercanía del vampiro y él también le hirió en la pierna desgarrándole el músculo de una dentellada y haciendo que éste se separase. Los dos estaban encarados dibujando círculos mientras andaban estudiando a su adversario y buscando un punto débil para atacar. Los gruñidos del lobo se solapaban a los estridentes sonidos del vampiro.

Eduardo y el otro lobo se separaron de nuevo, sus ojos no parpadeaban y mantenían el contacto constantemente. Esta vez Eduardo había conseguido malograr una de las patas de su adversario y éste intentaba no apoyarla mientras permanecían frente a frente, esperando el siguiente y posiblemente último choque de sus enormes y fuertes cuerpos de lobo.

265

—¿Tienes algo más que decir antes de que te arranque la vida?

—Eres un necio y ciego, tú mismo te estás interponiendo entre la absolución que buscas para tu hijo y el remedio que la proporciona. Yo también lo intenté y no conseguí nada.

—Yo no soy tú, a mí el mal no logrará poseerme y servirse de mi sufrimiento como lo hace contigo. Sólo hay un camino para la redención y es el de Dios.

—Él no hará nada por ti. Yo le dediqué toda mi vida, para, como tú, liberar a mi hijo, y mírate…... —terminó la frase el adversario de Eduardo con tono descendente, sabiendo que no debería haber dicho aquello.

—¡Mientes! —gritó Eduardo.

Tras las palabras de éste, las mentes de los dos permanecieron en silencio mientras sus hocicos continuaban arrugados mostrando los dientes de sus grandes fauces y sus miradas tomaban un cariz menos agresivo. Eduardo intentaba pensar, pues sabía que aquel lobo no podía ser su padre, su padre murió cuando él era pequeño, o eso fue lo que su madre le contó en su lecho de muerte tras una fatal enfermedad.

Fuera de la casa, Esteban seguía luchando ferozmente y sin descanso con el vampiro, pero empezaba a tener problemas, ya que el otro vampiro venido desde China se había unido a la lucha contra él. Eduardo oyó a Esteban aullar de dolor en un par de ocasiones a la vez que oía a los dos vampiros emitir sus desagradables sonidos. Estaba en peligro.

—Sabes que él solo no podrá con los dos ¿Le vas a abandonar a su suerte como yo lo hice contigo?

Iván Moncada

Las orejas de Eduardo se movían en dirección a aquellos sonidos, intentando prestar toda la atención posible a su hijo mientras seguía mirando al lobo que tenía enfrente.

—Esta vez la suerte está de tu parte, pero esto no acaba aquí, ¡te encontraré! —exclamó Eduardo.

Después de pronunciar aquellas palabras en la cabeza del que decía era su padre, se dio media vuelta y saltó por el hueco de las escaleras hasta la entrada, saliendo de la casa. Afuera, Esteban estaba enzarzado con uno de los vampiros, mientras el otro esperaba un hueco por el que arrancar la vida del lobo. Al verlo, Eduardo liberó toda su furia y fuerza salvaje saltando sobre el vampiro que estaba de pie, cayendo sobre él y arrastrándolo varios metros desde donde estaba. Presionando bestialmente la cabeza de éste entre sus dientes, los huesos de su cara comenzaban a partirse como frágiles ramas secas de un viejo árbol ante una tormenta. Después, apoyando sus garras sobre el pecho del vampiro, abrió nuevamente sus fauces abarcando todo su cuello, partiéndolo y arrancando su cabeza en un solo movimiento. En el transcurso de la vital ayuda de su padre, Esteban logró revolverse y colocarse encima del otro vampiro intentando alcanzar también su cuello para desmembrar su cabeza, pero el vampiro anteponía sus antebrazos para parar los terribles mordiscos del lobo. Eduardo ahora se acercaba por detrás de su hijo agarrando una de las piernas del incansable vampiro, arrancándosela tras varios tirones y dentelladas para partir los huesos y tendones que la unían. Finalmente, las fuerzas de éste se desvanecieron y Esteban separó la cabeza del vampiro entre los chorros de su gélida sangre.

Tras acabar con aquellos dos vampiros, padre e hijo tomaban aliento mientras escuchaban el sonido de la batalla. Los gritos de los soldados daban paso ahora, únicamente, a los silbidos de las postas y al rechinar de los sables contra el suelo por fallidos mandobles. Los vampiros que quedaban se daban a la fuga, habiendo

267

mermado considerablemente las fuerzas de Fireplace y habiendo matado a uno de los hombres de Eduardo. El resto de licántropos también habían sufrido diversas heridas, entre ellos Eduardo y Esteban, pero se sentían conformes por haber acabado con tres de aquellos vampiros y posiblemente haber herido al resto. Los lejanos aullidos desde la Torre informaban a Eduardo de que allí todo estaba en calma, ninguno de los vampiros se había acercado a la prisión, aunque él sabía perfectamente que lo de hoy había sido pura suerte al cogerlos desprevenidos. No cometerían el mismo error dos veces.

A pesar de la intensa batalla, gritos y aullidos, la magia de la luna llena les había procurado protección ocultando todo aquello bajo su influencia, evitando que las gentes de Londres despertasen alarmadas por lo ocurrido, aunque por supuesto, aquellos a los que la luna perturbaba sin ser licántropos vigilaban las calles desde las esquinas de sus ventanas y tras el anonimato de sus cortinas.

El nuevo día ya estaba cerca, los cansados y maltrechos hombres del comandante recogían a sus compañeros caídos con ayuda de carros. Eduardo y sus hombres retomaron su forma humana, se cubrieron con sus capas y fueron hasta la calle donde su hermano licántropo había perecido para recoger su cuerpo. De pie y rodeando su cuerpo en círculo uno junto al otro, le miraban mientras yacía tumbado en el suelo en su forma humana. El lobo que durante toda su vida había habitado en su interior había abandonado por fin su cuerpo y su alma, la maldición que había corrido por sus venas en vida por fin le liberaba en muerte, esa era la única forma en la que un licántropo podía romper con la maldición. Después de permanecer en círculo durante unos segundos, las nubes se separaron nuevamente para que la luna pudiese envolver su cuerpo con su misteriosa luz sin dejar sombras a su alrededor, como cuando una madre arrulla a su hijo en su regazo, pues para

Iván Moncada

ella eso eran los hombres lobos, sus hijos, a los que en la fría y oscura noche protegía y guiaba con su fuerza y su luz. Todos ellos le miraban, con pena por la pérdida de un amigo y compañero y con envidia de, por fin, poder descansar. Después de aquello, el cielo se cerró completamente ocultando la inmensa luna y haciendo que la lluvia volviera a Londres, justo a tiempo para limpiar las calles de la sangre derramada por los siervos de Haraas.

Iván Moncada

Capítulo 29

Temprano, al día siguiente, los inquietos y perturbados sonámbulos de la ciudad permanecían aún despiertos recordando las imágenes que, a través de sus ventanas, se habían grabado en sus retinas. Algunos de ellos, simplemente daban por hecho que aquello fue una pesadilla producto de su falta de sueño, pero otros salieron a la calle a divulgar sus visiones. Los relatos colmaban y encogían los corazones de los más crédulos, compartiendo el miedo de los narradores y, los demás, a duras penas vislumbraban un ápice de realidad en todo aquello. Fuera como fuese, un rumor sobre lobos y hombres armados intentando cazarlos se extendió por toda la ciudad. Londres era siempre presa fácil de rumores y habladurías, aun así, la Iglesia decidió que sería mejor tranquilizar a la gente para que los guardias de la Torre pudiesen realizar su trabajo, por lo que varios soldados del ejército inglés ahora recorrían las calles informando a la gente de que la falta de alimento en el norte del país había desplazado a algunos animales salvajes hasta aquella zona, pero que todo estaba controlado, lo que algunos habían visto la noche anterior fue a un grupo de cazadores contratados por la ciudad para darles caza, de ahí los disparos y el jaleo de la persecución.

Yamir y los cuatro vampiros restantes se refugiaron en una casa abandonada en el margen inferior del Támesis mientras sus heridas sanaban a las pocas horas gracias a la sangre bebida de aquellos a los que arrebataron la vida. Ahora sabían que su presencia no era un secreto y contra qué enemigos se enfrentaban. Haraas les previno de los licántropos y sabían que se enfrentarían a ellos, pero el ataque de esa noche les cogió por sorpresa, pues no pensaban que serían detectados tan rápido. Ahora debían ser cautos y obrar con precisión, pues el día del regreso del no muerto original estaba cerca y una vez Haraas consumase su regeneración, nada ni nadie podría detenerle.

—¿Crees que ellos saben que tenemos el diamante y por eso nos han atacado? —preguntó Yamir al egipcio.

—No lo creo. De ser así aún estarían acechándonos, pues es muy difícil desprenderse de un hombre lobo.

—Nunca había visto uno antes, son tan fuertes como nosotros, aunque algo más lentos.

—Sí, aunque no poseen nuestros mismos poderes, son nuestros enemigos más peligrosos. A pesar de ser seres que como nosotros se ocultan tras la noche, creemos que su estirpe procede de una antigua maldición, a diferencia de la nosotros, pues existimos desde que le mundo es mundo.

—¿Una maldición?

—Ciertamente no lo sabemos, ya que un día simplemente nos los encontramos y éstos emprendieron batalla contra nosotros como si hubiesen sido creados para ello.

—Cuéntame la maldición, quiero saber más sobre esos hombres lobos.

—Está bien. *Según una antigua historia, hace cientos y cientos de años en las tierras que ahora llaman España, hubo un hombre que*

Iván Moncada

quedó prendado locamente de una bella mujer, pero ella no correspondía el amor que él le profesaba. Después de algún tiempo, el hombre ya
no pudo aguantar más el dolor que le producía el tan siquiera pensar
en ella, por lo que fue a pedir ayuda a una bruja que vivía en el norte
de la región. La bruja vio el dolor que el hombre sufría y le dijo que
solo una cosa se podía hacer, pues lo que ella anhelaba no era solamente
un hombre, sino un hombre poderoso, y él era tan solo un simple cazador. El apenado hombre le preguntó si con una poción de amor
conquistaría su corazón y ella le respondió que no, pues la mujer que
eligió carecía de amor y tenía vacío aquello que él quería conquistar.
Entonces él le dijo que no le importaba si ella le quería, pues pensaba
que con el tiempo se enamoraría de él y quería poder estar con ella para
el resto de su vida, a lo que la bruja respondió que para eso haría falta
un potente hechizo.

—¿Y lo hizo? —preguntó Yamir.

—Sí. La bruja le dijo que el hechizo sería muy costoso y que el
precio sería alto, pero él tanto la amaba que respondió a la bruja que le
pidiese lo que quisiera y así ella lo hizo. Le pidió que, ya que era cazador, debería matar para ella a una terrible bestia que había estado
matando el ganado de una aldea cercana y que ahora rondaba su casa
para comérsela, pues vivía sola y estaba indefensa. El cazador, sin dudarlo aceptó y la bruja conjuró el hechizo haciendo que el padre de la
joven se la diese en matrimonio. El cazador obtuvo sus nupcias con la
mujer que amaba y, tal y como prometió, salió a matar a la bestia. Tras
varios días rastreando logró dar con ella, dándose cuenta de que la
temible bestia que todos decían no era más que una loba que al arropo
de la noche cazaba para tener fuerzas y poder amamantar a sus crías.
El cazador, ahora, era un hombre feliz por estar junto a la mujer que
amaba y la imagen de aquella madre cuidando de sus crías le impidió
cumplir su promesa, pero pensó en una solución y colocó restos de un
oso muerto que encontró alrededor de la casa de la bruja para que su
olor espantase a la hambrienta loba. Aquello funcionó y durante largo

273

tiempo la bruja a la loba no vio, pero los que antes eran cachorros en feroces lobos se habían convertido y, una noche de luna llena, fueron hasta la casa de la bruja. Irrumpiendo en la casa la atacaron y mientras la mordían para matarla y comérsela, ésta supo que el cazador no cumplió su acuerdo, por lo que comenzó a maldecirle mientras era devorada. Sobre el cazador cayó la terrible maldición de la bruja y a partir de entonces, éste sufriría para siempre perdiendo a la mujer que amase y convirtiéndose en la bestia que no mató en cada luna llena para acordarse de la promesa que rompió.

El cazador no sabía nada de lo que le había pasado a la bruja, pero al día siguiente de su muerte y, al llegar a casa, encontró a su mujer con otro hombre en su lecho, partiéndole después aún más el corazón al huir con él. A las pocas semanas y estando el cazador cazando en el bosque, la noche llegó y con ella la luna llena. Entre terribles dolores el hombre se convirtió en lobo y como el resto de animales vagó por el bosque hasta el día siguiente. El cazador ya sabía por qué le pasaba todo aquello, pues cuando su mujer le dejó fue a ver a la bruja de nuevo y solo encontró pisadas de lobo y restos de la anciana mujer. Sin nada ya que perder, el hombre se dirigió a un descampado y con su cuchillo se arrancó la vida. Pero su maldición no acabo con él, pues lo que no sabía es que su mujer, antes de dejarle, encinta se quedó portando así su vástago la maldición.

—En India también hay hechiceros y una historia parecida sobre un hombre que se transforma en jaguar.

—La magia está por todas partes y algunos de los que la practican son muy poderosos, pero cada vez hay menos brujos y hechiceros por el mundo y, seguramente, en algunos siglos más habrán desaparecido por completo, ya que no son inmortales como nosotros y tienen muchos enemigos.

—Mira tu brazo, las heridas ya han cicatrizado.

Iván Moncada

—Sí, nuestras heridas sanan rápido, aunque sólo las pequeñas.

—Sí, ya he visto lo que ocurre con las grandes y también si nuestra cabeza es separada del cuerpo, como esos hombres lobo hicieron con Warstman ¿Crees que debiéramos ir a un sitio más escondido que éste?

—No, el sol nos debilita y ya calienta la tierra, será mejor que permanezcamos aquí dentro y descansemos para recuperar fuerzas para la noche —decía el vampiro egipcio mientras por una rendija de la pared de la casa veía cómo el exterior se hacía claro a pies del astro rey.

Mientras tanto, uno de los monjes de la Abadía atravesaba la gran nave central para dirigirse al altar y cambiar los bordados manteles que lo cubrían. Se acababa de levantar no hacía mucho tiempo y, debido a su edad, sus ojos no le ofrecían la claridad y calidad de visión que tenía cuando era joven para desplazarse sin tropezar con nada en su camino a través de la penumbra del amanecer, pero tanto él, como cualquiera de los clérigos de la Abadía, la habían recorrido tantas veces que podrían atravesarla incluso con los ojos cerrados.

Una vez en el altar, empezó a retirar las cosas que había encima con gran cuidado para luego vestirlo de nuevo con ropa limpia, pero mientras lo hacía comenzaba a notar que algo le molestaba. Su vista le recordaba lo viejo que era, pero su oído se había afinado con el paso de los años en las largas horas de silencio que le acompañaban como hombre de Dios. Aquello que enturbiaba su paz no era otra cosa que la lluvia del exterior, pero precisamente era eso lo que le molestaba, ya que parecía que él estuviese en la calle cuando lo que estaba era dentro de la Abadía. Girando su cabeza para dirigir su audición y poder localizar el irritante ruido, comenzó a caminar lentamente tras él. A su eficaz oído le seguía su

275

nublada vista mirando hacia los hermosos y coloridos vidrios de los arcos en busca de alguna posible rotura, pues solamente de alguno de ellos podía provenir el incesante golpear de las gotas de lluvia. A primera vista no encontró nada, pero siguiendo el sonido un rato más, y tras una columna, halló el foco del mismo. —¡Dios mío! —exclamó al verlo, ya que el tamaño del agujero abarcaba el espacio suficiente como para que alguien hubiese podido acceder al interior de la Abadía y un reguero de mojadas huellas partía desde los cristales rotos del suelo hacia el interior del Claustro. Rápidamente, recogió su túnica con sus dos manos a la altura de las rodillas para que ésta le permitiese dar zancadas más largas e ir a avisar a Su Ilustrísima, pero su cuerpo estaba tan deteriorado como su vista, haciendo sus pasos demasiado pesados, así que a la vez que caminaba intentaba alarmar al resto de la congregación dando gritos de socorro.

Pronto, los soldados que el Obispo había pedido para proteger la Abadía y el misterioso objeto traído por los hermanos romanos aparecieron, pero era demasiado tarde, pues corriendo, se dirigieron a la sala en la que mantenían el preciado objeto bajo llave, dentro de un robusto y pesado baúl, y ya no estaba.

El Obispo fue llamado y apareció enseguida, no daba crédito a lo que veía, el baúl estaba abierto y vacío sobre el suelo.

—¡Cómo es posible, cómo es posible! —decía mientras miraba atónito el gran y vacío baúl.

Los hermanos que, con el jaleo, acudieron hasta allí y vieron lo que había pasado comenzaron a persignarse.

—¡Que Dios nos ayude! —decía uno de ellos mientras comenzaba a rezar uniéndose a los que ya lo estaban haciendo.

—¿Cómo es posible que no hayáis visto al ladrón? —preguntaba el Obispo a los guardias sin quitar ojo del baúl.

276

—No lo sabemos, Su Ilustrísima, no hemos oído nada y no hemos dejado de hacer rondas ni un solo momento para cubrir a los guardias que nos faltan y que esta noche fueron reclamados por el comandante Fireplace.

—¡Dios mío! Hacedor de la tierra y el cielo, no dejes que caiga en sus manos, ayuda a tus hijos —le pedía el Obispo al Creador mientras se echaba las manos a la desnuda cabeza y trataba de pensar.

El ladrón había aprovechado las mermadas defensas de la Abadía, cuyos efectivos se habían unido en la contingencia al ataque de la casa de Warstman, y el barullo de la batalla en las calles de la ciudad, para robar la única cosa que podría ayudar a la Iglesia si Haraas lograse restituir su poder.

Los soldados corrieron a revisar toda la Abadía por si el ladrón estuviese todavía allí, pero tras una hora de registro, no encontraron a nadie. El Obispo pensaba que quizás hubiese sido el hombre lobo que ayudaba a Haraas, pues sus siervos no podían entrar en suelo santo.

—Id a avisar a los guardias de la Torre, decid a Eduardo que han robado el *sanctus cultro* —dijo el Obispo dirigiéndose al jefe de los guardias.

—Enseguida, Su Ilustrísima —respondió éste abandonando la sala en la que estaban para hablar con uno de sus guardias.

—Ve a la prisión y pide hablar con urgencia con su jefe Eduardo, dile que llevas un mensaje del Obispo. Dile a Eduardo que el *sanctus cultro* ha sido robado.

—¿Qué es eso? —preguntó el guardia, pues no sabía nada de latín.

—*Sanctus cultro* quiere decir cuchillo sagrado, ahora corre y ve a comunicárselo.

277

—Sí, enseguida —respondió el guardia a la vez que daba media vuelta y comenzaba a acelerar hasta paso ligero.

El mensajero que portaba la fatal noticia llegó a la Torre después de una buena carrera y comunicó lo ordenado a Eduardo. Después de oír las noticias, éste se dirigió rápidamente a la Abadía para ver lo ocurrido y encontrarse con el Obispo.

—Su Ilustrísima —dijo Eduardo al ver al Obispo sentado en una silla totalmente abatido.

—Eduardo, se lo han llevado, han robado el *Sanctus cultro* —le decía el Obispo a Eduardo afligido por lo que aquello representaba.

—No os preocupéis, lo encontraremos.

Con Eduardo había ido uno de sus guardias, que era un tremendo cazador y excelente rastreador. Sin mediar palabra y con sólo una mirada de Eduardo, éste se agachó y comenzó a olfatear, dirigiéndose primeramente al vacío baúl. Tras un momento, el licántropo emergía del humano cuerpo del guardia, dejándose ver en sus ojos y boca, que ahora permanecía abierta mientras que la piel de su labio superior se arrugaba ligeramente hacia la nariz y su saliva comenzaba a brotar al capturar el olor de su presa.

—No es licántropo, es humano —le dijo a Eduardo sin ni tan siquiera girar la cabeza para seguir analizando aquel olor.

—¿Un simple mortal? —preguntó extrañado.

—Sí y reconozco su olor.

—¿Lo reconoces? ¿Quién es pues?

—Es el hombre al que encontramos en la casa aquel día, cuando el otro licántropo trataba de matarlo.

—¡Qué! —dijo Eduardo extrañado, pues no pensaba que aquel acobardado y miedoso hombre lo hubiese podido hacer.

278

Eduardo pensaba que ese ladrón carroñero estaría ya lejos de Londres para salvar su insignificante vida después de haber visto lo que vio, pero el olfato de su hombre era infalible, por lo que sin duda era él.

—Encuéntralo —le dijo Eduardo al rastreador mirándole de lado y con la cabeza agachada por la ira de no haber arrancado la cabeza de aquel nauseabundo hombre cuando tuvo la oportunidad.

El hombre de Eduardo se puso de pie, miró a Eduardo, y con un gesto de confirmación con la cabeza se giró y salió en su busca.

*   *   *

Ian había pasado toda la noche en la taberna arropado por la compañía de la gente, ya que pensaba que el hombre lobo que le atacó no lo intentaría de nuevo en un sitio con tantos ojos como testigos. Una y otra vez pensaba en qué hacer entre pintas de cerveza y el reconfortante fuego que el tabernero avivaba constantemente para mantener a sus clientes sedientos. Pensaba que lo mejor sería huir de Londres, pero él nunca había salido de la ciudad en la que nació, Además no era un hombre el que intentaba matarle, sino una bestia de los infiernos enviada por una bruja con aspecto de mujer, por lo que seguramente le daría caza se escondiese donde se escondiese. Tras mucho rato de meditación y de hablar consigo mismo a la vez que gesticulaba debido a los efectos de la translúcida y espesa bebida marrón, pensó en que si conseguía aquello que la mujer quería, y él no pudo conseguir la primera vez, quizás le dejase en paz y pudiese salvar su vida. —¿Y por qué no volverlo a intentar? Tú puedes hacerlo, lo has hecho muchas veces, has entrado en muchas casas, y total, la Abadía es

279

tan sólo una casa grande —se decía e intentaba convencerse a sí mismo al tiempo que su miedo comenzaba a ser sustituido por un falso coraje proveniente de la cerveza bebida y que finalmente le llevaría a atravesar la ciudad bajo la lluvia para entrar en la Abadía.

Ahora tenía lo que la joven mujer le pidió que robase para evitar que el hombre lobo le matase, pero el efecto de la falsa valentía del alcohol se le había pasado y el haber estado toda la noche sin dormir hacía que fuese dando tumbos por las calles. Tenía que descansar algo antes de llevárselo a la chica, por lo que se escondió para dormir un rato sin saber que ahora era otro el licántropo que iba tras su rastro.

*   *   *

Haraas había estado viendo y sintiendo la batalla a través de las mentes de sus discípulos con rabia de aún no poder segar la vida de aquellos que le custodiaban. Pero ya quedaba poco, pues en algunas horas cumpliría el letargo de su antaño despojado corazón, pudiendo nuevamente ser unido a su cuerpo y recobrando así todo su poder y maldad. La humanidad había prosperado y crecido en la ausencia de su anterior ser mientras que, como un simple animal, se alimentaba a la espera del momento de su regreso. Pero éste ya había llegado y, nuevamente, resurgiría de los infiernos para doblegar al mundo ante sus pies. Con ayuda de sus fieles siervos debía traer el diamante hasta él y consumar la unión mediante la sangre de un alma pura, pues sólo de esa forma lograría que el poder de aquel diamante, que una vez fue su satánico corazón, volviese bajo su pecho. Y para ello necesitaba a la chica.

Alfonso se sentía impotente por no haber podido ayudar a sus hermanos licántropos en la lucha, pues había estado custo-

Iván Moncada

diando a Desirée durante toda la noche, permaneciendo pétreo en su puesto mientras oía los lejanos ruidos del combate. En pocas horas más, después del mediodía, Esteban vendría de nuevo a sustituirle.

La chimenea de la panadería comenzaba ya a echar humo. Tom había encendido el fuego del horno para calentarlo mientras amasaba y preparaba los trozos de masa para hornear. Una de las ventanas de la planta de arriba era abierta un par de dedos por la madre de Desirée para airear la habitación, mientras Alfonso no perdía detalle de todo lo que veía.

En la Torre, después de volver de la Abadía, Eduardo le contaba a su hijo las palabras que escuchó del hombre lobo contra el que luchó aquella noche. Esteban no podía creer lo que oía, al igual que Eduardo no podía creer que aquel lobo fuese su padre, pero la sensación que había tenido estando frente a frente con él y la forma en la que se expresaba, dejando entrever ciertas emociones, hacía que Eduardo tuviese dudas sobre todo aquello.

—Es todo muy extraño, padre. ¿Crees que de verdad pudiera ser tu padre? ¿Te dijeron que murió, no?

—Sí, eso me dijo tu abuela antes de morir, pero quizás pudiera ser una mera forma de decir que para ella estaba muerto por ser lo que era, no lo sé, yo era muy pequeño.

—¿Cómo se llamaba?

—Tu abuelo, el padre al que apenas conocí, se llamaba Gaspar.

—Pero entonces, puede que diga la verdad ¿No?, aunque eso no cambiaría el hecho de que está ayudando a nuestro preso.

—Cierto.

—¿Crees que pueda ser cierto lo de la maldición? ¿Lo de que él podría acabar con nuestro pesar?

—De ninguna manera, sé cómo piensa y actúa ese ser y sus siervos. Destruyen y se aprovechan de todo aquel que se cruza en su camino para utilizarlo y después lo matan.

—Entonces, cuando sus siervos vengan a intentar liberarlo, él vendrá con ellos para atacarnos ¿Verdad?

—Supongo que sí, habrá que tener especial cuidado con él, pues si en verdad es de nuestra familia puede sentir en cierta manera lo que nosotros y anticiparse a nuestros actos.

—Seré cauto padre, ahora he de ir a encontrarme con Desirée.

—Lo sé, también he podido notar que sientes algo por ella ¿verdad?

—Sí padre, así es.

—Sé cauto también con eso, pues ya sabes cómo es nuestra vida y el riesgo que conlleva querer a alguien que nunca entendería nuestra maldición y el gran peligro que supone para ella.

—Lo sé padre, pero creo que quizás ya no pueda y no quiera dar marcha atrás.

—Lo comprendo, ten cuidado hijo y ve con Dios.

Tras las palabras de Eduardo, Esteban salió de la alcoba de su padre para dirigirse hacia la panadería. Estaba algo cansado por la dura batalla de la noche y su cuerpo estaba algo magullado por los arañazos y mordiscos de los vampiros, pero su juventud y energía, junto con el deseo de ver a la mujer de la que se había enamorado, le procuraban la fuerza suficiente como para batallar contra toda criatura a la que se enfrentase.

Al llegar a *Baker Street*, Esteban vio a Alfonso y se dirigió hacia donde estaba. Al llegar a su altura, Esteban y Alfonso cruzaron sus miradas conectando sus seres licántropos de forma que

Alfonso le comunicó a Esteban todo lo que había visto durante su guardia. Después, sin haber intercambiado ni una sola palabra, Alfonso se giró y comenzó a andar por la calle para dirigirse a la Torre.

Ahora era Esteban el que, como Alfonso, recorría la calle de un lado a otro esperando a Desirée. Mientras lo hacía no podía evitar recordar cuando hicieron el amor y lo feliz que se sentía de amarla, pero las palabras de su padre venían a su cabeza y le recordaban cómo solían acabar las relaciones de aquellos que soportaban la maldición, menguando su eufórico amor.

Unas campanas sonaban en la distancia indicando que eran las dos de la tarde cuando, Desirée, apareció tras abrirse la puerta de la panadería. Con el mismo deseo que Esteban tenía de verla a ella, Desirée salía para encontrase con él, hoy con el vestido de faena puesto por haber estado todavía ayudando a su padre, habiéndose cambiado solamente el delantal por uno limpio. Su mirada barría la calle de un lado a otro hasta que encontró a Esteban, allí estaba, a cuatro casas de distancia esperando a que ella saliese de la panadería.

Con una gran sonrisa en la cara, Desirée se acercó a Esteban mientras él la correspondía con otra sonrisa. Estando casi a su lado, Desirée se giró para ver si su madre la estaba observando y de esa forma hacer entender a Esteban que sería mejor mantener las distancias hasta haber abandonado la calle en la que vivía. Una vez anduvieron un rato y se alejaron de la zona dejando atrás los curiosos ojos de los vecinos, se dieron la mano.

— Te he echado de menos — decía Desirée.

— Y yo a ti, a pesar de que sólo hemos estado separados unas horas.

— Sí, lo sé, pero me moría por estar junto a ti — respondía mientras reía cómplice de su amor por él.

283

—¿Dónde quieres que vayamos?

—No sé, si quieres vamos donde ayer a pasear y luego vamos al granero —volvía a reír.

Estando nuevamente en las afueras de la ciudad y otra vez cerca del punto de reunión al que Desirée solía ir con sus amigas, Esteban la rodeó con sus brazos para besarla. El contacto físico entre los dos había hecho que, en sus besos, hubiese desaparecido el decoro de la primera vez, entregándose ahora sin temor el uno al otro con total compenetración.

Durante un rato pasearon envolviéndose en más besos y palabras dulces de amor, hasta el momento en que Desirée echó a correr jugueteando con Esteban. Fue entonces cuando, de repente, ella se paró en seco y su cuerpo sufrió una especie de espasmo que hizo tensar todos sus músculos poniéndose de puntillas y volviendo a su estado normal segundos después. Esteban se acercó corriendo para ver qué le pasaba y entonces lo vio. Todos en la torre sabían que Haraas había tomado su mente y, seguramente, le hubiese ordenado hacer algo por él, pues su padre lo vio en una premonición. Pero lo que no sabían, era que lo que hacía es poseer su cuerpo, ya que el aura de Desirée había crecido y se había ennegrecido como el carbón y en sus ojos se podía ver la huella de aquel despreciable ser. Esteban se encaró a la mujer que amaba y cuyo cuerpo estaba siendo profanado por Haraas mientras sus ojos de licántropo agrandaban sus pupilas y sus iris tornaban en un brillante y anaranjado color en respuesta al posible peligro.

—¡Sal de ella, demonio inmundo! —le gritaba Esteban con una profunda, grave y sobrecogedora voz que emanaba de las entrañas del lobo que salvajemente quería emerger.

—¡Sal de ella te digo! ¡Nada podrás hacer, pues yo te lo impediré! ¡Abandona su cuerpo! —continuaba Esteban una y otra vez.

Iván Moncada

Entonces, con la mirada perdida, Desirée comenzó a andar hacia Esteban sin inmutarse. Esteban comenzó a girar lentamente alrededor de ella en espera de una respuesta o reacción antes de convertirse, pues no quería atacarla, ya que ella moriría y el ser que la controlaba nada sentiría. Pero Esteban pronto se dio cuenta de que, por alguna extraña razón, él era invisible a sus ojos, ya que comenzó a pasar por delante de su amada y a hablarle a la vez que movía sus brazos para llamar su atención sin recibir respuesta alguna.

Eduardo no se lo había contado todo a su hijo, pues aunque no se lo dijo a nadie, en su premonición también vio cómo Esteban se enamoraba de la muchacha, así que decidió darle la medalla de su esposa para proteger a la chica de él mismo, ya que el cordel del colgante fue hecho por su madre con cabellos de su hijo licántropo en estado de transformación y resina para endurecerlo; la medalla fue hecha por una bruja para mantener un encantamiento sobre el pelo del cordel, para que de esa manera, cuando su hijo estuviese transformado, no pudiese ver, oler, ni oír a su madre y evitar que la pudiese atacar. Ahora esa misma medalla era la que impedía que Haraas, estando en posesión del cuerpo de Desirée, pudiese ver a Esteban.

Esteban pensaba que la medalla que su padre le había entregado no había funcionado contra aquel ser, quizás porque no era simplemente control mental, sino posesión, aunque, fuera como fuese, decidió que lo mejor sería seguirla aprovechando la circunstancia de que Haraas no podía verle a través de Desirée.

Expectante, permanecía detrás de ella a varios metros de distancia, cubriéndose con la capucha de su túnica para evitar que nadie se diese cuenta del brillo y color de sus ojos por estar semi-transformado estando tan cerca del malévolo poder de Haraas. No sabía hacia donde se dirigían, Desirée estaba atravesando la ciudad de Este a Oeste como una marioneta a manos de su titiritero.

Después de un rato caminando, ya habían alcanzado la parte más occidental de la ciudad. El adoquinado pavimento de las calles desaparecía, quedando solamente la desnuda arena del camino y las últimas casas se alejaban unas de otras aumentando el espacio entre ellas, formando terrenos delimitados por bajos cercados para el ganado. El camino de tierra que había tomado Desirée solamente podía guiarla hacia un viejo molino, por lo que Esteban permanecía completamente alerta, ya que creía que estaba yendo a encontrarse con el licántropo que decía ser su abuelo.

Desirée atravesó la valla de entrada a la parcela del molino en la que el camino terminaba. Esteban se agachó y se escondió tras las maderas de la cerca, a la espera de ver con quién se iba a encontrar Desirée o qué era lo que iba a hacer. El sonido de un chorro de agua cayendo llamó la atención de Esteban, que se desplazó para tener una buena visión del lugar de donde provenía el sonido, viendo a un hombre que, frente a uno de los laterales de las paredes exteriores del molino, estaba apoyado con una mano sobre la pared mientras orinaba. A través de los oídos de Desirée, Haraas también lo escuchó y se dirigió hacia el hombre.

—Creo que tienes algo para mí. ¿Verdad?

El hombre acababa de terminar de orinar cuando, al oír aquellas palabras, miró a Desirée. Era Ian, se acababa de despertar y había salido del escondrijo en donde estuvo durmiendo dentro del molino. Del susto que se dio al verla, se cayó sobre la empapada arena al tropezar con las tablas del suelo sobre las que había estado orinando. Desde el frío y duro barro y tras unos segundos en los que su corazón se desaceleró lo suficiente como para que no le diese un infarto y su cerebro pudiese pensar, reaccionó respondiendo a la pregunta que la mujer le había hecho.

Iván Moncada

—Sí, sí, sí........lo tengo, lo tengo, justo aquí, logré robarlo para ti, aquí está, mira —decía mientras sacaba algo envuelto en tela de entre detrás de la chaqueta y su espalda.

—Bien, veo que Gaspar te ha persuadido para que completes el trabajo que te encomendé —se dirigía Desirée a Ian a la vez que cogía la pieza robada de la Abadía.

—No hacía falta, mi señora, no hacía falta, pensaba hacerlo, sólo que buscaba el momento adecuado —temeroso le decía Ian a Desirée, estando ahora de rodillas y sin saber que aquella chica nada tenía que ver con quien hablaba realmente.

Sin más dilación ni palabras por su parte, Desirée se dio la vuelta y cogió el camino de nuevo para regresar a la ciudad. Esteban seguía oculto tras la valla y esperó a que ella pasase. Había visto lo que Desirée cogió de aquel hombre, al que Esteban reconoció por su olor y las imágenes que su padre le transmitió esa misma mañana, cuando se enteró del robo. Sin duda la había entregado el cuchillo, todavía estaba envuelto en la misma tela litúrgica que tenía cuando éste lo robó. A su espalda, Esteban sintió a uno de sus compañeros que acababa de llegar, era David, el rastreador que su padre había enviado en busca de Ian y que le dijo a Esteban a través de sus ojos:

—Veo que te me has adelantado, Esteban.

—Haraas ha poseído el cuerpo de Desirée y la he seguido hasta aquí.

—¿Dónde está el cuchillo?

—Lo tiene ella.

—¿Y por qué has permitido que ella lo coja?

—No tengo elección, no quiero hacerle daño, ya sabes lo que siento por ella.

287

—Sí, todos lo sabemos, recuerda que, nos guste o no, somos una manada.

—Debemos de ir tras ella antes de que se escape, no podemos perder el cuchillo de vista.

—Lo sé, pero adelántate tú, tu padre me dijo que recuperase el cuchillo y evitase más robos —le dijo a Esteban mientras dirigía la vista hacia Ian.

—Entiendo —añadió Esteban mientras iba nuevamente tras Desirée.

David se puso de pie y andando directamente hacia Ian, se acercó para cumplir las órdenes de Eduardo, pues, tras la mano de Haraas, aquel hombre había puesto en peligro a todos los seres humanos y debía ser castigado para que no hiciese más daño a otros, ya que era un ladrón de mala vida al que sólo Dios podía perdonar.

Ian estaba de pie sacudiéndose los pantalones para limpiarse la porquería que se le pegó al caer cuando vio a un hombre acercarse a él. Sin una sola palabra o gesto de ningún tipo, David le propinó una bofetada con el dorso de la mano que le lanzó varios metros por los aires haciéndole caer tendido en el suelo. Media cara de Ian estaba envuelta en un agudo dolor mientras trataba de respirar, pues con el tremendo golpe de la caída había perdido la respiración. David se iba a acercar de nuevo a él para acabar el trabajo cuando un olor transportado por el frío aire llegó hasta su olfato, era el mismo olor del hombre lobo al que siguió cuando encontró a Ian la primera vez, pero a David no le dio tiempo a reaccionar cuando éste ya se hubo echado sobre él. David se transformó estando ya boca arriba en el suelo y bajo las garras de Gaspar. Mordisco tras mordisco, los dos licántropos luchaban salvajemente revolcándose por la tierra y separándose solamente para ponerse sobre sus patas traseras y embestirse uno al otro de nuevo

288

para continuar luchando. La sangre empapaba y pegaba los pelos de sus pelajes a su paso desde las heridas producidas por sus afilados y fuertes colmillos hasta el suelo, mientras sus hocicos y fauces eran también teñidos con roja furia. David era más joven y fuerte que Gaspar, pero por su edad y experiencia, éste era muy difícil de combatir, pues se revolvía con gran soltura evitando las peores dentelladas de David. Hasta que, en uno de ellos, Gaspar logró coger a David por detrás, asestándole un mortal mordisco en el cuello, justo en la garganta. Durante unos segundos, Gaspar notaba cómo el hombre lobo contra el que había estado luchando se ahogaba con su sangre mientras que él seguía ejerciendo una gran presión sobre la garganta que había partido y colapsado con sus colmillos. Algún espasmo y cortos movimientos de patas le seguían y los ojos de David poco a poco perdían su feroz y cautivador brillo, mientras los párpados se unían uno junto al otro para no abrirse más. Seguidamente, su noble corazón se paraba lentamente, mientras que su cuerpo recuperaba su aspecto humano. Entonces, Gaspar le soltó y se retiró a la vez que él también se hacía humano. Acto seguido se acercó a él y, durante unos segundos, permaneció mirándole en silencio guardándole respeto, pues aunque hoy habían sido enemigos y uno de ellos hubiese muerto, llegaría un día en el que se encontrarían de nuevo en el cielo, bajo la protección de la madre luna.

Un sollozo de dolor interrumpió a Gaspar, era Ian quejándose a la vez que intentaba ponerse de pie para huir, ya que, aunque inmóvil por el dolor y con falta de respiración, había visto cómo se transformaban y peleaban. Gaspar le miró y se acercó a él pensando en que era tan frágil e indefenso como un conejo herido. Sin problema podría haberse deleitado destripándole como tenía pensado el día que fue a buscarle, pero la lucha con David había sido intensa y su imagen abandonando su cuerpo le había dejado una funesta sensación, por lo que decidió que acabaría con él rápidamente para no hacerle sufrir.

289

Gaspar se agachó y le agarró por el cuello elevándolo del suelo mientras éste todavía intentaba recobrar completamente la respiración, después, miró a sus aterrados ojos de los que brotaban lágrimas de dolor y miedo y lo arrimó a su pecho sujetándole la espalda con una mano y la cabeza con la otra a la vez que las giraba bruscamente, partiéndole el cuello y acabando con su vida.

Ya acababa el día y oscurecía nuevamente, Esteban había seguido a Desirée mientras ésta regresaba directamente de nuevo a su casa portando el cuchillo; Esteban estaba angustiado por ver cómo Haraas la manejaba a su antojo poniéndola en peligro, pero no podía hacer nada por ella más que vigilarla. Había pasado mucho rato y, extrañamente, David no se había unido a él, pero pensaba que quizás hubiese ido directamente a la Torre para informar a Eduardo de que el cuchillo sagrado ya había sido encontrado, aunque tenía la sensación de que algo había pasado. La vigilancia de esa noche la iba a hacer José, que ya se acercaba por el fondo de la calle, pero Esteban al verle le dijo dónde había estado con David y qué había ocurrido con el cuchillo, pidiéndole que volviese a la Torre para asegurarse de que David había llegado para informar a su padre.

Dentro de la casa de Desirée, su madre estaba planchando la ropa, aprovechando las ascuas del horno sobre las que ponía la base de hierro en la que ponía la plancha para que se calentase. Al ver a Desirée, su madre pensó que su cita con Esteban había ido mal, pues cuando entró por la puerta le preguntó que tal lo había pasado y Desirée solamente le respondió, monótona y seria:

—Bien madre, voy a mi habitación.

—Los jóvenes hoy en día son cada vez más raros —pensaba para sí misma su madre mientras colocaba la plancha nuevamente en la base de metal para que se volviese a calentar y terminar de doblar la ropa recién planchada.

Unos ojos silenciosos habían observado cómo Desirée entraba en la casa. Escondido entre las vigas de madera del techo, Yamir veía cómo su maestro era capaz de poseer un cuerpo y hacer que ni sus mismos familiares se diesen cuenta de ello. Haraas le había hecho ir a la casa de la chica con el diamante, pues en unas pocas horas debía de consumar el acto por el que el diamante se convertiría en corazón nuevamente y necesitaba tener todo bien preparado.

Yamir subió a la habitación de Desirée, evitando la tentación de probar el cuello de su madre. Una vez allí, se encontró con Desirée que estaba esperándole de pie junto a la cama.

—*Bienvenido, Yamir.*

—Maestro —dijo Yamir arrodillándose ante el cuerpo de la chica.

—*Dentro de poco seremos los dueños del mundo y nuestro poder hará que nuestros enemigos corran a esconderse de nosotros, déjame verlo* —le dijo a Yamir extendiendo su brazo y abriendo la mano.

—Aquí tenéis, mi señor.

—*Míralo, el poder que antaño me arrebataron por fin en mis manos de nuevo, esta noche la tierra se estremecerá a mi llegada* —decía Haraas paseando el enorme diamante entre las manos de Desirée para sentir su tacto a través de sus dedos.

—*Escucha ahora con atención lo que debéis hacer.*

Haraas le explicaba a Yamir los pasos que debían de seguir para poder hacer llegar el diamante físicamente hasta él mientras que afuera, en la calle, Esteban esperaba noticias de José a la vez que todavía podía sentir cómo Haraas usurpaba el cuerpo de Desirée mientras que su presencia ocultaba la de Yamir, haciéndola imperceptible a sus sentidos.

Como si un zumbido azotase la cabeza de Esteban, las imágenes del cuerpo sin vida de David, tendido en el suelo junto al de Ian, se colaban en su mente. Era José, había ido a la Torre a ver si estaba David tal y como éste le dijo, no encontrándole. Al contarle a Eduardo lo que Esteban dijo, le envió a él y a otro de los guardias a buscarle, ordenándoles informar de inmediato. Las heridas que Esteban veía en el cuerpo de David le desvelaban que era el licántropo traidor quien le mató.

Las imágenes que José le había transmitido a Esteban desaparecieron de repente, a la vez que sentía una fuerte presión en el pecho que, súbitamente, se disipó dando paso a un desagradable escalofrío que se hizo con su cuerpo mientras una sucesión de nuevas imágenes volvía a su cabeza, pero esta vez no era de ninguno de sus hermanos licántropos, la sensación era muy distinta y las imágenes extrañas para Esteban. Las imágenes de un diamante gigantesco entre las manos de alguien se colaban en su pensamiento, seguido de la cara de un niño extranjero, un niño de piel oscura y ojos rojos como la sangre. Esteban no sabía qué era aquello hasta que se dio cuenta de quién eran las manos que sujetaban el diamante. Eran las de Desirée, de alguna forma o alguna extraña conexión entre ellos, debido a su amor y a la medalla que ella tenía en el cuello, le estaba transmitiendo algunas de las imágenes y sentimientos que, a través de los ojos de Desirée, pasaban a su mente aunque ésta estuviese físicamente apartada de su cuerpo por la posesión de Haraas. Inconscientemente, Esteban pensó en su padre y en la medalla que le dio a la vez que las veía, por lo que Eduardo pudo sentir también la imagen del diamante que su hijo había visto, sintiendo lo que representaba para Haraas.

Esteban miró bruscamente hacia la ventana de Desirée, el niño que veía en las imágenes era un vampiro y estaba también dentro de la habitación, por lo que Esteban supo entonces que ella estaba en peligro mortal y algo tenía que hacer. Los ojos de Esteban se encendieron y sus dientes se agrandaron, iba a entrar, pues temía que ahora que tenían el cuchillo, Haraas acabaría con la vida de Desirée. Esteban se preparó para irrumpir por la ventana de la habitación de un solo salto, pero en ese momento, sintió cómo unos brazos le agarraban por detrás y unos colmillos se clavaban en su espalda. El dolor era intenso y el atacante extraordinariamente fuerte. Girando la cabeza, Esteban pudo ver quién era, era un vampiro, un vampiro de piel morena y una larga trenza que le estaba atacando a la luz del atardecido día, con la gente todavía deambulando por las calles.

La gente que estaba viendo cómo un hombre se había echado encima de otro por la espalda y le estaba mordiendo como un animal salvaje, se apartaba asustada por tal violencia, pero cuando vieron la aterradora cara del vampiro y segundos después cómo el hombre que estaba siendo atacado se convertía en un gigantesco y descomunal lobo que, mordiendo la pierna del atacante lo lanzó por los aires quitándoselo de encima, todos comenzaron a correr entre gritos.

Esteban quería a toda costa entrar en la casa, pero el vampiro se lo impedía mientras que, tras los cristales de la panadería, unos clientes y los padres de Desirée gritaban de pánico al ver aquellas dos criaturas luchando entre sí.

Yamir y Desirée habían abandonado la casa gracias al vampiro egipcio que mantenía a raya a Esteban, pero los gritos de las gentes llegaron rápidamente hasta los muros de la Torre, al igual que el sentimiento a Eduardo de que su hijo estaba en peligro. En plena ciudad y a la luz del moribundo día, los vampiros se habían atrevido a atacar a la vista de todo el mundo, ya nada importaba lo que la gente viese o pensase, una batalla sin parangón había comenzado. Eduardo gritó a sus hombres para que se preparasen, el momento había llegado, los aullidos de los Beefeaters, como los londinenses llamaban a los guardias de la torre, se oían por toda la

293

ciudad estremeciendo a todo aquel que los escuchaba. Los hombres de Fireplace que rondaban por las calles trataban de dirigirse hacia donde estaba Esteban, abriéndose camino entre la desbocada gente que corría hacia el lado contrario.

La puerta levadiza de la torre se abría lentamente para posarse sobre el foso mientras se oían atroces gruñidos de lobos con desesperación por salir a luchar.

Eduardo estaba inquieto por no poder ir a ayudar a su hijo, aunque sabía perfectamente que éste se valía por sí mismo para enfrentarse a cualquier ser, pero él debía permanecer en la Torre, pues ahora sabía para qué habían venido los discípulos de Haraas.

La intensidad de la luz del día disminuía y Pit y Mac prendieron dos antorchas y se dirigieron a encender las hogueras de las almenas y del patio principal. Después, debían de ir dentro del edificio y encender todas las antorchas de los corredores, tal y como Eduardo les indicó. Los dos estaban muy asustados, pues habían visto cómo los hombres de Eduardo se habían convertido en lobos en el patio principal delante de sus narices, aunque Mac, en lo único que podía pensar era en Desirée. Al ver todo aquello y la magia que había convertido a hombres en lobos, Mac supo que lo que Desirée le había dicho podía ser cierto, la magia podía cambiar su cuerpo y ser feliz con ella tal y como le dijo.

El ruido de los cascos del caballo de Fireplace resonaba sobre la madera de la puerta que ahora ejercía de puente y daba acceso a la Torre.

—¿Qué ha pasado Eduardo? —preguntaba Fireplace todavía a lomos de su caballo y mientras éste daba bandazos de un lado a otro viendo a dos de los lobos de la Torre cerca de él.

—Vienen a por él.

—Le plantaremos cara y evitaremos que le liberen.

—Es peor que eso, sus siervos quieren hacer que sea más poderoso por medio de una joya que ha estado guardando su verdadero e imparable poder durante milenios.

—¿Qué podemos hacer?

—Mata a esos vampiros y evita que lleguen hasta aquí —respondía Eduardo medio transformado en lobo y con una voz gutural escalofriante.

Fireplace tiró de las riendas y azuzó al caballo para salir de la Torre y dirigirse a comandar a sus hombres contra los seres diabólicos que estaban sembrando el pánico por las calles de Londres, mientras que la puerta de la Torre se cerraba nuevamente a su paso.

Esteban seguía en combate contra el vampiro que le había atacado e impedía que fuese tras Desirée, pero éste cesó al oír a los otros hombres lobo que venían desde la Torre. Con una sonrisa en la cara, el vampiro echó a correr a la velocidad del rayo dejando en paz a Esteban y haciendo que el resto de licántropos le siguiesen. Esteban vio cómo sus compañeros pasaban delante de él tras el vampiro que le había entretenido y retrasado, pudiendo ahora introducirse en la habitación de Desirée.

Ya no estaban allí, ni ella, ni el vampiro, pero el olor de la piel de Desirée estaba ligado a Esteban de tal forma que podía sentirla casi a su lado. Rápidamente, abandonó la habitación saltando por la ventana para poder seguir su rastro y encontrarla antes de que fuese demasiado tarde.

Por diferentes puntos de la ciudad, los otros dos vampiros sembraban el pánico mientras mataban a los hombres, mujeres y niños que se cruzaban en su camino para llamar la atención de los hombres lobo y de los soldados de Fireplace. El atropello de la gente, unos contra otros, arrollándolo todo e intentando huir, hizo que las ascuas de una hoguera que había junto a uno de los puestos del

295

mercado alcanzase la lona y ésta comenzase a arder. Pronto el fuego se extendió a otros puestos, llegando hasta una casa colindante, en donde la vieja y seca madera de las vigas fue presa fácil de un fuego que cada vez se extendía más y más, saltando de una casa a la otra. Los hombres de Fireplace abrían fuego contra los vampiros sin éxito, ya que con su rapidez esquivaban las postas sin esfuerzo y aparecían al lado del tirador, destrozando su cuerpo en segundos. Las bocas y ropas de los vampiros estaban bañadas en la sangre de sus víctimas, al igual que los adoquines de las calles, teñidos de rojo púrpura, a la espera de los licántropos que, raudos, se acercaban a ellos en grupos para hacerles frente.

Los cuatro vampiros sabían que debían mantener al mayor número de hombres lobo lo más apartados posible de la Torre para que Yamir llegase hasta Haraas, por lo que no paraban de ir de un lado a otro de la ciudad manteniéndolos ocupados. Eduardo escuchaba los aullidos de sus hombres y se daba perfecta cuenta de lo que pretendían, pero en la Torre estaban él y otros tres hombres más, los más fuertes y experimentados que, como Eduardo, habían traído a sus hijos primogénitos a los que habían acompañado y formado en la lucha durante toda su vida y que ahora combatían a muerte con los vampiros por toda la ciudad. Uno de ellos permanecía en la entrada del edificio que daba a la celda de Haraas mientras que Eduardo y los otros dos estaban repartidos entre el patio principal y los patios laterales.

Haraas permanecía en trance mientras que controlaba el cuerpo de Desirée para acercarse a la Torre junto con Yamir, pero aun siendo solamente capaz de tomar en posesión un solo cuerpo a la vez, podía influir en otra mente, la mente de Mac.

Tal y como les había ordenado Eduardo, Pit y Mac se escondieron en la cocina de la Torre a la espera de que pasase todo aquello. Los dos tenían mucho miedo y, desde los barrotes de la ventana de la cocina, podían ver cómo el denso y negro humo de

Iván Moncada

los incendios se elevaba en el cielo, mezclándose con la penumbra del atardecer adelantando la oscuridad de la noche. El aullido de varios de los licántropos anunciaba a Eduardo que habían logrado acabar con uno de los vampiros, pero sabía que, los que aún quedaban, pronto llegarían a la Torre, así que Eduardo se transformó completamente, al igual que ya habían hecho los otros tres guardias. La percepción de Pit y Mac era muy distinta a la de los demás, pues al ser sordomudos, los inquietantes sonidos de la colosal batalla que estaba teniendo lugar no les afectaban.

La noche ya se había cerrado completamente cuando Mac comenzó a oír la voz de Desirée, que Haraas ponía directamente en su cabeza.

—Hola, amado mío.

—¿Qué? ¿Desirée? —preguntaba Mac mentalmente en respuesta a la voz de la chica en su cabeza mientras éste emitía inconscientemente sonidos grotescos por su boca al intentar hablar y no poder.

—Sí, Mac, soy yo, he venido como te prometí para que podamos estar juntos.

Una gran sonrisa apareció en los labios de Mac mientras la escuchaba y Pit le miraba anonadado por ver a su hermano sonriendo sin un motivo e intentando gesticular como si quisiese hablar.

—Como te dije, debes de hacer algo por mí para que podamos estar juntos.

—¿Qué he de hacer?

—Algo muy sencillo, solamente debes de salir y abrir la puerta trasera de acceso a la Torre, esa que nunca se usa.

—Pero, si hago eso, Eduardo se enfadará conmigo, nos ha dicho que no nos movamos de la cocina.

297

—Sé lo que te ha dicho Eduardo, pero él, al igual que tu hermano, no quieren que seas feliz. Si me abres la puerta podremos estar juntos y nadie podrá separarnos jamás.

Mac se quedó pensativo durante un momento a la vez que Pit le seguía mirando sin saber qué le pasaba. Pit no entendía qué le ocurría, así que se acercó a él y le empujó en el brazo para que le mirase, pero en respuesta, éste se apartó bruscamente y le miró enfadado.

—Lo ves Mac, es como te dije, tienen envidia de ti y no quieren ni tan siquiera que hables conmigo.

Tras aquellas palabras, Mac gritó a su hermano intentando decir —¡Aléjate de mí! —a la vez que le empujaba haciéndole caer al suelo. Entonces, Mac se dio la vuelta y, corriendo, se dirigió a la puerta de la cocina, abriéndola y saliendo por ella. Pit se quedó perplejo ante el empujón y el grito de su hermano, ya que él sólo quería saber si estaba bien, pero al verle salir de la cocina saltándose las órdenes de Eduardo, salió tras él, pues estaba muy preocupado por su hermano y sabía que no obedecer a Eduardo traería consecuencias.

Desirée y Yamir habían llegado hasta los muros traseros de la Torre después de haber esquivado a los lobos de Eduardo y de que Yamir hubiese arrancado la vida de algunos de los soldados de Fireplace, ahora sólo debían de esperar a que el jorobado sordomudo acudiese para abrirles la puerta y poder acceder a la Torre.

Mientras tanto, Fireplace, a varias manzanas de la Torre y con ayuda de los hombres de Eduardo, habían acorralado a uno de los vampiros que, sin cesar, había estado aniquilando a todo aquel que veía, incluso habiendo matado ya a dos de los hombres lobo a los que desgajó la garganta de varios mordiscos. Con el caos de la lucha y el nerviosismo por ver cómo les diezmaban, uno de los soldados abrió fuego hacia donde estaba el vampiro, pero la posta acabó hiriendo levemente a uno de los lobos y haciendo que éste se girase gimiendo de dolor y mirando al soldado con ganas de devorarle. En aquel momento, el vampiro aprovechó la situación para saltar sobre el lobo y salir del lugar en donde le habían acorralado, encontrándose de bruces con Fireplace, al que tiró al suelo tras asestar un tremendo y profundo corte en el cuello de su caballo salpicando grandes chorros de sangre tras el paso de sus largas y afiladas uñas por el animal. Tras el caballo estaba Fireplace que, dando una voltereta después de la caída, se puso en pie para plantar cara al vampiro con su sable. Pero antes de que pudiera reaccionar, el vampiro juntó sus dedos en forma de lanza y atravesó el pecho de Fireplace, destrozándole los pulmones y elevándole unos centímetros del suelo por el impacto. Una bocanada de sangre invadía de golpe su boca escurriendo por sus labios. Fireplace no había logrado herir a aquel demonio, pero al menos, sí retrasarle lo suficiente como para que no continuase su huida, permitiendo que los dos licántropos se echasen encima de él arrancándole los brazos y luego la cabeza mientras que, desde el suelo, Fireplace era testigo de su desmembramiento a la vez que se ahogaba con su propia sangre hasta la muerte.

Esteban seguía el rastro de Desirée a toda velocidad y la sentía cada vez más cerca mientras seguía recibiendo las visiones de las cosas que ella veía. Lo último que percibió eran los muros de la Torre, debía darse prisa, pues si los traspasaba, su padre y el resto de guardias no dudarían en acabar con ella para impedir que llegase hasta Haraas. Ya estaba muy cerca y había tomado un atajo que le guiaba directamente hasta donde estaban, pero en su camino y en medio de la calle, había un hombre de pie frente a él como si le estuviese esperando. Era Gaspar, estaba en su forma humana esperando a Esteban, pero aun viéndole, y sabiendo de seguro sus intenciones, Esteban no aminoró la marcha. Al ver que Esteban no pararía fácilmente, Gaspar también se transformó en lobo para lograr impedir su paso. Entonces, aprovechando la velo-

299

cidad que Esteban llevaba, éste saltó sobre Gaspar mordiéndole en un lateral del cuello y cayendo los dos juntos rodando por el suelo por la violencia del encontronazo. Mientras que Esteban permanecía mordiendo y sujetando la piel del cuello de Gaspar, éste se giró y mordió una de las patas delanteras de Esteban a la vez que le comenzaba a hablar.

—No lo hagas, tu padre te está engañando, Haraas es el único que puede liberarnos.

—Eres un traidor y no podrás impedirme pasar, tus palabras no significan nada para mí ni para mí padre.

—No seas estúpido y terco como él, deja a la chica, nunca podrás estar con ella y lo sabes.

—Si eres quien dices que eres no harías esto.

—No lo entendéis, pero es la única solución, cuando todo esto acabe os daréis cuenta de que todo lo que he hecho ha sido por nuestro bien.

—Guarda tus palabras y lucha —le decía Esteban mientras abría su boca para poder cogerle mejor e infligirle más dolor con su mordedura.

—Lo siento, pero no me dejas más opción —decía Gaspar con cierta pena por lo que le iba a hacer a Esteban para lograr que no se interpusiese en su plan para poder acabar con sus maldiciones —. Perdóname —dijo Gaspar.

Acto seguido, Gaspar giró bruscamente la cabeza mientras mantenía la pata de Esteban entre sus dientes haciendo que sus huesos se quebrasen.

—¡Aaaagggggghhh! —gritó Esteban de dolor por la rotura mientras que liberaba el cuello de Gaspar, cayendo a un lado.

300

—No te muevas de ahí Esteban, sólo deja que pase, pronto seremos libres y me lo agradeceréis.

Sacando fuerzas aquejado por el dolor de su herida, Esteban se puso sobre tres patas mordiendo una de las zarpas de Gaspar cuando éste ya se había dado la vuelta para dirigirse hacia la Torre. Como un rayo, Gaspar se revolvió mordiendo el cuello de Esteban para que le soltase y, mientras presionaba su cuello le decía:

—No me obligues a hacerlo, llevo toda la vida esperando este momento y nada impedirá que llegue.

—Si tocas a Desirée, no pararé hasta encontrarte y matarte —gruñía Esteban.

—Guarda tus fuerzas chico y suéltame, o también partiré tu cuello.

El mordisco de Gaspar había cogido parte de la garganta de Esteban, impidiendo que éste pudiese respirar normalmente. Pero en ese momento, Gaspar pensó en una forma en la que Esteban le sería útil, por lo que tuvo que aflojar sus fauces un poco antes de que perdiese el conocimiento. Finalmente, Esteban también le soltó, pero Gaspar permanecía aún agarrado a su cuello por si éste intentaba volver a morderle. Tras unos segundos, Gaspar le liberó del todo sin llegar a retirarse ni dejar de mirarle, manteniendo su hocico arrugado en señal de superioridad. Esteban era un joven fuerte y con experiencia en la lucha, pero el poder de Gaspar era superior, cada zarpazo y mordisco que daba era perfectamente calculado para obtener el resultado que quería, reduciendo a sus adversarios eficazmente.

—Llámalo —dijo Gaspar.

—¿Qué?

—Llama a tu padre.

301

—No, no lo haré.

—Si no lo haces acabaré contigo aquí mismo —decía mientras cogía nuevamente el cuello de Esteban entre sus fauces.

Esteban no tenía elección, por lo que inspiró profundamente y exhaló un profundo aullido de auxilio dirigido a su padre. Después, Gaspar le soltó y fue retirándose lentamente andando hacia atrás sin despegar su mirada de los ojos de Esteban mientras éste sentía el deseo de atacarle nuevamente, pero la pata le dolía horrores y esta vez su adversario era demasiado fuerte e inteligente como para intentar nada estando en aquella situación. Esteban había cometido un grave error mordiéndole solamente para avisarle de que no se interpusiese en su camino, en vez de morder a matar, pero ya era demasiado tarde para lamentaciones.

Eduardo enseguida escuchó a su hijo mientras que conectaban sus mentes una a la otra. Ahora, Eduardo sabía qué había pasado y no podía quedarse de brazos cruzados sabiendo que su hijo había sido herido por Gaspar aunque aquello supusiese caer en una trampa segura, pero si además apareciese alguno de los vampiros, Esteban sería una presa fácil al estar herido.

—He de ir a por él —dijo Eduardo dirigiéndose a sus hombres.

—Lo sabemos, ve y ayúdale, nosotros impediremos que nadie entre —respondió uno de ellos hablando en nombre de todos con el sentimiento compartido por tener a sus hijos ahí fuera luchando.

—¡No tardaré! —gritó mientras comenzaba a correr hacia los muros de entrada, saltándolos al toparse con ellos.

Gaspar había hecho bien su trabajo hiriendo a Esteban y logrando que Eduardo abandonase la Torre aunque solo fuese por un momento, pues debía asegurar el paso de Yamir.

302

Tras la salida precipitada de Eduardo, una de las criaturas de Haraas aparecía. Los tres licántropos de la torre le vieron enseguida subido en las almenas del muro principal, cerca de una de las hogueras que le hacía destacar de entre la noche con la luz de las llamas, ya que éste no pretendía esconderse de ellos, sino llamar su atención. Los hombres de Eduardo sabían perfectamente lo que pretendía, pero ninguno de ellos se movió de su sitio ni aun cuando éste bajó al patio principal.

La atención de los guardias de la Torre estaba centrada en el vampiro que había hecho su aparición en el patio mientras que la pequeña puerta trasera de la Torre pasaba desapercibida. Aquella puerta llevaba siglos sin usarse, pero Mac usó toda su fuerza bruta hasta lograr abrirla y poder reunirse con su amada haciendo que la cara de esfuerzo de Mac rápidamente cambiase al verla. Allí estaba, casi no podía creerlo. Desirée rápidamente se acercó a él y le besó en la mejilla haciendo desvanecer toda duda que éste tuviese sobre su amor y su promesa.

Después de que Desirée y Yamir pasasen por la oxidada puerta hacia el interior de las murallas exteriores de la prisión, Mac miró al chico de arriba abajo y después a los ojos de Desirée.

—No te preocupes, es un amigo que me ha guiado hasta aquí —decía Desirée a Mac para atraer la atención hacia ella.

Pit estaba varios metros detrás de Mac, había visto cómo éste abría la puerta y dejaba pasar a una mujer y a un niño y cómo la mujer después le besaba en la cara. El corazón de Pit estaba a cien por hora, los nervios de ver como su hermano desobedecía a Eduardo y encima permitía pasar a desconocidos a la Torre, hacían que su pulso se acelerase casi sin control. Desirée vio a Pit detrás de su hermano y se echó a un lado mirándole descaradamente con cara seria para asegurarse de que Mac se percatase de ello. Al verla, Mac se giró y vio a su hermano, sin saber que le había seguido hasta allí. Mientras que Mac miraba a su hermano, Desirée lanzó una sonrisa a Pit, haciendo que éste le correspondiese de la misma manera, aunque sin saber por qué le había sonreído. Entonces Mac se dio cuenta de que Pit había sonreído a la mujer que él amaba, a la vez que Desirée comenzaba a hablarle en su mente.

—Ahora debes llevarme a la celda de abajo, Mac, la celda a la que no te dejan acercarte.

—Pero está prohibido bajar allí.

—Lo sé, amor mío, pero es la única forma de que estemos juntos, ya te dije que tendrías que hacer algo por mí, y es esto, pues el preso que está encarcelado dentro es el único que puede hacer que tu cuerpo cambie y te libere de la forma cruel que Dios te dio, créeme, no deseo otra cosa que estar contigo.

—Está bien, sígueme, rápido —respondió Mac con total convicción y fuera de toda duda, creyendo por completo a la chica.

Yamir y Desirée comenzaron a caminar siguiendo a Mac mientras pasaban y dejaban de lado a Pit. Éste sabía que algo malo iba a pasar, podía sentirlo, así que les siguió a varios pasos de distancia para poder estar cerca de su hermano.

Al otro lado de los muros de la Torre, Eduardo había llegado hasta Esteban.

—¿Cómo estás, hijo?

—Bien, padre, aunque duele bastante.

—Vayamos a la Torre, nos necesitan allí.

—Ten cuidado, está todavía aquí, le huelo.

—Lo sé, yo también le siento, pero debo sacarte de aquí.

Esteban comenzó a andar cojeando y con pasos torpes junto a su padre cuando Gaspar apareció de nuevo. Esta vez no se abalanzó directamente sobre Eduardo como la última vez que se encontraron, sino que apareció andando lentamente con postura firme, dejando ver todo su negro pelaje y el medallón que siempre portaba alrededor de su cuello.

—Esteban, transfórmate y ve andando a la Torre ¿Puedes hacerlo? —preguntó Eduardo a su hijo para alejarle de allí y que intentase frenar a Desirée viéndole en su forma humana.

—Sí, padre —respondió obedeciendo a su padre, a pesar de que lo quería era quedarse y ayudarle a acabar con aquel traidor.

Gaspar se echó a un lado para dejar pasar a Esteban —Cuídate esa pata, chico —dijo sin separar la vista de Eduardo.

A los pocos metros Esteban recuperó su forma humana, en la que el dolor de la fractura del brazo sería mucho menos soportable, pero de esa forma, podría correr mucho más rápido para llegar hasta la Torre.

—Has cometido el mayor error de tu vida —gruñendo le decía Eduardo a Gaspar —. Te has atrevido a herir a mi hijo.

—No tenía otra alternativa.

Eduardo se lanzó sobre él arañándole la cara con las zarpas y luego mordiéndole en la cabeza, haciéndole sangrar por una oreja a la vez que Gaspar también respondía girándose e hincando los dientes en el pecho de Eduardo. Con violentos movimientos, una y otra vez se mordían y arañaban uno al otro sin descanso, mientras se revolcaban por el suelo. Sus bocas, rojas por la sangre de las heridas y las dañadas encías debido a los choques de sus colmillos, salpicaban la enrojecida saliva a cada embestida. Eduardo logró hacer caer de medio lado a Gaspar, muchas de las dentelladas que Eduardo le había dado en el cuello habían sido paradas por la cadena del medallón, pero este último hizo saltar por los aires los eslabones de la cadena logrando que el medallón acabase rodando por los suelos y haciendo que, en ese preciso momento, Gaspar aprovechase para quitarse de encima a Eduardo echándose hacia un lado. Eduardo iba a atacar nuevamente a Gaspar saltando sobre él cuando notó que, en sus ojos, algo había cambiado. Su expresión era de asombro, en lugar de ira, y su hocico permanecía relajado mientras con su lengua lamía las heridas que en él tenía, en vez de estar arrugado y enseñando los dientes por estar en medio de un combate. Eduardo le miraba y éste daba cortos pasos hacia atrás intentando orientarse.

—¿Quién eres y por qué me atacas? —Preguntó Gaspar como si acabase de llegar y nada supiese de por qué estaba peleando —. ¿Te he ofendido de forma alguna?

Escuchando las palabras de Gaspar, Eduardo rápidamente se dio cuenta de lo que pasaba, a la vez que miraba el medallón que estaba tirado en el suelo.

—¿Quién eres? —le pregunto Eduardo.

—Mi nombre es Gaspar, Gaspar de Somonte —respondía con voz ronca y calmada —. ¿Dónde estoy?

—Estás en Inglaterra, muy lejos de casa.

Gaspar escuchaba las palabras del licántropo que tenía delante sintiendo un especial calor y grata sensación en ellas, a pesar de darse perfecta cuenta que ambos habían estado luchando entre sí.

—Y tú ¿Quién eres?

—Mi nombre es Eduardo —decía a la vez que le indicaba con la mirada el medallón a Gaspar —. Esa joya te mantenía bajo el control de un ser contra el que todos los licántropos luchamos —le dijo Eduardo decidiendo omitir su parentesco por el momento, ya que no había tiempo para eso y pensando además que, si aquel

Iván Moncada

hombre que se escondía bajo aquel pelaje no recordaba nada, sería mejor tratar el tema en otro momento.

—Presiento por tus palabras que he debido hacer cosas de las que de seguro debiera arrepentirme y avergonzarme y esa joya que indicas la reconozco, aunque no sé exactamente por qué, pero su vago recuerdo me hace sentir que es un yugo de pesada carga.

—Ahora mismo todos nosotros estamos en peligro, he de ir a la Torre para evitar que aquél que te manejaba acabe con todo lo que conocemos.

—Si aquél de quien hablas es enemigo de un licántropo, lo es de todos, déjame ir contigo.

Eduardo vaciló un momento, pero pensó que la ayuda le vendría bien, además de que le podría hacer recordar —. Sígueme pues —le dijo a la vez que comenzaba a correr.

Mientras uno de los vampiros continuaba haciendo que los hombres de Fireplace y el resto de hombres lobo le siguiesen, el que había accedido a la Torre se acercaba poco a poco entre bufidos a la puerta del edificio central mientras miraba constantemente a los tres licántropos que se le acercaban lentamente, gruñendo y mostrando sus afiladas fauces de lobos. Las cuatro criaturas permanecían en un momentáneo "status quo" a la espera de un primer movimiento por parte de alguno, hasta que el vampiro vio cómo por la esquina del edificio aparecía Yamir. Entonces, sin dilación, se lanzó sobre el lobo que estaba a su izquierda dando un salto en el aire y girando sobre sí mismo para caer justo encima de él y clavar sus colmillos en su lomo. Ante aquel ataque, sus compañeros no pudieron seguir manteniendo la posición de vigilancia sin hacer nada, por lo que los dos se lanzaron en ayuda de su amigo y compañero mientras el vampiro saltaba veloz de un lado al otro, esquivándoles y entreteniéndoles lo suficiente como para que Desirée, Yamir y los gemelos se introdujesen en el edificio.

307

Yamir entró el primero, cogió una de las antorchas de la pared y comenzó a descender las escaleras; debía asegurarse de que no hubiese ningún otro lobo que les pudiese impedir el paso, y en tal caso, eliminarlo. Después del primer tramo de escaleras, los ruidos del exterior ya no se oían y Desirée comenzaba a poner nuevas palabras en la mente de Mac.

—Tu hermano viene detrás de nosotros, seguro que está planeando algo para evitar que el hombre de la celda te conceda el don para hacer que seamos felices —Mac comenzaba a mirar hacia atrás de reojo, viendo a Pit tras de ellos —. Te tiene envidia. ¿Has visto cómo me miraba y me sonreía antes?, lo único que quiere es quitarte de en medio para que me case con él en vez de contigo.

Palabra tras palabra, Desirée iba minando la mente de Mac, encendiendo un rencor que no sabía que tenía y logrando enojar su puro y noble corazón. Estaba comenzando a sentir lo que era el odio y el deseo del mal al prójimo, del mal a su propio hermano.

—¿Lo sientes? ¿Sientes cómo me mira y cómo a cada paso se imagina que con un solo empujón por las escaleras podría acabar contigo? O como el sueño que tuviste, clavándote el hacha por la espalda para arrancarte la vida y nuestra felicidad —Seguían colándose las palabras de Haraas con la dulce voz de Desirée en la cabeza de Mac, mientras su respiración se agitaba y sus pensamientos le turbaban —.Tienes que hacer algo Mac, tienes que hacer algo.

Desirée introdujo sus manos bajo el mandil y sacó un cuchillo, el mismo cuchillo sagrado que fue robado de la Abadía y que ahora, disimuladamente, ella le daba a Mac con la intención de que lo usase contra su hermano.

—Tómalo Mac, debes estar protegido por si te ataca.

Pit estaba totalmente asustado y temeroso del castigo que Eduardo les impondría por haber desobedecido sus órdenes y encima haber dejado pasar a esas personas guiándolas dentro del edificio de celdas, pero, aun así, seguía bajando las escaleras detrás de su hermano para estar junto a él. Después de bajar el primer tramo de escaleras, todos se pararon en el descansillo que daba al corredor de celdas de la planta inferior. Entonces, Yamir siguió bajando las escaleras sólo, para acceder al corredor en donde estaba la celda de Haraas. De repente, una sucesión de gruñidos y sonidos parecidos a los producidos por un tigre en plena pelea emanaron por las angostas escaleras hasta donde ellos estaban y siendo oídos únicamente por Desirée. Al poco tiempo, Yamir subía por las escaleras con la ropa ensangrentada.

—Ya puedes pasar, mi señor —se dirigió Yamir a Haraas mirando fijamente a los ojos de Desirée —.Yo he ir fuera a ayudarlo —terminaba diciendo Yamir refiriéndose al vampiro que luchaba en desventaja contra los tres hombres lobo de la entrada.

Desirée hizo un gesto con la cabeza a Mac para que le siguiese escaleras abajo y éste la siguió sin vacilar ni un momento cegado por los pensamientos envenenados que Haraas le había introducido en la cabeza. Pit no sabía bien a donde se dirigían, pero cuando vio que comenzaban a tomar el segundo tramo de escalera que llevaba a los cimientos del edificio, sitio que estaba completamente vetado para ellos, se apresuró a echar la mano encima del hombro de su hermano para impedírselo.

Desirée miraba de reojo cuando vio a Pit poner la mano sobre su hombro, entonces, hizo que la imagen del sueño que tuvo Mac cuando su hermano intentaba clavarle aquella hacha se colase en su cabeza. Al sentir su mano, Mac reaccionó y se giró bruscamente a la vez que, con el cuchillo que Desirée le había dado, apuñalaba a su hermano hundiendo la hoja de abajo arriba por el esternón y subiendo hacia arriba atravesándole el pulmón y llegando hasta el corazón. El dolor que sintió Pit le cortó la respiración y después, asombrado, miró hacia abajo viendo la

309

mano de su hermano sujetando el mango del cuchillo, elevando después la mirada para encontrar los ojos de Mac. No entendía nada, no entendía por qué su hermano había hecho aquello y abundantes lágrimas comenzaban a brotar de los ojos de Pit a la vez que ladeaba la cabeza, no en modo de reproche, sino como gesto de perdón, de perdón por lo que había hecho, pues sabía que no era él, sabía que algo le habían hecho a su querido hermano, la única persona que había amado y con la que había compartido toda su vida. La cara de Mac compartía ahora el gesto de Pit, ya que al apuñalarle, sintió el mismo dolor que su gemelo, quedando liberado de los sueños y mentiras que Haraas había introducido en su mente y viendo y sintiendo ahora con claridad lo que había hecho. Al ver la expresión de la cara de Mac, reconociendo nuevamente a su hermano, Pit le rodeó el cuello con los brazos para abrazarle haciendo que el cuchillo se clavase aún más para lograrlo. Mac, entonces, soltó el cuchillo y le abrazó también a él envuelto en lágrimas de pena y angustia recíprocas mientras sonidos de dolor por lo que había hecho atravesaban su garganta. Mac no podía creer lo que pasaba y lo que había hecho, había matado a su hermano.

Después de varios segundos abrazados, Mac sintió cómo el cuerpo de su hermano perdía lividez, manteniéndose de pie únicamente por el soporte de su abrazo. Haraas los miraba a través de los ojos de Desirée mientras Mac seguía sosteniendo a Pit y, suavemente, lo comenzaba a bajar hasta el suelo para tumbarlo. En aquella postura, a Mac le venía a la memoria el día en el que él acabó inconsciente en el suelo por un dolor de espalda y su hermano le encontró y le ayudó. Ahora era él quien permanecía a su lado, pero no por un dolor que pronto pasaría, sino por la atrocidad que acababa de cometer arrancándole la vida por sus sueños con una mujer.

310

No podía soportar la imagen de su hermano tumbado en el suelo sin vida, no podía vivir sin él y ahora se había dado cuenta de ello, eran dos hombres con una misma alma y un mismo corazón, indivisibles e inseparables. Con lágrimas recorriendo sus mejillas, Mac arrancó el cuchillo del cuerpo de Pit, dirigiendo después la punta de la infame arma hacia su pecho, sujetando el mango fuertemente con las dos manos. De una sola y certera estocada, la punta se deslizó entre sus costillas atravesándole el corazón y parándolo de golpe. Antes de perder la consciencia para nunca jamás despertar, Mac se ladeó y se posó sobre el pecho de su hermano repitiéndose a sí mismo — Perdón, hermano, perdón.

Ante aquella escena, una tremenda sonrisa aparecía en la boca de Desirée, Haraas se regocijaba al ver aquellos cuerpos sin vida en el suelo sabiendo que, la vida que un día *"la gracia de Dios"* les otorgó al haberla cambiado por la de su madre, había sido arrancada para poder liberarle a él, ya que necesitaba la muerte del alma pura que los dos compartían para poder recuperar su poder. Acercándose a los cuerpos de los dos hermanos, Desirée movió a Mac para poder extraer el cuchillo de su pecho. Al hacerlo y mientras lo sujetaba con una mano, usaba la otra para sacar el diamante que Yamir le había traído desde su tierra natal. La sangre de ambos cubría la metálica hoja del cuchillo casi ocultando su pulido resplandor y ahora Desirée lo sobreponía encima de la joya para que también se impregnase con la sangre de la creación de Dios. Como un paño limpio de blanco algodón, la tremenda gema absorbió la sangre hasta su interior, tornándola por completo del mismo color púrpura que la sangre. El petrificado corazón de Haraas estaba preparado para regresar a su cuerpo.

Haraas hizo que Desirée guardase la joya en el bolsillo central de su delantal y que comenzase a bajar los escalones hasta la base del edificio. A los pies de los escalones, el cuerpo de un hombre yacía sin vida en el suelo. Era uno de los hombres de Eduardo,

311

que había permanecido en turno de lectura mientras sus compañeros luchaban y que no había podido evitar la velocidad y ferocidad de Yamir. Desirée pasó por su lado dejando atrás el cuerpo del licántropo y viendo solamente ante sí un largo corredor de piedra con una puerta de madera al fondo. Entonces, con la misma facilidad que Haraas había tomado el cuerpo de la chica, ahora lo abandonaba para que ella cumpliese su misión, para la que él le estuvo preparando a través de sus sueños.

Languideciéndole el cuerpo por un segundo, Desirée volvió en sí, se sentía ligeramente mareada y desconcertada sin saber dónde estaba y no recordando nada desde que estuvo en la colina con Esteban; pero lo que veía ante sí le resultaba tremendamente familiar, el corredor con las paredes de piedra, la vaga iluminación de un par de antorchas y la gran puerta de madera al fondo, el escalofrío que recorría su cuerpo erizando su piel y esa atracción hacia la misteriosa puerta. Era exactamente igual a sus sueños, pero aun sabiendo cómo éste acababa, no podía evitar sucumbir al irresistible deseo de andar hacia la puerta para tocarla con sus manos.

Con cortos y pausados pasos, acompañados de una irregular respiración producida por los nervios de lo inevitable, Desirée se acercaba a la puerta para comprobar si sentiría lo mismo que cuando lo hacía en sus sueños. A escasos centímetros de la oscura y envejecida madera de roble que antaño perteneció a un edificio santo y que cubría el centenario y grueso corazón de metal de su interior, la mano de Desirée se erguía con la palma extendida dispuesta a posarla sobre ella. Sus temblorosos dedos titilaban mientras Desirée los miraba y los acercaba a la imperfecta superficie de la puerta, primero tocándola con la yema del dedo índice y luego posando el resto de la mano. Al principio no parecía ocurrir nada, pero cuando suspiró y cerró los ojos por un segundo para descargar la tensión de aquel momento, se encontró que ya estaba

Iván Moncada

dentro de la habitación. Como en el sueño, una luz nacía e iba aumentando de intensidad cerca de su cintura, en donde estaba el bolsillo de su delantal, pero esta vez la luz no era exactamente igual al sueño, pues aunque también blanca, tenía tonos rojizos de fondo. Como si fuese un acto involuntario e inesperado, aun sabiendo qué es lo que encontraría dentro, Desirée metió las manos para sacar el diamante que una y otra vez había visto en sueños mientras la luz comenzaba a llenarlo todo a su alrededor, esta vez en la vida real. Mientras Desirée lo miraba, revivía el sueño, sabiendo que cuando levantase la cabeza, vería a aquel hombre de pelo blanco. Ya no podía discernir entre sueño y realidad, pensando si realmente estaba sucediendo o si quizás simplemente se despertaría nuevamente tras el mordisco del atractivo hombre que veía en sus sueños. Pero fuera como fuese, sabía que debía de pasar, así que respiró hondo y alzó la mirada confirmando que allí estaba. Su rostro y su aspecto eran igual que en sus sueños, pero esta vez aparecía ante sus ojos de pie y con el brazo derecho extendido y la mano abierta hacia arriba, en espera de que Desirée pusiese el diamante sobre ella. Desirée se dio cuenta de que aquello también distaba de su sueño original, al igual que el color de la luz del diamante, pero comenzaba a sentir que realmente estaba allí y que necesitaba saber qué pasaría después, por lo que decidió que se acercaría a entregarle la piedra. Sin embargo, al comenzar a acercarse al hombre de pelo blanco, Desirée empezó a sentir náuseas y un tremendo calor por todo su cuerpo que, inconscientemente, la hacía respirar más rápido para poder aclimatar su temperatura corporal. No sabía qué la ocurría, ni qué pasaría después de darle la piedra al esbelto hombre, pero ya no había vuelta atrás.

—*Dámelo, sabes que has de hacerlo* —dijo Haraas impaciente por sentir el diamante sobre su piel.

Obediente, Desirée se acercó a un escaso metro de él poniendo la gema sobre su mano como le pidió. Al sentirla, Haraas cerró sus largos y blancos dedos y levantó la cabeza hacia el techo mientras cerraba los ojos en gesto de placer por tenerla al fin con él. Justo después, cuando Haraas bajó la cabeza hacia el frente nuevamente, sus ojos se abrieron y Desirée pudo ver que ahora los tenía brillantes y de color rojo fuego. Desirée comenzaba a asustarse y se retiró hacia atrás para alejarse de él, acabando con la espalda contra una de las paredes laterales a la puerta de entrada que hubo tocado. Súbitamente, la boca de Haraas se abrió enormemente, a la vez que sus colmillos crecían como cuando lo hacía para alimentarse. Después, el diabólico ser levantó la mano en la que portaba el diamante y lo engulló de una sola vez, como si hubiese bebido un simple trago de agua, dejando la celda completamente a oscuras de nuevo. Sumidos en la total oscuridad, una terrible ansiedad atrapaba a Desirée y su agitada respiración se aceleraba hasta convertirse en una serie consecutiva de cortos y seguidos jadeos, como si fuese un perro después de haber estado persiguiendo a un carro de caballos. De repente, un atroz y gigante grito sonó como salido directamente del infierno a través de la boca de Haraas a la vez que surgía fuego de las palmas de sus manos mientras permanecía con los brazos abiertos y extendidos a los lados. Después, como si un barco cargado de barriles de pólvora sufriese una inesperada y gigante explosión, una terrible onda expansiva recorría todo Londres haciendo que el rumor de la tierra se hiciera notar a los pies de la gente moviendo el suelo a su paso.

El diamante volvía a lucir ahora dentro del pecho de Haraas, formando nuevamente parte de su cuerpo y haciéndole sentir el regreso de su poder, su ilimitado y cruel poder con el que doblegar a la humanidad, pero para ello, debía consumar su unión bebiendo la sangre humana de la chica.

314

Haraas se acercó lentamente para beber de la sangre de Desirée, pero en la distancia notó que su olor no era el esperado y deseado. Entre los jadeos de la respiración de la muchacha se comenzaba a oír una leve pero continuada ronquedad y las pupilas de sus ojos se habían dilatado mucho, haciendo que sus iris comenzasen a brillar resaltando de entre la penumbra, por lo que Haraas miró entonces detenidamente a la chica de arriba a abajo parándose en su vientre y averiguando lo que pasaba. Desirée estaba encinta, encinta por un licántropo y al estar tan cerca de Haraas, la sangre que corría por sus venas y que compartía con su hijo en el vientre, le hacía padecer algunos de los síntomas de los licántropos desvelando su estado. A Haraas ya no le servía la sangre de esa mujer para poder completar la asimilación del ansiado corazón que tanto tiempo había estado esperando, debía de ir en busca de sangre completamente humana antes de que pasase demasiado tiempo y su cuerpo y el órgano se rechazasen mutuamente, pero antes acabaría con la mujer que le había irritado quedándose embarazada de un hombre lobo echando sus planes por tierra.

Haraas se acercó a Desirée para arrebatarle la vida, pero en ese momento, la puerta de la celda saltó por los aires de golpe, era Esteban, quien estaba todavía en su forma humana pero casi trasformado y sujetaba con la mano de su brazo sano el cuchillo sagrado que Desirée dejó junto a los cuerpos de Pit y Mac. Esteban se lazó sin vacilar contra Haraas para apuñalarle, pero en pleno salto, éste extendió su brazo agarrándole por el cuello como si de un cachorro desvalido se tratase, a la vez que con la otra mano le retorcía el brazo fracturado infligiéndole un terrible dolor y haciendo que soltase el cuchillo.

—*Perro insolente ¿Crees que puedes siquiera rozarme?* —le decía a Esteban mientras presionaba aún más su mano cerrándola alrededor de su cuello —*Mira a la chica, después de matarte a ti, la matará a ella y al hijo que crece en su interior.*

Al oír Esteban sus palabras y averiguar que Desirée estaba embarazada y sabiendo que la iba a matar, su furia estalló y se transformó en lobo aún estando sujeto por Haraas. Mientras Esteban se transformaba, Haraas no dejaba de reír, pues su poder era casi completo y ni cien hombres lobo podrían ya pararle, pero, en aquel momento, Esteban reaccionó con extrema agresividad pensando en Desirée y arañó el brazo con el que Haraas le mantenía cautivo con su fuerte y afilada zarpa a la vez que giraba su cabeza para morderle en la muñeca. Haraas le miró desconcertado por la osadía que aquel joven demostraba al morderle, mientras que le levantaba aún más del suelo. Tras observarle y desvelando un increíble placer por los gestos de su cara, aquel inhumano y terrible ser nacido en los confines del infierno, juntó los dedos de la mano para atravesar el pecho de Esteban y coger su corazón. En aquel instante, Esteban volvió a su ser humano mientras permanecía paralizado por el inmenso e inmovilizador dolor que sufría, sintiendo la mano de Haraas atrapando su corazón, todavía conectado a las arterias que lo mantenía fluyendo sangre, mientras que aquel demonio con cuerpo de hombre se deleitaba viendo el dolor en la cara de Esteban antes de arrancárselo por completo.

Eduardo había llegado a la Torre y estaba ya bajando las escaleras que daban acceso al corredor de la celda en la que se hallaban cuando sintió cómo Haraas quitaba la vida a su hijo. Sin poder controlar los sentimientos que las sensaciones recibidas por su hijo le apaleaban el corazón, Eduardo gritó de rabia mientras se aproximaba sin éxito para irrumpir en la celda y salvar a su hijo, pues un campo de fuerza creado por Haraas les impedía el paso a él y a Gaspar, que detrás le seguía.

Haraas se regocijaba sintiendo y oyendo los gritos de agonía de Eduardo por la impotencia de no poder ayudar a su hijo, rememorando y sintiendo nuevamente el poder absoluto que llevaba milenios sin poder saborear, a la vez que ahora sacaba la mano del interior de Esteban y le mostraba su aún latente corazón para que viese cómo se paraba antes de que éste perdiese la consciencia y muriese.

— *¡Esto es lo que os espera a todos vosotros!* —gritaba Haraas, terminando la frase entre risas y sintiendo la sangre de Esteban escurriendo por su antebrazo.

Las carcajadas del terrible monstruo resonaban por todo el edificio, mientras que afuera, el mismo campo de fuerza que protegía la celda protegía también a sus siervos, impidiendo que los licántropos les pudiesen tocar. El vampiro que había mantenido ocupado a los lobos por la ciudad había llegado también a la Torre seguido por los licántropos, donde ahora estaban todos agrupados. Los tres vampiros en el centro del patio de la Torre y los Beefeaters acorralándolos y rodeándolos.

En medio del éxtasis por su total poder, las risas de Haraas se pararon súbitamente y su cara cambió de semblante, desapareciendo de ella el gesto de destructor invencible que tenía. El color rojo fuego de sus ojos se apagaba, volviendo a su estado anterior, y su fuerza se desvanecía, abriendo su mano y dejando caer al suelo el cuerpo sin vida de Esteban. Rápidamente, Desirée se arrodilló y se acercó a Esteban cogiendo su cabeza entre sus manos envuelta en lágrimas y repitiendo su nombre mientras intentaba tapar la herida del pecho de su amado con la mano, sin poder lograrlo y llenándosela de sangre en el intento. Por un momento, Haraas no entendía qué le estaba pasando, había pasado del clímax del conquistador a la pesadumbre del vencido, sintiendo que el poder que por fin había recuperado se estaba desvaneciendo por momentos. Fue entonces cuando miró hacia su propio pecho y lo vio, era el cuchillo, el cuchillo con el que una vez casi le mataron y que ahora, miles de años después, volvía a tener nuevamente clavado en su

317

cuerpo en un acto de amor desesperado de Desirée intentando salvar al hombre al que amaba, al igual que ocurrió la primera vez que la hoja de aquella arma se hundió en su corrupta e inmortal carne. Cuando Desirée hubo visto cómo el corazón de su amado era arrancado, recogió el cuchillo del suelo en donde había caído desde las manos de Esteban y lo clavó en el pecho de Haraas mientras éste se deleitaba viendo cómo el corazón de Esteban dejaba de latir en su mano.

El cuerpo de Haraas comenzaba a colapsarse mientras fugaces y rápidas imágenes de su pasado retornaban a su mente, transmitiéndoselas a la de Yamir por la compenetración que había alcanzado con su maestro. Flashes de imágenes comenzaban a sacudir la mente de Yamir en un sueño turbio y ancestral en el que veía a un demonio con aspecto humano que no era su maestro.

Yamir podía ver cómo, hace miles de años, aquel demonio llegó al mundo por una grieta en la tierra. Alimentándose de su sangre, mataba sin piedad a todo aquel con el que se topaba mientras vagaba por unas arenosas y desoladas tierras de un lugar muy lejano. Las gentes le temían, pues por donde pasaba no dejaba ni un resquicio de vida. Un día, formando vastos ejércitos con los que combatir, se alzaron contra él, pero sin éxito, pues su poder era tan increíble y destructor que los diezmaba a todos sin excepción. Era imparable y su hambre insaciable. Territorio tras territorio, avanzaba implacable con su pequeño séquito de siervos, creados a través de la maldad de sus infernales colmillos.

En un salto en el tiempo, Yamir le veía ahora llegando a una ciudad llamada Nippur, por la que un caudaloso río, de nombre Éufrates, regaba de prosperidad toda aquella región. Aquel demonio, de irreconocible rostro para Yamir, se apostó para descansar en las afueras de la ciudad que al día siguiente arrasaría. Su séquito, entre de los que Yamir reconocía la cara del vampiro egipcio, montaban una gran tienda para él mientras éste andaba por la ribera del río, pues intriga-

Iván Moncada

do, miraba el agua que llevaba y que era la primera vez que veía. Mientras lo hacía y tras unos altos y verdes arbustos, escuchó unas cómplices risas. Con paso silencioso, hasta ellas se acercó, encontrando a dos enamorados prodigándose besos y caricias de amor. Sus colmillos sobresalían de su boca mientras sonreía viendo el amor de aquella joven pareja que, sin remedio, iba a perecer. Entonces, el sanguinario demonio, que confiado de su poder se acercó hasta ellos, agarró al hombre por su largo y liso pelo negro levantándolo por los aires desde donde yacía con su amada, asestándole un mortal mordisco en el cuello por el que vaciar su cuerpo de su caliente y sabrosa sangre. La mujer, al verlo, comenzó a gritar sin que éste la prestara atención, pero al ver cómo su amado estaba siendo asesinado a manos de aquel terrible ser, cogió la daga que su amante en su cintura portaba y, con casual precisión, a través de las costillas se la clavó, llegando sin saberlo hasta el corazón. El demonio, que se creía inmortal, dejó caer al amante de la mujer mientras un insospechado dolor comenzaba a brotar de su pecho. Mirando a las profundas y negras pupilas de la mujer, la agarró por un hombro a la vez que ella empujaba la daga más y más adentro. Como si un sol naciese en su pecho, una intensa luz comenzó a atravesar la carne de aquel demonio. La mujer, ante aquella imagen, echó a correr mientras sus gritos y lágrimas la acompañaban y el demonio veía cómo su cuerpo se empezaba a descomponer sin remedio convirtiéndose en polvo. Sin saberlo, aquella mujer había triunfado allí donde, durante cientos de años, extintos ejércitos hubieron fracasado. El demonio iba a morir y no por la herida de aquel simple y viejo chuchillo, sino por el amor que portaba el acto de aquella mujer. Cayendo el demonio junto al hombre, que yacía agonizante, y antes de convertirse completamente en polvo, pegó nuevamente su boca contra la latente herida, traspasando parte de su moribundo ser al cuerpo del hombre. La herida dejó de brotar sangre del cuello del hombre y el cuerpo del demonio se deshizo completamente en polvo quedando solamente entero su malvado y ahora cristalizado corazón. Al sentir el dolor de su amo, sus siervos fueron en su ayuda, pero cuando llegaron, solamente vieron el

319

cuerpo malherido de un hombre junto al cristalizado corazón de su señor, que se había convertido en puro diamante y posaba sobre un montón de negro y humeante polvo en el suelo mientras un pequeño resquicio de luz todavía emanaba de su interior. Al momento y a lo lejos, se podía ver a un grupo de gente que, gritando y con armas en sus manos, venían corriendo junto con la amada del durmiente pero aún vivo hombre. Los ahora huérfanos siervos de la malvada criatura recogieron el corazón de su amo y con la velocidad de una tormenta de arena desaparecieron del lugar. La mujer, que regresaba con ayuda, posó la cabeza contra el pecho de su amado y, aunque débiles, todavía podía oír latidos en su interior. Entre todos llevaron al hombre a casa y después de varios días éste despertó. Su mujer, al verle despertar, le miró y pronunció su nombre — ¿Haraas? — pero al ver sus ojos y su ahora blanco cabello, supo que su amado hubo muerto aquel día junto al río.

Terminando de ver aquellas imágenes, Yamir supo que debía escapar de allí antes de que el poder de Haraas desapareciese, por lo que veloz como el viento, trepó por las murallas de la Torre mirando solamente atrás para ver a los que, por pocos días, fueron algo parecido a una familia.

Haraas veía cómo su cuerpo se cuarteaba y se secaba rápidamente, comenzando a desprenderse trozos de él y convirtiéndose en polvo reclamado por el implacable paso del tiempo que, durante tantos años, le había estado esperando. Aquel demonio también se daba cuenta que de no correría la misma suerte que antaño, pues esta vez no tenía un cuerpo por el que escapar de su total extinción y regreso al infierno. Finalmente, el poder de Haraas desapareció completamente, permitiendo a Eduardo entrar en la celda seguido por Gaspar, quien al ver la cara del casi descompuesto demonio, recordó quién era él y qué había pasado durante el tiempo que éste le tuvo bajo su control.

Iván Moncada

Eduardo adoptó su forma humana, al igual que Gaspar hizo tras de él, y se arrodilló junto al cuerpo sin vida de su hijo mientras veía como el cuerpo de Haraas se terminaba de descomponer, quedando únicamente en el suelo un montón de cenizas junto al cuchillo y el diamante que ahora permanecía partido en dos por la brutal fuerza de la puñalada que Desirée le asestó con la fiereza proporcionada por la sangre del hijo que gestaba en su interior. Mientras Eduardo y Gaspar observaban abatidos cómo Desirée lloraba con su cara pegada contra la de Esteban, se oían los gruñidos de los licántropos del patio de la Torre atacando y despedazando a los vampiros que habían perdido la protección del poder de Haraas.

El inmenso e irreparable dolor de un padre, que había visto y sentido morir a su hijo, hacía que lágrimas furtivas escapasen de los ojos de Eduardo, pensando en que ya no podría celebrar la tan merecida victoria con él. Lo que parecía imposible había sucedido, habían acabado con el más oscuro ser que la humanidad había conocido jamás, pero el precio que habían pagado era alto, muy alto.

Afuera, la lluvia volvía a caer en Londres de nuevo, ayudando a la gente en la extinción de las muchas casas que aún eran pasto de las llamas mientras la luz del nuevo día iluminaba las grises nubes que cubrían la ciudad.

Después de lo ocurrido, Eduardo recogió el cuerpo de Esteban para llevarlo a su habitación, posándolo sobre su camastro. Mientras tanto, Desirée permanecía a su lado y veía cómo uno de los guardias le traía unas sábanas mortuorias y un cubo con agua. Eduardo comenzó a quitarle la ropa a su hijo para limpiarle y envolverle, cuando Desirée le pidió que le dejase ayudarle limpiando la sangre de su cuerpo mientras se despedía de él, a lo que Eduardo aceptó y aprovechó para explicarle qué era lo que había visto y lo que había pasado, al igual que quiénes eran ellos y quién fue Esteban y lo locamente enamorado que de ella estaba.

321

Desirée limpiaba la sangre seca del cuerpo de Esteban escurriendo el enrojecido trapo en el cubo de agua para volver a pasarlo sobre su piel, a la vez que escuchaba detenidamente a Eduardo comprendiendo todo lo que le decía, pues tras esa noche, el hijo que engendraba en su interior la había cambiado por completo. Eduardo la habló también de cómo sería su vida estando embarazada de un licántropo y lo duro de esa ardua tarea, aconsejándole que lo mejor para ella y su hijo sería acompañarlos a él y a sus hombres en su viaje de regreso a España, en donde él la llevaría a uno de los conventos en el que pasó con Esteban su niñez, para que cuidasen de ella. Pero antes de oír aquellas palabras de la boca de Eduardo, Desirée ya lo sabía y lo sentía, ya que, aunque su amado estaba muerto, le notaba como si estuviese a su lado susurrándole que debía ir con ellos y emprender una nueva vida.

—Lo sé, iré con vosotros, quiero tener a mi hijo, es lo único que me queda de él —dijo Desirée a Eduardo despegando la mirada del cuerpo de Esteban por un momento para mirar a Eduardo a los ojos.

Durante toda la mañana, los hombres de Fireplace que quedaron recogían los cadáveres de las calles, al igual que los hombres de Eduardo lo hacían con sus muertos caídos valientemente en la lucha contra el mal. Eduardo fue a la abadía, después de poner la mortaja a Esteban, para informar de su regreso a España y entregarles el cuchillo y las dos mitades del diamante que tanto mal habían causado. Desirée también dejó el cuerpo de Esteban después de velarle durante largo rato y fue a despedirse de sus padres, aunque sin llegar a hacerlo, pues pensó que la noticia de su marcha y su embarazo del hombre maldito del que se había enamorado y perdido en tan poco tiempo, sería una losa sobre sus almas, aunque también sabía que no hacerlo y dejar que pensasen que quizás hubiese muerto, también lo sería. —¡Un día volveré, madre y padre, un día volveré! —se decía a sí misma mientras to-

Iván Moncada

rrentes de lágrimas recorrían sus mejillas alejándose de vuelta a la Torre.

A las pocas horas y al igual que ellos hicieron a su llegada, un destacamento de soldados ingleses se acercaba a la torre para reemplazar a los hombres de Eduardo en sus funciones como guardias de la Torre de Londres. Ya tenían sus cosas empaquetadas sobre un carro tirado por caballos para llevarlos al puerto, cuando Desirée llegó y se unió a ellos. Andando lentamente, Eduardo y sus hombres se alejaban para tomar el barco que les llevaría hasta Francia para luego continuar su viaje hasta España.

Tras cargar todas sus pertenencias y los cuerpos de sus muertos, el barco zarpó dejando atrás Londres y pasando por delante de la Torre a la que Desirée y Eduardo miraban con terrible tristeza por haber dejado atrás al amor que solamente se encuentra una vez en la vida y a un hijo devoción de su padre, al que jamás olvidaría.

Iván Moncada

Capítulo 30

16 de Agosto de 2012.

Raquel y su novio Carlos habían cogido el puente de Agosto para ir a visitar una ciudad a la que llevaban tiempo queriendo ir, el mágico e histórico Londres, con sus monumentos y la magia de sus calles y esos pequeños y encantadores rincones románticos en los que poder compartir unos inolvidables momentos en pareja.

Después de dejar todas sus cosas en el hotel, lo primero que hicieron fue visitar el museo, ya que éste estaba muy cerca de donde se hospedaban, y después, irían a montarse en el London Eye. A pesar de que solamente eran un par de visitas, les llevó la mañana entera y acabaron bastante hambrientos, pero para no perder tiempo y poder ver el mayor número de cosas posibles, se comieron un par de perritos calientes en un puesto callejero.

—¿Qué quieres que veamos ahora? —preguntó Carlos a su novia.

—No sé, me da igual. ¿Qué hay más cerca? —preguntó ella.

Entonces Carlos abrió su mapa turístico y luego miró al frente —Podemos ir a ver el Puente de Londres y luego, si quieres, la Torre de Londres, están al lado uno del otro.

—Vale, venga, vamos.

Agarrados de la mano y con el ánimo renovado después de comerse aquellos perritos, se dirigieron a paso ligero al Puente. Allí estuvieron un buen rato, subiendo a la parte de arriba y disfrutando de las vistas, prestando atención a todas las explicaciones de las audio guías automáticas, viendo cómo elevaban el puente para dejar pasar a un buque y, finalmente, visitando la antigua sala de máquinas que se usaba para accionar el mecanismo del puente levadizo.

La tarde se había echado encima y quedaban pocas horas de luz, debían de ir rápido a la Torre, ya que en Londres todo cerraba muy pronto en comparación con los monumentos y atracciones de España, así que aceleraron el paso para dirigirse hacia allí.

Después de pagar la entrada, pasaron por un puentecito que atravesaba por encima de lo que antiguamente era el foso y en donde ahora todo estaba cubierto de verde césped en el que uno de los Uniformados Beefeaters alimentaba y jugueteaba con los cuervos que tenían a modo de mascotas.

—¿Te has fijado en el uniforme de los guardias? Mola ¿eh? —comentaba Carlos a su novia —. ¿Te imaginas verme a mí vestido con eso?......jajaja

—Síí.....seguro, que te quedaría genial —respondía Raquel entre risas —. Anda, vamos dentro, quiero ver la cámara del tesoro real, que dicen que hay unas joyas increíbles de las que a ti te gustan —decía Raquel mientras tiraba de la mano de Carlos guiándole hacia la cámara en donde se guardan y custodian las principales joyas de la corona de Inglaterra.

—Esto promete —pensaba Carlos viendo en la entrada a dos uniformados Beefeaters apostados a ambos lados de una des-

Iván Moncada

comunalmente gruesa puerta acorazada, del tipo de las que se veían en las películas de robos de bancos.

Tuvieron que esperar cola para pasar, pues el número de personas que podía acceder a su interior estaba limitado, teniendo que esperar a que unos saliesen antes de que otros entrasen. Una vez llegó su turno, la joven pareja entró. La luz en el interior de la cámara era tenue, pero las espléndidas joyas estaban perfectamente iluminadas para que los visitantes no perdiesen detalle de las increíbles coronas de oro con incrustaciones de piedras preciosas que allí había. La orfebrería antigua apasionaba a Carlos, quien trabajaba en el taller de joyería que su padre tenía en Madrid, aunque no tanto a Raquel, que no prestaba excesiva atención hasta que vio algo que sí la cautivó. En medio de la sala, sobre un pedestal cuadrado y protegido con un armazón de cristal blindado, había un par de grandes diamantes gemelos, unos diamantes con unas tallas que hacían reflejar increíblemente la luz, otorgándoles una majestuosidad sin parangón.

—Mira. ¿Has visto esos pedazo de diamantes? —susurraba Raquel a Carlos.

—¡Guau! Es impresionante —dijo éste cuando los vio.

Los dos se acercaron para verlos de cerca, aunque por motivos de seguridad, nadie se podía quedar parado delante de ellos, teniendo que observarlo montados sobre una especie de cinta transportadora que solamente permitía a los visitantes ver las joyas por un momento bajo la atenta mirada de otro Beefeater que había en el interior de la cámara. Una vez hubieron visto y disfrutado del tesoro real, los dos salieron de la cámara para ver el resto del monumento.

Afuera, el día daba sus últimos coletazos, haciendo que el anaranjado sol iluminase la blanquecina piedra de los edificios de

327

la Torre de Londres, ofreciendo a los visitantes una vista maravillosa con una sensación mágica en el ambiente.

—Es precioso. ¿Verdad? —preguntó Raquel arrimándose a Carlos en espera de un beso.

—Sí que lo es, cariño —respondía éste besando a su novia en aquel romántico instante.

Los dos siguieron viendo las reliquias e instalaciones de la torre, apurando hasta el último segundo antes del cierre. Todo era perfecto y estaban disfrutando mucho de la visita cuando, tras un segundo en el que Carlos se había demorado un poco mirando unas vitrinas con armas antiguas y Raquel se había adelantado a la siguiente estancia de la visita, Carlos escuchó cómo algunos visitantes levantaban la voz porque algo había pasado. Carlos se dirigió hacia allí para buscar a Raquel y ver qué pasaba, pero al entrar vio a Raquel.

—¡Joder! —exclamó Carlos al ver que el revuelo de la gente era porque su novia estaba inconsciente y tendida en el suelo.

Rápidamente, Carlos se quitó la mochila que llevaba colgada del brazo tirándola al suelo y cogió a Raquel levantándole la cabeza.

—¡Raquel, Raquel, despierta! —decía Carlos elevando la voz y sujetándola por la espalda con un brazo mientras que, con la mano del otro, movía su cara cogiéndola por las mejillas.

A los pocos segundos Raquel volvió en sí.

—¿Qué? —respondía medio atontada.

—Que te has desmayado, joder, qué susto me has dado.

—¿Me he desmayado?

—Sí ¿Qué te ha pasado? —preguntaba Carlos mientras la ayudaba a ponerse de pie.

Iván Moncada

—No sé qué me ha pasado, estaba oyendo como pronunciabas mi nombre constantemente y al girarme estaba todo oscuro, lo único que veía era la imagen de esos dos diamantes tan grandes que hemos visto antes.

—Joder, si es que no estamos acostumbrados a tanto ajetreo. Venga, vámonos al hotel a descansar un rato y luego salimos a cenar.

—Vale.

Los dos comenzaron a andar para salir de la Torre mientras que Raquel miraba a Carlos extrañada, ya que seguía oyendo cómo pronunciaban su nombre, dándose cuenta de que no era Carlos el que la estaba llamando.

—*Raquel...*

—*...Raquel*

FIN

Iván Moncada